novum

Margit Richter

Jede Zeit hat ihr Ziel

für Elisabeth
herzlich gewidmet
Margit Richter

Wien, 6. April 2003

novum

Die Deutsche Bibliothek – CIP-Einheitsaufnahme

Richter, Margit:
Jede Zeit hat ihr Ziel / Margit Richter. - Horitschon : Novum, 2002
ISBN 3-902057-90-4

Alle Charaktere in diesem Roman sind fiktiv und jede Ähnlichkeit mit realen Personen, ob lebend oder tot, wäre rein zufällig.

Dieses Buch widme ich in Liebe meinen Eltern

Online: www.novum.cc

ISBN 3-902057-90-4

Irgendwo und irgendwann …

Man nannte sie Viktoria.

Ein schöner und klassischer Name, versicherten ihr Menschen, die sie im Laufe ihres Lebens kennen lernte.

Sie war glücklich darüber, diesen Namen zu besitzen.

Er erschien ihr so königlich, stolz und etwas unnahbar, und trotzdem schmeichelhaft, wenn er richtig ausgesprochen wurde.

Deshalb bestand sie darauf, stets ihren vollen Namen anzuwenden, nicht Vici oder Vic, sondern klangvoll *Viktoria.*

Warum ihre Eltern sie so nannten, wusste sie nicht. Vielleicht trug die Titelheldin in einem Roman oder in einem Theaterstück dazu bei, dass sie – beeindruckt und ihren Vorstellungen gerecht – überzeugt waren, ihre Tochter müsste eine Viktoria werden.

Niemand konnte ihr darüber Aufklärung geben, und sie selbst kannte ihre Eltern Frederic und Annemarie nur von Erzählungen und Bildern her, denn sie waren auf tragische Weise, wenige Monate nach ihrer Geburt, ums Leben gekommen.

Viktorias Eltern

Ein grauer, nebeliger Novembertag drückte auf die Stimmung. Frederic suchte seine Gedanken zu sammeln. Irgendetwas musste er unternehmen, um wieder in das normale Leben zurückzufinden. Zwei Monate waren vergangen, seit er zu Hause eingetroffen war. Welchen Beruf sollte er ergreifen, der ihn erfüllte?

Er zwang sich, das Soldatenleben und die Kriegswirren endlich zu vergessen. Aber so einfach ging das nicht. Zu sehr war er Soldat gewesen und hatte daran geglaubt, die Zukunft wäre gesichert. Zu viel hatte man sich versprochen und jetzt stand er vor einem Nichts.

Ein neues Leben aufbauen – das war er seiner Frau Annemarie schuldig. Wie sehr hatte sie den Tag herbeigesehnt, an dem Frederic aus der Gefangenschaft heimkehrte. Glücklich stand sie in Erwartung, als der Zug am Bahnhof eintraf, er ausstieg, ohne viel Gepäck und in zerrissenen Militärklamotten. Was machte das schon aus? Hauptsache – sie waren gesund und glücklich vereint.

Frederic – in Gedanken versunken – hätte beinahe das Klingeln an der Wohnungstür überhört. Eine schwarz gekleidete, schlanke Frau stand ihm gegenüber. Ihre Gesichtszüge zeigten Spuren von Leid und Traurigkeit.

„Verzeihen Sie, dass ich Sie so unangemeldet besuche. Mein Name ist Maria Steiner."

Frederics Atem stockte ... Steiner ... Leutnant Steiner? Sein Vorbild und Kamerad, bis der Tod unerbittlich zuschlug. Er erahnte, was die Frau von ihm wissen wollte. Frederic bat sie in das Wohnzimmer.

„Möchten Sie eine Schale Kaffee? Was man halt in der jetzigen Zeit Kaffee nennen kann!"

„Ja bitte."

„Meine Frau müsste bald vom Einkauf zurück sein", versuchte Frederic das Gespräch wieder in Gang zu bringen.

Als beide sich gegenübersaßen, begann Maria Steiner zu sprechen. Es fiel ihr nicht leicht, die richtigen Worte zu finden.

„Mein Mann hatte mir bei seinem letzten Urlaub viel von Ihnen erzählt, nur Gutes. So wusste ich auch, wo Sie zu Hause sind. Ich war auf das Geratewohl zu Ihnen gefahren. In der Hoffnung, dass Sie schon heimgekehrt sind." Nach einer kurzen Pause setzte sie fort: „Ich musste ..."

Aber sie kam nicht weiter, sie ließ ihren Tränen freien Lauf.

„Entschuldigen Sie, dass ich mich so gehen lasse, aber der Schmerz ist noch zu groß. Ich hatte doch nur die kurze Todesmeldung bekommen, dass mein Mann für ... Volk und Vaterland gefallen war. Sagen Sie mir bitte, wie er starb. Sie waren doch bestimmt dabei? Sie sind meine einzige Hoffnung. Ich kenne doch sonst niemanden. Hat er leiden müssen?"

Unwillkürlich tauchten in Frederic Erinnerungsbilder auf, als wäre alles erst vor einigen Tagen gewesen.

Nach Beendigung des Hochzeitsurlaubes landete er nach vielen Irrwegen wieder bei seiner Einheit. Einige der Kameraden fehlten – sie waren, während er in der Heimat verweilte, bei den schweren Rückzugsgefechten entweder verwundet worden oder gefallen. Man kämpfte schon lange auf deutschem Boden. Der Vormarsch der Alliierten konnte nicht mehr aufgehalten werden. Obwohl oft zäher Widerstand geleistet wurde, war die materielle Übermacht einfach zu groß. Wieder musste in den Abendstunden ein Stellungswechsel vorgenommen werden. Tagsüber war dies fast nicht mehr möglich, denn die feindlichen Flugzeuge beherrschten den Himmel. Und gnade Gott, man wurde von ihnen gesichtet.

Kurz vor der Ortschaft eingetroffen, wohin die Feldküche das Abendessen – nach drei Tagen endlich wieder einmal eine warme Verpflegung – brachte, kam ein deutscher Sanitätswagen entgegen. Frederic, darin ausgebildet, glaubte, Sprechfunk in Englisch zu hören. Mit ungutem Gefühl, denn er wusste zur Genüge Bescheid über Spionage und Sabotage, die hinter der Front immer wieder betrieben wurden, meldete er seine Wahrnehmung Leutnant Steiner. Was unternehmen? Von dem Sanitätswagen war längst nichts mehr zu sehen. Die Kompanie war auf sich selbst angewiesen. Der Rest der Abteilung sollte in einigen Stunden hierher nachfolgen. Es bestand zwar Funkverbindung, die aber immer wieder gestört wurde. Zu nahe war die Front. Man konnte ganz deutlich das Einschlagen der Granaten und sogar Maschinengewehrfeuer hören. Und dann wieder unheimliche Ruhe.

Es gab – wie meistens – Eintopf. Diesmal hatte der Koch beim Öffnen der Fleischdosen nicht gespart. Es tat gut, wieder einmal etwas Warmes in den Magen zu bekommen. Die Bewohner dieser kleinen Ortschaft waren schon vor Tagen, als bekannt wurde, dass hier bald Kriegsgebiet sein würde, fortgezogen. Der Großteil der Soldaten nahm das Essen stehend ein, als plötzlich Artillerieabschüsse zu hören waren.

„Die werden doch nicht uns gelten", befürchtete ein Obergefreiter. Und Frederic musste an den englischen Sprechfunk denken. Sollte der Stellungswechsel verraten worden sein? Wie oft versuchte man die Einheit, der er angehörte, aufzureiben, und auch im Feindsender Calais hatte man sie bereits mehrmals als vernichtet gemeldet. Sie waren nun einmal eine Spezialtruppe und wurden für besondere Einsätze herangezogen.

„Das gilt uns", schrie noch einer. Es waren seine letzten Worte. Der Feuerzauber hatte nicht lange gedauert, die Auswirkung war verheerend.

Frederic lehnte wie gelähmt an einer Hausmauer, nicht weit entfernt von ihm lag der Körper von Leutnant Steiner – sein Kopf war fast abgetrennt.

„Nein, Frau Steiner, Ihr Mann musste nicht leiden. Er war sofort tot."

Frederic brauchte keine Notlüge anzuwenden, er erzählte die bittere Wahrheit. Plötzlich kam er sich brutal vor, weil er keine tröstenden Worte fand. Aber was hätte er erzählen sollen? Zu sehr sah er diese Schreckensbilder nun vor sich und jedes weitere Wort wäre wie ein unsinniger Hohn gewesen.

Maria Steiner hatte sich gefasst. Irgendwie fühlte Frederic, dass sie erleichtert schien zu wissen, dass ihr Mann rasch starb und nicht qualvoll wie viele andere seiner Kameraden.

Traurig berichtete sie von seinen letzten Briefen, die trotz dem Entsetzen so viel Sinn für Hoffnung und Zuversicht beinhalteten.

Er war ein Mensch, der stets an das Weiterbestehen glaubte und ihr damit Kraft einströmte. Sie wusste, dass eine weitere Unterhaltung aussichtslos erschien. Somit verabschiedete sie sich, nachdem sie ihren Kaffee ausgetrunken hatte, mit dem Bemerken, sie dürfe den Zug nicht versäumen, denn ihre Kinder warteten zu Hause auf sie.

Ein letzter, mitleidiger Blick von Frederic, ein fester Händedruck und ein gegenseitiges „Alles Gute für die Zukunft", und Frau Steiner ging wieder ihren Weg.

Frederic dachte noch intensiv über den überraschenden Besuch nach.

Ein Einzelschicksal – zu Abertausenden jedoch hatten sich diese Tragödien in den letzten Kriegsjahren abgespielt. Wie viel Leid gab es auf der ganzen Welt als Resultat, das dieser Krieg brachte.

Annemarie war noch nicht zurückgekehrt, und so sinnierte Frederic weiter und blendete zurück.

Es verging eine lange, schwere Zeit, ehe Frederic und Annemarie ein Paar wurden. Ein Krieg war entflammt, von dem man anfangs hoffte, dass er bald beendet sein werde, der aber einen furchtbaren Ausgang nehmen sollte. Auch Frederic hatte den Einberufungsbefehl erhalten, seine Freundin Annemarie musste zum Arbeitsdienst. Lange hörten sie nichts voneinander. Bis eines Tages der Zufall Regie führte.

Beide bekamen zur gleichen Zeit ihren Heimaturlaub, erlebten schöne Stunden der Gemeinsamkeit und verlobten sich in der Hoffnung, bald Hochzeit feiern zu können.

Der Krieg weitete sich immer mehr aus, und auch für Frederic hieß es ständig „Fronteinsatz".

Die Post aus der Heimat kam nur spärlich. Endlich traf eine Nachricht von seiner Braut ein, dass sie wieder zu Hause war. Nun sollte schnell gehandelt werden. Frederic reichte um einen Hochzeitsurlaub ein. „Genehmigt", lautete die Antwort. Die notwendigen Vorbereitungen wurden getroffen – aber letztlich umsonst. Eine Großoffensive, an der auch Frederics Einheit beteiligt war, brachte totale Urlaubssperre.

So kam das letzte Kriegsjahr heran. Täglich immer mehr Tote und Verwundete, überall zerbombte Städte. Das deutsche

Heer, das so glorreiche Siege errungen hatte, war vor dem Niedergang, die Kampfkraft vielfach gebrochen. Und trotzdem klammerte man sich an einen kleinen Hoffnungsstrahl – an ein Wunder, das noch Schlimmeres verhindern würde.

Das Gelingen eines Brückenkopfs, der Verwirrung in die gegnerischen Linien bringen sollte, war von Erfolg gekrönt. Frederic wurde für den mutigen Einsatz ausgezeichnet, aber etwas für ihn noch Wichtigeres bekam er in die Hand gedrückt: die Unterschrift für den Urlaub. Alle Dokumente längst vorbereitet, stand einer Heirat nichts mehr im Wege. Er befürchtete zuerst, Annemarie und die Angehörigen aus dem deutschen Frontgebiet nicht verständigen zu können, aber mit viel Glück schaffte er doch eine Verbindung mit der Heimat.

Alles Weitere verlief reibungslos. Selbst die lange Eisenbahnfahrt, mit Ausnahme einiger Unterbrechungen, wenn feindliche Flieger die Gegend unsicher machten und man aus den Wagons musste.

Es war eine Kriegsheirat, einfach, aber für alle ein unvergessliches Ereignis. An Stelle eines blumengeschmückten Autos, musste ein „Holzgaser" dem Zwecke dienen, die Hochzeiter zur Kirche zu bringen. Das war ein Lastwagen, der mit – durch Holzfeuerung entstandenem – Gas betrieben wurde. Im Führerhaus eingepfercht der Lenker, Annemarie und Frederic, der die Brautjungfer auf dem Schoß hatte. Sie kamen am Ort an, herzlich begrüßt von den Angehörigen und den wenigen Gästen. Annemarie in einem selbst geschneiderten Kleid aus Fallschirmseide, die ihr Verlobter einmal zusandte. Frederic erschien in Uniform.

Die anschließende Hochzeitstafel war, der Zeit entsprechend, genügsam.

Die wenigen Tage, die dem jungen Paar blieben, vergingen schnell, und schon hieß es wieder Abschied nehmen. Alle waren sich bewusst, dass keiner voraussagen konnte, welches Schicksal einem jeden in den kommenden Wochen und Monaten auferlegt war. Man konnte nur hoffen und beten einander wiederzusehen.

Ein letztes Winken. Gnadenlos setzte sich der Zug in Bewegung – eine Fahrt ins Ungewisse begann …

Noch einmal erlebte Frederic die letzten Kämpfe. Und dann kam der Tag, den alle herbeisehnten. Es war an der Elbe. Strahlender Sonnenschein, kein Wölkchen am Himmel, keine feindlichen Flugzeuge und eine geheimnisvolle Ruhe. Der Krieg war aus!

Und jeder musste sich die Frage stellen: Was folgte nun? Würde man wieder ein zivilisierter Mensch werden, das unsinnige Morden vergessen können? Wird es möglich sein, in dem Feind von gestern den Freund von morgen zu sehen? Kann die Menschheit nun einsehen, welch purer Wahnsinn das Völkermorden ist?

Freudestrahlend erzählte Annemarie, dass sie einen Bezugsschein für einen Stoff bekommen habe. Das lange Warten hatte sich gelohnt.

„Ich werde mir ein nettes Kleid anfertigen. Schau, für dich habe ich auch etwas mitgebracht."

„Das kann doch nicht wahr sein, einen Anzug. Wo hast du denn den her?", war Frederic fassungslos.

„Verbindungen, Verbindungen", lachte sie ihm ins Gesicht.

Frederic erwähnte den Besuch und Annemarie hörte ihm teilnahmsvoll zu.

„Die arme Frau, wie bin ich froh, dass du heil heimgekehrt bist. Aber nun gehe ich kochen. Ich habe ein Stück Rindfleisch mehr bekommen. Von meinem lieben, alten Freund Gustl, dem Fleischhauer. Du, den musst du jetzt wirklich bald näher kennen lernen. Er ist die Güte in Person. Die Fleischmarken hätten ohnedies nicht mehr ausgereicht. Und deine Mutter gab mir Gemüse aus dem Garten. Also freue dich auf das Mittagessen."

Und schon war sie in die Küche abgerauscht. Sie kam aber gleich wieder zurück.

„Hast du nichts vergessen?", schmollte sie.

„Du bist ein Goldschatz."

Frederic legte seinen Arm um ihre Schulter und gab ihr einen kräftigen Kuss, und noch einen als Draufgabe.

„Morgen bewerbe ich mich bei der Polizei, die brauchen jetzt ohnedies ordentliche Leute. Richtige Verbrecher haben sie aufgenommen. Ich habe meinen Augen nicht getraut, als ich ein paar in Uniform herumstolzieren sah, von denen ich hundertprozentig weiß, dass sie vorm Krieg Kriminelle waren. Also da ist es höchste Zeit, dass ausgemistet wird. Was meinst du, soll ich wieder in die Uniform schlüpfen?"

„Wenn du glaubst, dass du darin eine Zukunft siehst, dann probiere es. Ich bin einverstanden, Herr Polizeibeamter."

Frederics erfolgreiche Polizeikarriere

Frederic brauchte nicht allzu lang Uniform tragen. Die maßgebenden Leute erkannten bald seine Fähigkeiten und holten ihn zur Kriminalpolizei.

Die vielen Paragrafen des Gesetzbuches mussten auswendig gelernt werden, das blieb ihm nicht erspart. Das Juristendeutsch war ihm zwar zuwider – diese trockenen Texte hätte er gerne verständlicher wiedergegeben –, aber seine Bemühungen waren nicht umsonst, er schaffte die Prüfungen mit Vorzug, und als ihm die Aufklärung einiger komplizierter Kriminalfälle gelang, schien seine Karriere gesichert zu sein. Es lag auf der Hand, dass er bald zum Inspektor avancierte.

Seinen Augen nicht trauend, erblickte er eines Tages bei einem Kontrollgang in einer abgelegenen Straße einen Mann, den er erst vor ein paar Wochen inhaftiert hatte.

Ein gerissener Betrüger, der speziell alten Leuten Geld herausgelockt hatte. Es bedurfte damals immenser Kleinarbeit, bis er ihn in vielen Fällen überführen konnte. Trotz des Bartes, den er jetzt trug, erkannte ihn Frederic sofort.

Der Häftling wusste im Moment nicht so recht, was er tun sollte, lief aber nicht davon, sondern fragte offen: „Grüß Gott, Herr Inspektor, gehen Sie auch spazieren? Ist ja so ein schöner Tage heute."

Frederic war im Augenblick über die Dreistigkeit verblüfft, obwohl er sich von den Vernehmungen her erinnerte, dass es sich bei dem Mann um ein ausgekochtes Schlitzohr, das nicht auf den Mund gefallen war, handelte. Was tat dieser Mensch in der Freiheit. War er ausgebrochen? Und schon plauderte der Häftling mit einer Jammermiene weiter:

„Ich hab' halt so viel Pech im Leben, und jetzt muss ich gerade Ihnen auch noch begegnen. Wissen Sie, dort sind Grabarbeiten, beim Kanal, der unter der Mauer auf die Straße führt. Ein richtiges Theater war das. Ich sollte den Gang reinigen, die

Aufseher ließen mich allein, weil sie so ein Vertrauen zu mir haben. Und da mich die Grabarbeiten interessierten, bin ich halt in das Loch reingekrochen. Auf einmal war ich im Kanal. Eng war es und gestunken hat es. Muss ein Rohrbruch gewesen sein. Sie können mir glauben, Herr Oberinspektor, immer weiter hat es mich getrieben – auf einmal sah ich Tageslicht und schon war ich im Freien. Zwei Arbeiter sind heraußen gestanden. Die wunderten sich zwar, wie ich da plötzlich vor ihnen aufgetaucht bin, dachten aber doch, ich sei ein Arbeiter. Ich war ja in Zivilkleidung, weil ich noch ein Untersuchungshäftling bin.

Ich sagte zu ihnen, das sei eine Scheißarbeit. Und sie meinten, dass sie das selbst wüssten. Daraufhin wollten sie mich auf ein Bier beim Wirt ums Eck einladen. Aber das schien mir zu riskant, das können Sie doch verstehen.

Ich folgte lieber dem Ruf der Freiheit. Aber wie ich sehe, habe ich halt doch nur Pech im Leben!"

Ganz rührselig sah er Frederic dabei an und dieser musste, ob er wollte oder nicht, schmunzeln.

Sich seines Berufes bewusst, setzte er in einem strengen Ton fort: „Also gehen wir halt wieder miteinander, Sie wissen schon, wohin."

„Aber bitte keine Handschellen. Ich entwisch Ihnen schon nicht. Sehen Sie, Herr Kommissar, dort steht die Greißlerin von dem Geschäft. Eine gute Frau, sie hat mir Geld gegeben, dass ich mir ein warmes Essen kaufen kann. Das hat keinen guten Eindruck, wo ich ihr doch so Leid tat wegen meines Heimkehrerschicksals."

„Wirklich keine Betrügerei? Sie wissen, ich bekomme es sofort heraus."

„Wirklich nicht, bei meiner Ehre."

Einträchtig marschierten sie eine andere Straße zum Polizeikommissariat. Dort war der Ausbruch des Ganoven schon bekannt.

Annemarie kicherte, als ihr Mann sein Erlebnis zum Besten gab. Sie konnte sich den Burschen lebhaft vorstellen.

„Wie viele Jahre wird er bekommen?"

„Bei seinen Vorstrafen – so fünf Jahre wird er schon einbüßen. Nur gut, dass ich ihn gleich erwischt habe, sonst wären ihm womöglich noch weitere Gaunereien eingefallen. Aber etwas anderes: Wir gehen morgen ins Theater. Ich habe Inspektionsdienst."

„Fein, ich freue mich darauf. Ich glaube, ‚Gräfin Mariza' wird gespielt."

„Ja, das stimmt und wie ich hörte, war die Premiere ein toller Erfolg."

Bretter, die die Welt bedeuten

Die Heimatstadt Frederics wies eine große Theatertradion auf. Seit Jahrzehnten wurde hier gespielt, und so manches Talent war schon entdeckt worden.

Von außen sah der Musentempel recht kunstlos aus, die Innenräume, in einer Mischung aus Barock und Neuzeit, erschienen verstaubt und altmodisch, trotzdem eine Stätte, in der sich das Publikum behaglich fühlte. Zählte man die Plätze im Parterre, in den Logen, auf dem Balkon und in der Galerie zusammen, kam man auf knapp fünfhundert, Stehplätze mit inbegriffen.

Das Programm gestaltete sich sehr abwechslungsreich: vom Lustspiel bis zum Klassiker, von der Operette bis zur Oper, so weit es halt die Bühnenverhältnisse zuließen.

An den reizenden Märchenaufführungen erfreuten sich die Kinder an Sonntagnachmittagen.

Die Jahre vor Kriegsbeginn leitete ein Mann das Theater, der selbst einmal ein grandioser Schauspieler war.

Er führte ein strenges Regiment, konnte sehr zornig werden, wenn seinen Regieanweisungen nicht Folge geleistet wurde.

Doch seine Schreiausbrüche wandelten sich bald wieder in gütige Aufklärungsarbeit, wie die Rolle zu spielen sei. Großes Augenmerk legte er auf die Ausbildung von Nachwuchskräften.

Für Operette und Oper standen ihm Chor und Orchester zur Verfügung – ihr Dirigent war der Leiter der Musikschule. Und da die Stadt auch eine gut geführte Ballettschule beherbergte, gab es keinen Mangel an Tänzerinnen und Tänzern. Für die Bühnenbilder zeichnete ein begabter Künstler, der sich als Maler bereits einen guten Namen erworben hatte, verantwortlich.

Nicht zu übersehen waren die Spielgruppen der vielen Vereine, die mehrmals im Jahr mit Aufführungen von Bauern- und Volksstücken aufwarteten. Sie stellten keine ernst zu nehmende Konkurrenz dar, aber durch ihren großen Ehrgeiz fanden sie beim Publikum Gefallen. Der Theaterdirektor und der Dirigent, die irgendwann bei einem Gläschen Wein ewige Freundschaft geschlossen hatten, gerieten sich trotzdem bei den meisten Proben immer wieder in die Haare, dass diese oftmals mit Schreiduellen endeten. Einmal erlebten die Darsteller bei der Generalprobe für eine Operette einen solchen Krach, dass alle glaubten, der Streit ende mit einer Prügelei. Schließlich warf der Dirigent den Stab hin, verließ mit hochrotem Kopf, gefolgt von den Musikern, den Orchesterraum. Die Sängerinnen und Sänger standen ratlos auf der Bühne, denn zuletzt verschwand auch der Direktor, kreidebleich, er fühlte sich brüskiert, dass der „Kapellmeister" Kritik an seiner Regie übte.

Aber ein alter Theaterspruch lautet, eine schlechte Generalprobe ist ein gutes Omen für die Premiere, und so war es dann auch.

Den Dirigenten schätzte man sehr, auch wenn er für so manchen etwas eigenwillig erschien. Er spazierte oft pfeifend durch die Straßen und machte Handbewegungen, als würde er dirigieren. Dann blieb er wieder stehen, und jetzt gab es keine Zweifel mehr, er dirigierte wirklich, wenn auch nur ein paar Takte.

Unter seinen Schülern gab es das berühmte Rätselspiel, in dem sie ihn nachäfften und anschließend erraten werden musste, wer damit gemeint sei.

Als Sonderling, durch die Muse inspiriert und von der Musik beherrscht, blieb er denjenigen in Erinnerung, die ihn nicht kannten. Aber seine Freunde und Zuschauer liebten und bewunderten ihn als hervorragenden Dirigenten und er verband seine präzise Stabführung als Credo seines umfassenden Repertoires in der Musik, die Liebe zum Orchester und die Freude für Menschen zu spielen.

Der regelmäßige Theaterbetrieb wurde durch die Kriegsjahre unterbrochen, während dieser Zeit traten mehr oder weniger gute Gastspieler auf, die zur Hauptsache dienten, ein wenig Zerstreuung zu finden.

Der Wiener Tenor Hans Gregori, ein Mittfünfziger, erinnerte sich an das liebliche Provinztheater, an dem er vor dem Krieg mehrmals die Partie des Su Chong in Lehárs Operette „Das

Land des Lächelns“ gesungen hatte. Er bot der Stadtgemeinde an, eine Saison lang in ihrem Theater Operette zu spielen. Die Solisten würde er, durch gute Verbindungen zu erstklassigen Sängerinnen und Sängern, in Wien engagieren. Kein Problem sollte auch die Erstellung von Orchester, Chor, Ballett und der Nebenrollen sein.

Genügend gute Akteure und Schauspieler liefen ohne Engagement herum und warteten auf die kleinste Chance.

Gregori überzeugte die Stadtväter mit seinen Plänen. Sie waren froh, dass sich jemand bemühte, das kulturelle Leben wieder in Gang zu bringen. Viele andere Sorgen belasteten sie andererseits, denn es musste aufgebaut werden, was der Krieg zerstört hatte.

Der Vertrag kam zu Stande und die Vorbereitungsarbeiten waren bald in vollem Gange, wobei sich der Wiener als vorzüglicher Organisator bewies. Für ihn wiederum ging endlich sein Wunsch in Erfüllung, einmal ein eigenes Theater leiten zu können, wenn es vielleicht auch nur von kurzer Dauer wäre. Da seine lyrische Stimme nichts an Weichheit und Klang verloren hatte, war er sich klar darüber, dass er die eine oder andere Rolle selbst übernehmen werde. Sechs Operetten von Strauß, Lehár und Kálmán setzte er auf das Programm, und er hielt, was er versprochen hatte: Es wurde beste Operette geboten, und der Publikumserfolg blieb nicht aus.

Frederic schnuppert Theaterluft

Ein Kriminalfall, der rasch geklärt werden konnte, brachte Frederic mit dem damaligen Theaterdirektor in Verbindung.

Einer Sängerin war eine goldenen Brosche gestohlen worden.

Frederic hatte sogleich einen Bühnenarbeiter in Verdacht. Sein erster Weg führte ihn daher zu einem Altwarengeschäft, dessen Besitzer schon öfter mit gestohlenen Gegenständen konfrontiert worden war. Und sein Gefühl war wieder einmal richtig. Er kam gerade recht, als der Arbeiter die Brosche veräußern wollte.

Hans Gregori war sichtlich erleichtert, dass sich diese unangenehme Angelegenheit so rasch in Wohlwollen aufgelöst hatte. Er lud Frederic zu einem Trunk in die Weinstube des Hotels, in dem die Künstler logierten, ein.

„Ja gern, aber erst am Abend, denn ich bin im Dienst", nahm er freudig an.

„Abgemacht, wir haben heute einen spielfreien Tag, das trifft sich gut", war Gregoris Antwort. Annemarie gönnte ihrem Mann die Plauderei, wusste sie doch, wie viel ihm das Theaterleben bedeutete. Nun konnte er einmal so richtig hineinschnüffeln und würde bestimmt viel Interessantes erfahren. Frederic traf pünktlich in der Weinstube ein, gleich darauf Hans Gregori. Der Ober brachte eine Flasche Wein, und schon bald ereiferte sich der Theaterdirektor als munterer Plauderer. Frederic konnte dies nur recht sein, denn aus dessen Welt zu hören, war immer sein Wunsch gewesen. Die Soubrette Erna Soren entdeckte er mit 17 Jahren, er bildete sie aus und nahm sie auf alle Touren mit. Sie entwickelte sich zur gelehrigen Schülerin, bekam durch ihn Routine und dies trug dazu bei, dass sie überall zum Publikumsliebling wurde. Gregori machte kein Hehl daraus, dass er sie abgöttisch liebte, und wie er die Geschichte brachte, schien es, dass seine Freundin, trotz der 30 Jahre Altersunterschied, ihm hörig war.

Frederic wagte nicht zu unterbrechen, sein Gegenüber ließ auch seinen Redefluss nicht stoppen und es folgte eine Episode nach der anderen.

Im Laufe seiner langen Theatertätigkeit musste Gregori auch erleben, dass der Tod selbst auf der Bühne seine Opfer holt. Ein lieber Kollege hatte auf den Brettern, die die Welt bedeuten, einen Schlaganfall und starb direkt in seinen Armen. Das Publikum erfuhr von diesem tragischen Geschick erst, nachdem der Vorhang gefallen war.

Nun, von Tod und Elend hatte Frederic selbst genug erfahren müssen, so war er froh, dass Gregori das Thema wechselte.

„Man muss auf alle Situationen gefasst sein, egal, ob dem Partner der Text entfallen ist, den man dann überspielen muss, oder wenn, wie es mir passierte, eine schwergewichtige Sängerin beim Walzertanz auf den Fuß trat, dass mir Hören und Sehen verging. Trotzdem setzte ich damals mein scharmantestes Lächeln auf, obwohl ich aufheulen wollte vor Schmerz."

Und schon ließ er das nächste Schmankerl vom Stapel: das Abenteuer eines jungen Bonvivants, der sich in eine rassige, leidenschaftliche Sängerin verliebte. In einer Liebesnacht büßte er ein Stück seines Ohres ein, das ihm die in Ekstase Geratene abbiss. Gar schnell sprach sich diese „Tragödie" in der Kollegenschaft herum.

In seiner Fantasie sah Frederic die Szene vor sich und meinte zu seinem Freund:

„Nur gut, dass sich alles im Hotelzimmer abspielte und nicht auf der Bühne. Stell dir – als Regisseur – diesen Auftritt vor. Wie aus einem Traum erwacht, nimmt die Liebhaberin das Stückchen Ohr aus dem Mund und überreicht es gönnerhaft dem sich vor Schmerzen windenden Partner. Das Publikum hätte gegrölt."

Und Gregori stimmte ihm lachend zu.

Sie waren bei der zweiten Flasche angelangt. Unerwartet stand Erna Soren vor ihnen. Frederic küsste ihr galant die Hand, nachdem sie ihm vorgestellt wurde.

Er sah ihr voll ins Gesicht. Er musste feststellen, dass sie wirklich einen faszinierenden Eindruck hinterließ, eine schöne, glatte Haut, trotz des wenigen Make-ups. Ihre Augen, ein geheimnisvolles, verborgenes Etwas lag darin, es schien, als ob sie gerade aus einer anderen Welt zurückkehrte.

Aber schlagartig veränderte sich ihr Ausdruck, sie lächelte locker und im leichten, wienerischen Jargon erzählte sie von einer netten Familie, die sie kennen gelernt und von der sie eingeladen wurde, daher ihre Verspätung. Gleichzeitig entschuldigte sie sich wegen ihrer Müdigkeit, sie wollte sich unbedingt zurückziehen. Nach einem flüchtigen Kuss für Hans auf die Wange, einem freundlichen Blick für Frederic, entglitt sie genauso schnell, wie sie gekommen war.

Es war längst nach Mitternacht, als Frederic und Hans – per du geworden – sich entschlossen, das nette Beisammensein zu beenden. In wohliger Weinlaune versprachen sie, auch weiterhin in Verbindung zu bleiben, selbst wenn der Theatervertrag nicht mehr erneuert werden sollte.

Annemarie erwartete ihren Liebsten ohne ein Wort des Vorwurfs, dass es so spät geworden war.

Frederic hatte oft Nachtdienst, es gehörte zu seinem Beruf und sie musste sich daran gewöhnen.

Aus seinen Erzählungen erkannte sie, dass es diesmal ein vergnüglicher Abend geworden war.

„Eines geht mir nicht in den Kopf, dass Hans und Erna Soren ein Liebespaar sind. Ich könnte mir eher eine Vater-Tochter-Beziehung vorstellen", urteilte Frederic so nebenbei.

Überrascht registrierte Annemarie, dass ihr Mann mit Gregori per du geworden war und fragte schelmisch, ob er auch von Erna einen Du-Kuss bekommen hatte. Oh, diese weibliche Neugierde!

„Nein, dazu kam es nicht", beruhigte er sie.

War seine Frau am Ende eifersüchtig? Er wollte sie schon necken und antworten, dass er nichts dagegen gehabt hätte, behielt es für sich und schwieg.

Es war wirklich kein Grund vorhanden, und warum Ärgernis und Misstrauen hervorrufen.

Lange konnte Frederic nicht einschlafen. Seine Gedanken kreisten um die Theaterwelt, für ihn ein Leben verbunden mit Tragik und Komödie. Die Faszination, andere Menschen zum Lachen und Weinen zu bringen, die Begabung und Überzeugungskraft zu besitzen, dazu musste man wirklich geboren sein. Er erinnerte sich an Hans' Erzählungen, wie viele Schauspieler es gibt, die glauben, gut zu sein, und in Wahrheit werden sie schlecht kritisiert, verhöhnt und ausgepfiffen. Sie landen, abseits vom Theater, igendwo und können sich in einer anderen Berufswelt trotzdem nicht zurechtfinden.

Die Saison näherte sich dem Ende.

Zum Abschluss war noch einmal „Das Land des Lächelns" angesetzt. Gregori sang wieder den Su Chong. Er war in blendender Verfassung, das ganze Ensemble brachte hervorragende Leistungen, und ein volles Haus bis zum letzten Spieltag war als sicher anzunehmen.

Enttäuscht zeigte sich Gregori allerdings, dass die Stadtgemeinde keinen weiteren Vertrag mit ihm abschloss und ihm mitteilte, dass das Kulturreferat selbst interessiert sei, nun einen vielseitigen Theaterbetrieb aufzubauen.

Eine peinliche Affäre

Frederic, in einen Polizeiakt vertieft, wurde durch die Kanzleivermittlung telefonisch mit Hans Gregori verbunden, und er entnahm aus der Stimme des Anrufers, dass dieser sehr aufgeregt sein musste.

„Frederic, meine Erna betrügt mich … ich bin am Ende, wenn sie mich verlässt …, ich weiß nicht, was ich ihr antue. Ich lass sie keinem anderen, ich alleine habe das Anrecht auf sie, sie wird es mir büßen, wenn sie es wagt, mich zu verlassen."

Beinahe schroff unterbrach ihn Frederic, an dem Ton erkannte er die Drohung, und diese musste er ernst nehmen. Es war für ihn nicht das erste Mal, in Eifersuchtsdramen zu intervenieren, bevor diese ein schreckliches Ende nahmen.

„Hans, höre einmal zu, ich komme in einer halben Stunde zu dir ins Hotel. Wir sprechen am besten in deinem Zimmer, da sind wir ungestört. Und unternimm nichts, was du später bereuen würdest."

Frederic machte sich ernste Gedanken. Einen solchen Anruf hatte er nicht erwartet. Hans erzählte ihm damals offenherzig über seine Liaison mit Erna. War es der Stolz eines alternden Mannes, eine junge Frau zu besitzen und an sich zu ketten? Und jetzt diese Worte.

Frederic fiel der Moment ein, wo Erna eintrat, und erinnerte sich ihrer Ausrede wegen des Zuspätkommens und ihrer raschen Verabschiedung. Vielleicht war sie damals schon bei ihrem Geliebten gewesen und Hans erkannte das Spiel noch nicht. Zum Resümee gekommen, war er sich plötzlich sicher, dass Erna Hans wirklich betrog.

Sollte er sich hier überhaupt einmischen? Dienstlich konnte er es nicht tun, es lag keine Anzeige vor. Er musste als Freund handeln.

Als er Hans gegenüberstand, vernahm er erschrocken den veränderten Gesichtsausdruck. Nein, das war nicht mehr der umjubelte Tenor, der die Bühne beherrschte, den man feierte. Alt sah er aus, tiefe Ringe um die Augen, die von einer schlaflosen Nacht zeugten, seine Mundwinkel zuckten und nahmen zynische Formen an.

Unwillkürlich hatte Frederic die Szene aus „Das Land des Lächelns“ vor Augen, bei der Su Chong Lisa, als diese ihn verlassen will, entgegenschleudert: „In China kann der Mann seine Frau auch köpfen lassen.“ Derselbe spöttische Mund und böse Blick – wie auf der Bühne.

Um Gottes willen – nur weg mit solchem Hirngespinst, redete sich Frederic ein, und harrte des kommenden Gesprächs mit Ungeduld.

Und schon berichtete Hans:

„Als Erna und ich nach der gestrigen Vorstellung ins Hotel kamen, war ich beschwingt und guter Laune und wollte zärtlich zu ihr sein. Sie aber entwand sich, gebrauchte zuerst die Ausrede, sie sei müde, was ich nicht gelten ließ. Plötzlich stand sie auf, stellte sich vor mich hin und eröffnete mir, dass sie mich verlassen würde. Und zwar endgültig. Ich könne sie nicht mehr umstimmen. Sie habe lange Zeit gewartet, teils aus Mitleid zu mir, teils aus Bequemlichkeit, weil es ihr bei mir ja gut ging. Von ihrem Freund würde sie nunmehr vor die Wahl gestellt, sie müsse sich entscheiden, und sie habe sich für ihn entschlossen. Sie würde mit dem Theaterspielen aufhören und eine Familie gründen.

Ich war so betroffen über diese Worte, nie im Leben hätte ich mir gedacht, dass ein Mensch wie sie so undankbar sein kann. In meinem grenzenlosen Zorn erteilte ich ihr eine Ohrfeige, die sie mir wieder zurückgab und mich anschrie, damit mache ich es ihr nur noch viel leichter. Sie würde beginnen mich zu hassen, mich, das alte Scheusal.“

Frederic unterbrach mit keinem Wort den Erzählenden, der immer mehr in Rage geriet.

„Ich werde ihr einen Denkzettel geben, sie wird nicht ungeschoren davonkommen. Ist das der Dank, dass ich sie groß gemacht, sie die ganzen Jahre geliebt und vergöttert habe. Nein, so kann sie mit mir nicht verfahren. Wir haben heute Abend die letzte Vorstellung …“

Hans sprach nicht aus, was er noch andeuten wollte.

Das irritierte Frederic – er sah darin wieder eine versteckte Drohung.

Doch ehe er das Wort ergreifen konnte, setzte der Betrogene fort: „Es war also kein Gerücht, das man mir vor einiger Zeit zugetragen hatte, dass sich Fräulein Soren hinter den Kulissen mit Statisten herumgetrieben hatte. Ich habe es nicht geglaubt, aber jetzt bin ich mir sicher, sie ist … eine Schlampe, ein Flittchen."

Nun reichte es Frederic, denn er wollte nicht, dass sich Hans weiter in etwas hineinsteigerte, das die Sache nur verschlimmerte. Unwillkürlich kam ihm ein böser Verdacht.

„Hans, hast du eine Waffe?"

Fast erschrocken kam dessen Antwort: „Ja, eine Pistole, ich habe einen Waffenpass dafür."

„Gib sie mir, ich möchte ein Andenken von dir."

Doch Hans verstand, was er damit bezweckte, aber es musste ja nicht eine Pistole als Racheakt dienen.

Zögernd übergab er ihm die Waffe, die er aus der Lade eines zierlichen Barocktischchens hervorholte.

„Und nun lass uns einmal vernünftig miteinander reden, und bitte unterbrich mich nicht, auch wenn dir einiges wehtun wird. Selbst wenn ich an Jahren jünger bin, glaube ich, reichen meine Lebenserfahrungen aus, um dir zu helfen. Du brauchst jetzt seelische Hilfe, und die willst du doch, sonst hättest du mich nicht gerufen. Du hattest mir von deiner innigen Liebe zu Erna erzählt. Ich will jetzt bei Gott nicht auf dein Alter pochen, du bist noch rüstig und strömst Scharm aus, der Frauen verrückt machen kann. Aber hast du nicht manchmal darüber nachgedacht, dass Erna eine Familie gründen möchte? Sie ist jetzt im besten Alter, dies zu tun. Vielleicht möchte sie auch Kinder. Vielleicht hat sie vom Theater genug und möchte sich gar nicht bis ins Alter dem Schauspielerberuf widmen. Du hast viele schöne Stunden mit ihr erleben dürfen, sie sollten dir in guter Erinnerung bleiben. Lösche die Worte, die sie zu dir gesagt hat, aus deinem Gedächtnis. Sicher mussten sie dich treffen. Aber manchmal sagt man etwas, was unausgesprochen besser gewesen wäre. Sei großzügig, wie du es in deiner Lieblingsoperette sein musst, übergib dein Glück jemandem, der es zu schätzen weiß. Auch wenn es schmerzt. Und was diese Gerüchte betrifft, du hast keine Beweise, daher sind deine harten Worte über Erna fehl am Platz. Ich möchte dein Freund sein, als Polizist muss ich dich aber warnen. Ich möchte nicht, dass ich gegen dich eines Tages dienstliche Schritte unternehmen muss."

Mehr wusste Frederic nicht zu sagen, er hatte nicht so einen Wortschatz, wie Autoren den Schauspielern vorlegen. Er verabschiedete sich rasch und wünschte Hans für die letzte Vorstellung alles Gute. Ob seine Worte Wirkung erzielt hatten, konnte er nicht abschätzen.

Immer nur lächeln …

Frederic war sich klar darüber, dass er Hans nicht aus den Augen lassen konnte. Deshalb ersuchte er einen Kollegen, ihm den Theaterinspektionsdienst zu überlassen. Dieser willigte gerne ein, weil er an dem Abend ohnedies zu einer Geburtstagsfeier wollte.

Überrascht nahm Annemarie zur Kenntnis, dass sie schon wieder ins Theater gingen, aber sie freute sich darüber, weil sie diese Lehár-Operette liebte.

„Ich werde bestimmt beim Schlussakt ein paar Tränen vergießen."

Frederic hörte gar nicht auf sie, seine Gedanken weilten mehr bei Hans. Würde er vernünftig sein? Er traute ihm nicht.

Seiner Frau hatte er kein Sterbenswörtchen von dieser unangenehmen Affäre erzählt.

Eigenartig fand sie es allerdings, dass ihr Mann nicht neben ihr sitzen, sondern seinen Dienst hinter den Kulissen versehen wollte? Eine Antwort darauf erhielt sie nicht.

Frederic suchte sich einen Platz, wo er ungesehen alle Vorgänge auf der Bühne überblicken konnte. Sein Augenmerk richtete sich jedoch nur auf Hans.

Doch Gregori war wieder ganz Su Chong, und Beifall brauste auf, als er an die Rampe trat und zum letzten Mal, also da capo, mit seiner schmelzenden Stimme „Euch ist mein ganzes Herz" sang.

Dann kam die rührende Schlussszene.

Eng schmiegte sich die kleine Mi an ihren Bruder, ihn fragend, wie er das schwere Leid ertrage. Zärtlich strich er ihr über das Haar – sein Blick war starr, so wie es die Rolle vorschrieb.

„Liebes Schwesterlein, sollst nicht traurig sein … schau in mein Gesicht, ich weine nicht. Lass uns zu zweit tragen das Leid … Immer nur lächeln trotz Weh und tausend Schmerzen … doch wie es drinnen aussieht, geht niemand was an."

Voll Ergriffenheit lauschte das Publikum, langsam fiel der Vorhang, während das Orchester noch einmal voll einsetzte.

Frederic atmete auf und wollte unbemerkt verschwinden.

Hans, der gefühlt hatte, dass er während der ganzen Vorstellung von ihm beobachtet worden war, verstellte ihm den Weg.

Beide Männer sahen sich in die Augen. „Danke", mehr sagte Hans Gregori nicht, er war sich der Verschwiegenheit seines Freundes sicher.

Dann ging er rasch in seine Garderobe.

Der Alltag war in der Stadt wieder eingekehrt.

Erna Soren machte wahr, was sie sich vorgenommen hatte. Sie wurde einige Wochen später mit ihrem Freund, einem Ingenieur, dem ein Direktionsposten winkte, getraut.

Hans Gregori trat nicht mehr als Sänger auf. Ihm wurde der Professorentitel verliehen und er gab noch eine Zeit lang Gesangsunterricht.

Frederic fand keinerlei Kontakt mehr zu ihm.

Annemarie war mächtig stolz auf ihren Mann, als er zum Leiter der Kriminalpolizei bestellt wurde. Nun würde der viele Dienst in der Nacht ein Ende haben. Und das war gut so, denn sie trug ein Kind unter ihrem Herzen. Als sie dies Frederic mitteilte, war er außer sich vor Freude.

Der Tag war gekommen, der das Glück der beiden vervollkommnen sollte.

Annemarie schenkte einem Mädchen das Leben.

Man war sich einig: Viktoria sollte ihr Name sein.

Die Fahrt ohne Rückkehr

In einem Landwirte-Ehepaar hatte Annemarie gute Bekannte, die schon während des Krieges oft mit Lebensmitteln ausgeholfen hatten. Sie wollte ihnen einen Besuch abstatten und bei der Gelegenheit Frederic vorstellen.
Der nächste dienstfreie Tag rückte heran und sie beschlossen, da der Bauernhof in der Einöde lag und dorthin eine schlechte Zug- bzw. Autoverbindung war, mit dem Motorrad zu fahren. Zeitig am Morgen holte Frederic seine Maschine aus der Garage.

Mutter Anna versicherte den Eltern, dass sie schon gut auf Viktoria, die nun inzwischen vier Monate alt geworden war, aufpassen werde. Und so wussten sie ihr kleines Baby in besten Händen.

Beruhigt und bestens gelaunt fuhren sie los, am Abend wollten sie wieder zurück sein. Es sollte keine Rückkehr mehr geben. Gnadenlos hatte der Tod zugeschlagen und das Leben zweier Menschen, die so hoffnungsvoll in die Zukunft blickten, ausgelöscht.

Kurz vor Mitternacht wurde Anna von der Polizei verständigt, dass ihr Sohn und ihre Schwiegertochter tot aufgefunden worden waren. Vermutlich waren sie mit dem Motorrad ins Schleudern geraten und mit voller Wucht gegen einen Brückenpfeiler geprallt. Beide waren nicht mehr am Leben, als man sie entdeckte.

Der Tod von Viktorias Eltern war für jedermann ein großer Schock. Der ganze Krieg mit seinen verheerenden Auswirkungen, seinen Ängsten, Nöten und Entbehrungen konnte überwunden werden – und jetzt dieses schreckliche Unglück.

Anna war fassungslos und entschied sich sogleich, Viktoria zu adoptieren. Als Richterin in der Kreisstadt fand sie einflussreiche Leute, sodass die Formalitäten rasch erledigt wurden.

Viktoria wusste zu dieser Zeit noch nicht, was um sie herum passierte. Sie war von liebevollen Menschen umgeben, die sie kosten und umhätschelten. Alle wollten in diesen schweren Tagen dazu beitragen, das Düstere zu überdecken. Damit Viktoria in ein Leben voll Sonnenschein hineinwächst …

Annas Glück und Leid

So war Viktoria umhegt von allen Verwandten, die in den einzelnen Stockwerken des Hauses lebten. Überall konnte sie während des Tages zu Besuch weilen, doch der Abend gehörte ihr und Großmutter, die sie liebevoll Ama nannte.

Oftmals kam Anna müde und abgespannt nach Hause, dennoch, für ihre Enkelin fand sie immer eine Stunde oder mehr Zeit.

Dann wurde in aller Ruhe das tägliche Geschehen durchgesprochen. Zuerst kam Viktoria zu Wort. Mit roten Backen erzählte sie ihre Erlebnisse. Anna hörte mit viel Geduld zu, gab Ratschläge und war zufrieden, Viktoria glücklich zu wissen.

Dabei saß Anna meistens auf ihrer bequemen Chaiselongue, die in ihrem kleinen Wohnzimmer in der Ecke neben der Stehlampe stand, und rechts von ihr hatte es sich Viktoria gemütlich gemacht. War die Berichterstattung des Mädchens zu Ende, sollte sie ihr „Bulletin" abgeben, wobei sie so manches Mal erwähnte, dass sie die eine oder andere Person, die etwas angestellt hatte, zum Freiheitsentzug verurteilen musste.

Viktoria, sehr stolz auf ihre Großmutter, weil diese als Richterin ein solch wichtiges Amt innehatte, gab altklug ihren Kommentar.

„Das ist gut so, böse Menschen gehören ins Gefängnis."

Anschließend brachte Anna die Kleine zu Bett und es folgte die Gute-Nacht-Geschichte.

Sie kannte so fantastische Märchen, wie etwa die aufregenden Erlebnisse eines Katers, der mutterseelenallein in die Welt zog und in immer neue Abenteuer hineinschlitterte. Viktoria konnte davon gar nicht genug bekommen, es sei denn, ihre Großmutter sprach zur Abwechslung von der wunderschönen Prinzessin, die weise und tugendhaft in einem großen Land thronte.

Manchmal kam es vor, dass Viktoria ihre Augen geschlossen hatte, ihre regelmäßigen Atemzüge ließen Anna wissen, dass ihr

Liebling bereits im Traumland war. Auf Zehenspitzen schlich sie sich aus dem Zimmer, das einst von ihrem Sohn Frederic bewohnt worden war, jedoch nicht, ohne ihr vorher einen Kuss auf die Wange gedrückt zu haben. Ihre Worte, Himmelvater und Schutzengel passen auf dich auf, wiederholten sich Tag für Tag.

Wieder einmal erzählte Anna ihrer Enkelin über einen lustigen Streich des Katers und wartete ab, bis Viktoria eingeschlafen war.

Dann setzte sie sich in ihrem Arbeitszimmer zu ihrem Schreibtisch und wollte die Akten für die nächsttägigen Verhandlungen studieren. Doch was war bloß los mit ihr? Sie kam mit ihrer Arbeit nicht voran, ihre Gedanken waren ganz woanders. Plötzlich verspürte sie Tränen in ihren Augen. Hatte sie Grund traurig zu sein? Sie dachte über sich und ihr bisheriges Leben nach. Wie viele Stunden des Glücks waren ihr wirklich beschert worden?

War sie jetzt zufrieden, jetzt, wo sie in Viktoria einen Sonnenschein in ihrem Dasein gefunden und eine so verantwortungsvolle Aufgabe übertragen bekommen hatte, für sie Mutter und Freundin zu sein? Stellte es nicht ein Gottesgeschenk dar, ein so liebes Kind um sich zu haben, das hoffnungsvoll und ehrfürchtig zu ihr emporblickte?

Anna kämpfte vergebens an, nein sie wollte nicht, aber die Vergangenheit holte sie doch ein …

Inmitten ihres Jusstudiums hatte Anna Wilhelm, einen Studienkollegen, kennen gelernt und sich in ihn verliebt. Beide waren jung und unerfahren gewesen. Heimlich trafen sie einander in Wilhelms kleiner Bude. Der Schock war für beide groß, als Anna feststellen musste, dass sie schwanger war. Nun blieb ihnen nichts anders übrig, als es den Eltern zu beichten.

Wilhelms Leute, einfache, aber liebe Menschen, hatten Verständnis für ihre Situation und nichts gegen eine Heirat. Als fromme Menschen vertrauten sie auf Gott, dass das Kind gesund auf die Welt kommen werde.

Bei Anna war es anders. Ihr Vater tobte und wollte eine Verbindung der beiden nicht zulassen. Aber als die Tochter hartnäckig ihren Standpunkt verteidigte, auf alle Fälle das Kind zu behalten, und sie versuchen würde, auch ohne jegliche Hilfe ihrer Verwandten durchzukommen, nahmen ihre Eltern Vernunft an. Sie sahen ein, dass eine Heirat unumgänglich war, sollte das Kind nicht unehelich geboren werden.

In aller Stille wurde geheiratet. Als Hochzeitsgeschenk bekamen die Neuvermählten von Annas Eltern eine gerade frei gewordene, kleine Wohnung in ihrem Haus. Mit viel Liebe richteten sie diese mit alten Möbeln, die sie auf dem Dachboden fanden, ein.

Auf weitere Hilfeleistungen wollte sich Annas Vater nicht einlassen. Sein Prinzip war, die Jungen sollten selbst ihr Leben meistern. Nicht so die Mutter, die ihrer Tochter immer wieder Geld und Essen zusteckte, weil sie erkannte, wie schwer sich die beiden taten.

Anna beendete ihr Studium und erteilte Nachhilfestunden in verschiedenen Fächern, womit sie erst kurz vor der Geburt Frederics aufhörte.

Wilhelm schaffte seinen Doktortitel. Er war sehr ehrgeizig und wollte aller Welt seine Fähigkeiten beweisen. Als Konzipient bei einem Rechtsanwalt zeigte er so großen Arbeitseinsatz, dass er bald unersetzlich wurde. Eines Tages kam er freudestrahlend nachhause.

„Anna", rief er beschwingt und tanzte durch den Raum, „ich habe eine tolle Anstellung in Aussicht – in Hamburg, in einer der größten Rechtsanwaltskanzleien. Es ist eine Chance für uns, verstehst du, endlich weg aus dieser verbohrten Kleinstadt, aus diesem engen Kessel – hinaus in die große, weite Welt. Ich werde die Möglichkeit haben, wichtige Handelstransfers abzuwickeln, ich habe die Chance eine Persönlichkeit zu werden."

„Ja, und was wird mit Frederic und mir?"

„Ihr kommt nach, sobald ich Fuß gefasst und eine geeignete Wohnung gefunden habe. Gesellschaftlich möchte ich so dastehen, dass ich euch ein schönes Leben bieten kann. Es dauert bestimmt nicht lange. Die Möglichkeiten sind umwerfend, vertraue mir."

Anna war es bange, doch sie wollte Wilhelm nicht die Chance vermiesen, sie kannte ihn zu gut und wusste, wie sehr er an den kleinstädtischen Verhältnissen litt.

Der Vertrag wurde perfekt, und so zog Wilhelm nach Hamburg. Seine anfänglichen Briefe strotzten vor Begeisterung und Zukunftsplänen, auch das monatliche Geld traf pünktlich ein und wurde immer mehr. Somit hatte Anna keine finanziellen Schwierigkeiten. Und sie hatte Frederic, der ihr alles bedeutete.

Mit der Zeit wurden die Nachrichten spärlicher, und Wilhelm deutete nicht mehr an, dass er bald seine Familie nachholen wollte. Anna begann sich Gedanken zu machen und spürte eine Entfremdung umso mehr, als Wilhelm nicht reagierte, als Anna ihn um eine Aussprache bat. Sein letzter Brief war knapp gehalten, er beinhaltete lediglich, dass er wenig Freizeit habe und viel im Ausland sei.

Anna musste Gewissheit haben. Ohne vorherige Ankündigung fuhr sie mit Frederic nach Hamburg. Sie nahm reichlich Proviant und warmes Gewand mit, denn die Reise dauerte lange. Endlose Stunden, ehe sie in der Hansestadt eintrafen. Ein Taxi brachte sie zu Wilhelms Adresse.

Anna klingelte mehrmals an der Wohnungstür, aber es öffnete niemand. Was sollte sie tun? Warten? Vielleicht traf Wilhelm doch bald ein, es war ja schon später Abend.

Sie setzte sich mit Frederic, der schon schläfrig die Augen rieb, auf die Stiege.

Endlich hörte sie Schritte, es war der Hausmeister, der sie erschrocken anstarrte. Anna stellte sich vor und da schien es für den Mann eine Selbstverständlichkeit, die beiden in seine Wohnung zu nehmen.

Frederic bekam heiße Milch und ein Butterbrot. Viktoria lehnte dankend ab, denn sie war zu müde um zu essen.

Der Hausmeister erzählte ihr, dass er den Herrn Rechtsanwalt nur sehr selten im Haus sehe. In der vergangenen Wochen fast überhaupt nicht. Vielleicht hatte er wieder verreisen müssen. Es wäre doch gescheiter gewesen, mich anzumelden, überlegte Viktoria.

Ihr war es peinlich, dass sie den Hausmeister in Anspruch nahm und dieser sich jetzt anbot, ihr in der Küche den Diwan für die Nacht zu überlassen. Der gute Mann erkannte, dass Anna unsicher dastand, und schnell wollte er in seinem Hamburger Dialekt eventuelle Bedenken zerstreuen.

„Liebes Frauchen, Sie brauchen sich nicht zu fürchten, ick tu Ihnen schon nichts. Um diese Zeit ein Hotel zu finden, ist nicht leicht. Bleiben Sie ruhig hier, ist zwar ein klein wenig eng, aber für'ne Nacht wirds schon reichen."

Er sprach so vertrauensvoll, dass Anna einfach nicht nein sagen konnte.

Nun wollte er noch witzig sein, indem er meinte: „Wissen Sie, ich könnte ja mit einem Nachschlüssel die Wohnung öffnen, aber det würde mir der Herr Doktor, selbst wenn Sie sein Frauchen sind, bestimmt nicht verzeihen."

Das leuchtete Anna ein.

Am nächsten Morgen überraschte der urwüchsige Hamburger Anna und Frederic mit einem nahrhaften Frühstück, und sie langten voll Appetit kräftig zu.

Ehe sie mit dem Taxi zu Wilhelms Büro losfuhren, ersuchte Anna, das Reisegebäck hier lassen zu dürfen. Dagegen gab es nichts einzuwenden, im Gegenteil, der Hausmeister versicherte, er würde sich freuen, sie später dann in froher Laune wieder zu sehen.

Eigentlich hatte sich Anna ihre Ankunft in Hamburg anders vorgestellt. Einen lieben Empfang durch ihren Gatten und die Freude darüber, dass er sie endlich wieder in die Arme schließen konnte. Aber das wird noch kommen, ermutigte sich Anna selbst, jetzt müsse sie einmal Klarheit haben.

Anna war nervös, als sie mit Frederic in der Kanzlei eintraf. Die Sekretärin im Vorzimmer staunte nicht schlecht, als sie Mitteilung bekam, dass Anna die Gattin des Rechtsanwaltes sei. Sie meldete telefonisch ihrem Chef den Besuch und es dauerte keine Minute, bis Wilhelm aus seinem Zimmer kam.

„Mein Gott, warum hast du mich nicht verständigt, dass du kommst", waren seine ersten Worte. Richtig erschrocken schien er.

„Und Frederic hast du auch mitgebracht – ist der Bub groß geworden." Eine kleine Geste der Zärtlichkeit lag in seinem Blick, denn der Kleine streckte die Arme nach ihm aus und rief Papa.

Er führte die beiden in das Arbeitszimmer, aus dem kein Laut dringen konnte – dafür sorgte eine dick gepolsterte Tür.

Anna konnte Wilhelms Gesichtszüge nicht deuten. Entfremdung, Verärgerung oder schlechtes Gewissen? Was war es? Sie hatte momentan den Eindruck, dass dies nicht ihr Wilhelm war. Somit wollte sie die Aussprache nicht mehr auf die lange Bank schieben.

„Wilhelm, wir müssen miteinander reden, das siehst du wohl ein!"

„Ja, wir müssen reden", wiederholte Wilhelm, ohne seiner Frau ins Gesicht zu sehen. Er suchte merklich nach Ausflüchten.

„Ich habe eine halbe Stunde Zeit, ein Klient hat sich angesagt, den kann ich nicht warten lassen."

Frederic schickten sie wohlweislich ins Vorzimmer, wo sich die Sekretärin mit ihm beschäftigen musste.

„Was ist mit dir los, Wilhelm, hast du vergessen, dass du Frau und Kind hast? Ich höre von dir fast nichts mehr, deshalb suche ich dich hier auf. Ich wollte nach dem Rechten sehen und möchte wissen, wie ich dran bin. Das wirst du wohl verstehen?"

„Weißt du", begann Wilhelm kleinlaut, „ich stehe unter Druck. Ich soll als Partner einer anderen bekannten Anwaltskanzlei einsteigen. Eine Vertrauensperson, die mir sehr verbunden ist, hat mir den Weg geebnet. Ich hatte einfach nicht die Zeit, dir ständig zu schreiben."

„Mit anderen Worten, du fandest es nicht der Mühe wert, deiner dir angetrauten Frau alles zu sagen – so, wie wir es uns seinerzeit versprachen. Bin ich für dich ein Störfaktor geworden? Wie lange soll ich noch warten? Weißt du überhaupt, wie viele Monate du von uns weg bist und wie lange ich dich als Ehepartner entbehren musste?

Sieh mich an, ich bin eine junge Frau, ich brauche Liebe und Zärtlichkeit. Ich weiß ja nicht, wie du das aushältst oder wie du dich abreagieren kannst oder dich anderweitig verwöhnen lässt. Noch habe ich dir die Treue gehalten, aber treib es nicht auf die Spitze. Dass du irgendwo bist und mir Geld schickst, genügt mir nicht. Ich brauche körperliche Liebe und Geborgenheit."

Anna schleuderte ihm die Worte ins Gesicht und erkannte, wie ihr Mann einige Male betroffen zusammenzuckte.

Wilhelm rang nach Worten, die aber sehr zögernd folgten. „Ich verstehe dich. Wir waren vielleicht doch zu jung für alles, besonders, was das Kind betrifft. Ich bin als Vater auch heute noch nicht reif genug. Ich brauche meine Freiheit, denn ich bin kein Typ, der abends nachhause kommt und mit dem Kind spielt. So viele Ideen sind in mir, die ich verwirklichen will.

Ich muss meine gesellschaftlichen Kontakte aufrechterhalten. Der Mann, der mich als Kompagnon haben will, weiß nicht, dass ich verheiratet bin, dass irgendwo in einer kleinen Stadt eine Frau und ein Kind auf mich warten."

„Du hast uns *verleugnet*? Warum das nur?"

Mehr kam Anna nicht über die Lippen. Sie befürchtete, dass noch Schlimmeres folgen würde.

„Die Tochter dieses Mannes schätzt meine Gesellschaft und will mich zum Mann. Ich habe mit ihr auch schon geschlafen."

Nun war es heraußen, aber Wilhelm getraute sich Anna nicht in die Augen zu schauen.

„Anfangs glaubte ich, es sei nur ein einmaliges Liebesabenteuer, rein aus einer Laune heraus, aber die Frau hat mich voll in ihren Bann gezogen. Und dazu die Karriere durch ihren Vater. Das alles hat mich so geblendet. Ja, ich bin dir gegenüber gemein und ich komme mir wirklich schäbig vor."

Jetzt erst sah er Anna an, groß und schlank stand er vor ihr, aber kein bisschen Liebe strömte aus ihm.

Anna wurde es kalt ums Herz. Sollte sie kämpfen um ihn? Um ihn, der plötzlich ein Fremder für sie geworden war? Nachdem sie ihre Gedanken wieder gesammelt hatte, fasste sie schlagartig den Beschluss, allem ein Ende zu bereiten. Sie war die Verliererin.

„Reiche die Scheidung ein, es war ein bedauernswerter Irrtum, eine Torheit der Jugend. Ich verlasse dich, lass uns aber nicht im Zorn auseinander gehen. Schon wegen Frederic. Vielleicht brauchen wir uns noch einmal im Leben."

Die Scheidung wurde schnell vollzogen. Anna bekam den Gerichtsbescheid aus Hamburg zugesandt und konnte mit den monatlichen finanziellen Verpflichtungen, die Wilhelm auferlegt wurden, zufrieden sein. Die Zeit heilt Wunden, hatte sie sich eingeprägt, und sie fühlte sich jetzt frei. Mit wahrem Eifer stürzte sie sich wieder ins Studium, das sie spielend schaffte, mit der Aussicht, dass sie in Bälde ein Richteramt übertragen bekäme.

Bei einer Veranstaltung wurde ihr Hubert vorgestellt, Besitzer eines Sägewerks und eines ländlichen Anwesens im Nachbarort. Ein ruhiger Mann, den sie von da an öfter traf und an dem sie Gefallen fand. Er wirkte nie aufdringlich und bemühte sich um Anna und Frederic. Ihre Zweifel, jemals wieder lieben zu können, legte Anna dank der Herzlichkeit, mit der Hubert sie umwarb, bald ab. Sie willigte ein, als er sie fragte, ob sie seine Frau werden wolle. Ob es mehr eine Heirat aus Dankbarkeit war, die ihr die Geborgenheit zurückgab, oder eine aus überzeugter Liebe, konnte sie allerdings nicht beurteilen.

Ihr Leben verlief nun ruhig, ausgeglichen, aber ohne Elan.

Huberts Problem war, dass Anna sehr an ihrem Beruf hing. Er wollte sie lieber zu Hause wissen. Eine Frau aus bäuerlichen Kreisen leistete im Haushalt gute Dienste. Auch verstand sie es, mit Frederic gut umzugehen. Trotzdem ließ Anna es sich nicht nehmen, am Abend, wenn sie von ihrem Dienst nach Hause kam, das Nachtmahl selbst zuzubereiten.

Glücklich vernahm Hubert, als seine Frau es ihm mitteilte, dass sie in anderen Umständen sei. Er las ihr alle Wünsche von den Augen ab, in der Hoffnung, sie werde ihm einen Sohn gebären. Um sich für das zu erwartende Kind zu schonen, hörte Anna zu arbeiten auf. Und es wurde ein Bub, den man Ferdinand taufte.

Die Jahre vergingen. Die Brüder zeigten sich sehr unterschiedlich im Charakter. Ferdinand sah den größeren, selbstständigen als ideales Vorbild und bemühte sich redlich, ihm vieles nachzuahmen. So auch beim Indianer spielen. Anna hatte ihren Söhnen eine farbenprächtige Indianerausrüstung geschneidert, in der sie auf den Wiesen und im nahen Wald herumtollten. Kein Baum war Frederic zu hoch, und zaghaft, aber willig folgte ihm sein Bruder.

Frederic durfte, auf Grund seiner kräftigen Statur und seines guten Reaktionsvermögens, Reitunterricht nehmen. Er zeigte sich sehr geschickt und beherrschte schon nach kurzer Zeit Trab und Galopp famos.

Wenn Hubert dabei war, unternahmen sie längere Ausritte. Das Pferd des Buben war sanft und wie geschaffen für den jungen Reiter.

Ferdinand sah sich benachteiligt und wäre zu gerne ebenfalls auf ein Pferd gestiegen. Aber Anna war strikt dagegen, weil sie befürchtete, dass er dafür nicht kräftig genug sei.

An jenem Unglückstag unternahmen Hubert und Frederic wieder einmal einen kleinen Ausflug zu Pferde. Ferdinand weinte und wollte unbedingt dabei sein. Hubert brachte es nicht übers Herz, den Kleinen stehen zu lassen, so hob er ihn hoch und nahm ihn zu sich. Etwas bange sah Anna ihnen nach, aber sie zerstreute ihre Bedenken, da sie wusste, dass Hubert als guter Reiter galt und mit dem Kind sicher keine Eskapaden wagte.

Die Stunden vergingen. Sie hörte nichts von ihren Lieben. Unruhig saß Anna unter dem schattigen Kirschbaum, ihrem Lieblingsplätzchen, konnte sich aber nicht richtig auf ihre Handarbeit konzentrieren. Das Schrillen des Telefons war für sie wie ein Alarmzeichen. Sie rannte in das Zimmer, riss den Hörer vom Apparat. Ein Arzt aus dem Krankenhaus meldete sich. Aus seinem Mund erfuhr sie, dass ihr Mann und ihr Sohn verletzt eingeliefert worden waren. Das Pferd hätte gescheut und beide abgeworfen. Dabei waren sie über eine Böschung gestürzt.

Ein Nachbar brachte Anna sogleich in das Spital. Frederic hockte geschockt auf einer Bank vor dem Eingang und stammelte, dass die Pferde von einem Bauern eingefangen und in den Stall gebracht wurden. Anna hörte gar nicht auf seine Worte, wie von einem Ungeheuer verfolgt, hetzte sie zum Operationstrakt. All ihr Flehen nützte nichts, sie durfte nicht in den Behandlungsraum. Endlich kam ein Arzt mit ernster Miene heraus. Anna schrie ihn förmlich an – sie wollte eine erlösende Auskunft.

„Ihrem Mann geht es verhältnismäßig gut, er hat nur eine leichte Gehirnerschütterung, ist aber noch sehr benommen. Für Ihren Sohn besteht leider akute Lebensgefahr, er hat schwere innere Verletzungen. Wir können nur auf Gott vertrauen, er liegt im Koma." Als Anna zu Hubert durfte, war sie von dieser furchtbaren Nachricht derart betroffen, dass sie nicht fähig gewesen wäre, auch nur die geringsten Sätze auszusprechen.

Da Hubert zur Beobachtung im Krankenhaus bleiben musste, fuhr sie mit Frederic zunächst nach Hause und brachte ihn dann zu seinen Großeltern. Sie selbst hielt es daheim einfach nicht aus und eilte ins Krankenhaus, um ihrem Sohn nahe zu sein. Zwei Tage kämpfte das junge Leben mit dem Tod, der aber schließlich der Stärkere war.

Seit dem Begräbnis von Ferdinand war Hubert ein anderer Mensch geworden. Die Selbstvorwürfe marterten ihn, er fand keine Ruhe mehr. Anna machte sich ernste Sorgen um ihn. Sie ließ ihn kaum noch allein und befürchtete oft das Schlimmste. Wie traurig sah er sie an, besonders an jenem Morgen, als sie zum Einkaufen ging. Seine Augen blickten ins Leere, seine Worte waren abwesend, sein „Auf Wiedersehen" klang so eigenartig.

Sie wollte gar nicht weggehen, aber Hubert drängte darauf, dass sie ihre Besorgungen machen sollte. Keine Stunde blieb sie aus, ihr Inneres drängte: Du musst nach Hause, es passiert etwas Furchtbares. Völlig außer Atem traf sie ein. Hubert war nicht anwesend. Wo konnte er sein?

In seinem Arbeitszimmer fand sie ihn.

Er lag am Boden. Anna schrie auf, als sie das viele Blut und seinen leblosen Körper sah. Die Augen starrten sie an, als wollten sie sagen: „Verzeih mir."

Hubert hatte sich selbst mit einer Pistole gerichtet. Er hatte den Tod seines Sohnes nicht überwinden können.

Zum zweiten Mal stand sie mit Frederic innerhalb kurzer Zeit vor einem offenen Grab, um Abschied für immer zu nehmen.

Viktorias Zauberland

In der Zeit von Viktorias Kindheit gab es eine verfallene Burg, die sie „ihr Schloss“ nannte.

Sie war seinerzeit auf einer vorspringenden Felsnase als Hohenburg erbaut worden. Durch den Wald erreichte man die einstige Festung, die zum Großteil nur noch aus Ruinen bestand. Einsam und verlassen wartete sie darauf, was man wohl aus ihr machen werde. Ein verwittertes Wappen über dem riesigen Eingangstor ließ die Urheber eines uralten Geschlechtes erkennen, das einst hier hauste. Im Durchgang steckte in der Mauer noch eine Pechpfanne, die im Mittelalter als Beleuchtung diente. Sonst war kein Inventar mehr vorhanden. Die letzten Überreste schaffte man vorsichtshalber in das städtische Museum – als Zeugnis längst vergangener Zeiten, wo Raubritter ihr Unwesen in dieser Gegend trieben.

Hier war auch festgehalten, dass diese Burg bereits im 13. Jahrhundert urkundlich erwähnt wurde. Ende des vorigen Jahrhunderts hattet sich eine Familie M., die einem bekannten Landadel angehörte, in Viktorias Heimat angesiedelt und große Ländereien erstanden, so auch diesen Besitz.

Es gab Absperrungen rund um die Festung mit der Aufschrift: „Betreten der Anlage lebensgefährlich und daher verboten.“

Niemand ahnte, dass Viktoria sich immer wieder dort aufhielt. Sie hätte es auch nicht gewagt, jemandem ihr Geheimnis zu lüften. Ihre ganze Illusion wäre zerstört worden.

In dem kleinen, malerischen Burggarten stand eine uralte Linde, die, wie die Legende erzählte, schon an die tausend Jahre zählte.

In den vielen Jahrhunderten war sie innen hohl geworden. Viktoria liebte das Plätzchen unter der Linde, hier konnte sie ihren Träumereien nachgehen. Wenn sie nur wüsste, welche Geheimnisse der alte Baum verbarg, sie würde weiß Gott was dafür geben.

Aber die Linde schwieg und breitete groß und mächtig ihren Schatten über den Burggarten.

Zu allen Jahreszeiten besuchte Viktoria „ihr Schloss". Wenn der erste Schnee fiel, ging sie hin, um sich für die Wintermonate zu verabschieden. Während der langen Monate, wo Väterchen Frost regierte, gab es oft bis zu einem Meter Schnee. Für sie hielt „ihr Schloss" den Winterschlaf.

Kaum kamen die ersten Strahlen der Frühlingssonne und der Schnee war weggetaut, begrüßte Viktoria ihr Reich mit einem hellen Jauchzen.

Die Palmkätzchen blühten, da und dort die ersten Schneeglöckchen, und gar bald würde auch die Linde zu neuem Leben erwachen. Im Sommer, nach einem heißen Tag, wenn die Sonne wie ein leuchtender Ball unterging, saß sie oftmals auf der Burgmauer, die gefahrvolle, tiefe Schlucht nicht wahrnehmen wollend, sondern nur die Schönheit, die Ruhe und Zufriedenheit, die sich vor ihr ausdehnte.

Ringsum – das war ihr Zauberland. Und sie war die „Comtesse pays d'enchantement".

Hier war sie wie verwandelt. Hier konnte sie sich der Fantasie hingeben.

Aus Ästen und einer Holzplatte zimmerte sich Viktoria einen Tisch, schleppte alte Decken und Pölster von zu Hause her und richtete ihr kleines Turmzimmer, das sie besonders liebte, ein. Von hier aus hatte sie einen lieblichen Blick auf die Stadt.

In einer Kiste verbarg sie einen alten Brokatvorhang, der, wenn sie ihn um ihren Körper drapierte, ein edles Kleid mit Schleppe ergab.

Hoheitsvoll schritt sie damit herum, machte großzügige Armbewegungen und lächelte huldvoll nach allen Richtungen. Mit sich selbst sprechend, führte sie Dialoge, erteilte Befehle und gab verschiedenste Anweisungen. Manchmal musste sie sich als Schlossherrin um die „Abrechnungen ihrer Ländereien" kümmern. Dies geschah dann, wenn sie mit der Schultasche hierher kam, um ihre Hausaufgaben zu machen.

Da saß sie dann auf einem wackeligen Sessel, den sie von irgendwo herbeigeschleppt hatte, beim Tisch vor dem Fenster, seufzend, und plauderte vor sich hin.

„Was man als Herrscherin nicht alles aufschreiben und rechnen muss, damit die Finanzen stimmen.“

Eines Tages, es war Herbst und so mancher Zugvogel hatte sich schon auf seine Reise begeben, sah Viktoria, als sie auf das Burgareal zuging, weitere Absperrungen. Einige Männer – sie schienen von einem Bautrupp zu sein – gaben sich wichtig und steckten verschiedene Flächen ab.

Schon wollte Viktoria zu diesen Männern schreiten und sie aufklären, dass das ihr Bereich sei und sie hier nichts zum Anschaffen hätten.

Der befehlerische Ton eines groß gewachsenen, bärtigen Herrn, der ihr riet, wegzugehen, schreckte sie zunächst vor irgendwelchen Aktionen ab.

„Aber das gehört doch alles mir, da bin ich immer“, stotterte sie und war ganz aufgewühlt. Der Herr im Anorak sprach dann etwas freundlicher: „Kleines Fräulein, du weißt aber, dass es strengstens verboten ist, das Gebiet zu betreten.“

„Ja schon, natürlich – ich komme ja auch nur so vorbei“, wurde Viktoria nun kleinlaut.

„Darfst du, kleines Fräulein. Wir vermessen hier einiges, denn wir werden bald zu bauen beginnen. Es soll vieles neu gestaltet werden. Die Stadträte haben Graf M., dem ja dieses Gebiet gehört, nun doch so weit überzeugen können, dass aus dieser Ruine etwas Sinnvolles gemacht werden soll. Ein wunderschönes Restaurant mit einem Café wird entstehen. Es ist ja ein herrliches Ausflugsgebiet. Unten, wo der Forstweg eine Kurve macht, werden Bäume geschlägert, eine breite Straße angelegt und ein großer Parkplatz errichtet. Man will es den Besuchern bequem machen, dass sie nicht zu weit zu Fuß gehen müssen. Die Stadtväter haben sich da einiges einfallen lassen, Konzerte im Sommer, vielleicht auch Theateraufführungen. Ja, ja, unsere Stadt modernisiert sich. Es wird auch schon Zeit, dass die einstige Burg aus ihrem Dornröschenschlaf erwacht.“

Der Mann redete, mit Blick auf das Städtchen, so vor sich hin und merkte gar nicht, dass sich Viktoria mit Entsetzen davongeschlichen hatte. Das war zu viel für sie. Sie konnte sich nicht vorstellen, ihr geliebtes Schloss für immer zu verlieren. Welch schöne Zeit verbrachte sie hier, war nicht sie selbst, war jemand anderer und so glücklich.

Jetzt muss sie weichen, denn viele Menschen werden herkommen und sich amüsieren. Nicht auszudenken.

Sie war traurig und konnte sich lange nicht beruhigen.

Eines Tages, ihr Schmerz saß noch immer tief, sprach sie mit ihrer Großmutter.

„Ama, weißt du, dass man die Burg umbaut und für die Öffentlichkeit zugängig macht?"

„Ja, das finde ich sehr gut. Denke, wie nett das sein wird, wenn man beim sonntägigen Spaziergang ein schönes Ziel vor Augen hat. Bei Kaffee und Kuchen im Burgcafé sitzen, die schöne Aussicht dazu. Ich freue mich darauf."

„Ich aber nicht."

„Und warum nicht?"

„Weil es meine Burg war und mein Besitz. Du weißt ja gar nicht, wie oft ich dort war und wie glücklich ich mich fühlte. Jetzt hat man mir alles genommen, und alles ist verloren."

Schluchzend fiel sie Anna um den Hals. Erschrocken über den plötzlichen Tränenausbruch ihrer Enkelin überlegte Anna, wie wenig sie eigentlich dieses Kind kannte. Was wusste sie schon von ihm, von seinen heimlichen Träumereien, seinem ganzen Wesen. Anna war stets der Meinung, dass Viktoria, da sie glücklich wirkte, keinerlei Probleme mit sich trug. In der Tat, Viktoria wirkte manchmal sehr verschlossen, und so jung sie war, hatte Anna immer das Gefühl, dass sie kleine Sorgen mit sich selbst bereinigte.

Und heute dieser Gefühlsausbruch, der ihren wirklichen Schmerz erkennen ließ.

Anna streichelte Viktorias Haare und wiegte sie wie ein kleines Kind.

„Sei nicht traurig, Viktoria", versuchte Anna zu beruhigen, „es ist leider so im Leben, dass einem viel verloren geht, was man glaubt fortwährend besitzen zu müssen oder lieben zu können. Aber zu deinem Trost, dich wird noch viel Schöneres im Leben erwarten. Ob du es für ewig behalten kannst oder nur eine Zeit, weiß man im Voraus nicht. Wichtig ist, immer etwas zu finden, das man lieben kann."

Zur Eröffnungsfeier befand sich Anna unter den Gästen. Sie hatte Viktoria mitgenommen. Mit viel Umsicht und Gediegenheit war die ganze Anlage gestaltet worden. Man konnte stolz auf diese neue Attraktion sein. Der Bürgermeister sprach salbungsvoll über die Geschichte der Stadt und der Burg. Die Menschen hörten aufmerksam seinen Ausführungen zu.

Viktoria stand artig dabei, aber sie wollte von all dem, was hier verlautet wurde, nichts wissen. Sie nahm Abschied von dem Reich ihrer Träume, von „ihrem Schloss“. Nie mehr würde sie hierher kommen. Sie hatte auch bereits den Titel „Comtesse pays d'enchantement“ abgelegt.

Ein Schiff wird kommen ...

Zu einem hübschen Teenager entwickelt, verbrachte Viktoria viele Stunden mit Adelheid.

Meist saßen die Freundinnen in Adelheids Zimmer, erörterten ihre neuesten Eroberungen oder diskutierten über obszön-erotische Romane, die sie in dieser Zeit zur Lieblingslektüre auserkoren hatten. Es gab eine breite Palette davon, und die Bücher hinterließen unauslöschliche Eindrücke. Sie analysierten das Leben der Kameliendame, bedauerten deren tragischen Tod und überlegten, wie sie selbst als „Marguerite" gehandelt hätten.

Sie glaubten, daraus Sujets für ihr eigenes Leben zu finden.

Adelheid verschlang die Geschichten aus Boccaccios „Decamerone", und so sehr das zarte, blonde Mädchen schüchtern und verlegen Erwachsenen gegenübertrat, reifte hier ihre Selbstverwirklichung heran. Dementsprechend fantasievoll ausgeschmückt gab sie die Erzählungen an ihre Kameradin weiter.

Beide fanden Casanovas Memoiren phänomenal geschrieben, amüsierten sich an den „prickelnden Details" und amourösen Affären und erkannten Casanova als außergewöhnlichen Charakter, der in einer bewundernswerten Form viel Wahres über sich und die damalige Zeit enthüllte.

Spaßhalber titulierten sie einander gelegentlich als Lady A. und Marquise des V.

Lange Zeit war die griechische Sängerin Melina Mercuri, die durch ihr Lied „Ein Schiff wird kommen" Berühmtheit erlangte, ein Idol von ihnen. Oftmals legten sie die Platte auf, rauchten eine Zigarette und tranken Wein, den Viktoria heimlich aus Großmutters Vorratskammer entwendete.

Die Mädchen ließen ihren Träumereien freien Lauf und versetzten sich in eine andere Welt. Sie betasteten und streichelten einander oder bewegten ihre Körper im Rhythmus mit. Stellten sich vor, wie diese Frau mit ihrem leicht verruchten Gesichtsausdruck, vulgär gekleidet und eine Zigarette in der Hand, an der Theke eines schummrig verrauchten Lokals stand und durch das Fenster zum Hafen blickte, um Ausschau nach dem Liebsten zu halten.

Viktoria und Adelheid schwärmten, auch so auf der Suche sein zu wollen. Weg mit allen Verehrern, die man flüchtig aus dem Pub oder Café kannte. Die, die ungeschickt, pickelig und viel zu klein geraten herantraten, wenn sie an der Musikbox standen, und fragten, ob sie ein besonderes Lied wählen sollten. Kein Vergleich zum Mannsbild ihrer Träume.

Irgendwie schien der Sommer in diesem Jahr einen langweiligen Beginn zu nehmen, und Adelheid und Viktoria wussten nichts Rechtes anzufangen.

„Lass uns etwas ganz Verrücktes machen, etwas, wo wir uns später noch darüber unterhalten und lachen können.

Es soll uns hinwegtrösten, dass der Ersehnte noch weit draußen am Meer ist."

„Ja, aber was?" So viele Gedanken schwirrten ihnen im Kopf, aber keiner schien erlebenswert.

Es gab einen Greißler in der Stadt. In einem verschwiegenen Gässchen führte Krämer Axel Soleman seinen Laden. In dem Geschäft gab es alles, was das Herz begehrte. Von den üblichen Standardlebensmitteln beginnend, bis zu allen möglichen Delikatessen, Obst, Gemüse, ja sogar Schneiderzubehör, Waschmittel und Kosmetika.

Zu Herrn Soleman konnte man kommen, selbst wenn der Bedarf nur 5 dag Rosinen oder 25 dag Gries waren. Er wog jedes Gramm genauestens ab und zufrieden registrierte er, dass man dieses Kundenservice äußerst schätzte.

Alle Damen gingen gerne hin einkaufen. Der Kaufmann, adrett und seriös, war bekannt für seine Freundlichkeit. Er bediente mit größter Aufmerksamkeit, und abgesehen davon schien er als Witwer für so manche ein interessantes Objekt zu sein.

Seine Gattin war ihm im besten Mannesalter von dannen gegangen. Ihre sterblichen Überreste lagen im Stadtfriedhof, im Familiengrab der Soleman-Dynastie.

Unter Damen fühlte Herr Soleman sich wohl und war stets zu einem Schwätzchen bereit. Er überraschte sie mit einem Likörchen und kleinem Naschwerk als Kostprobe, ließ sich zu einem koketten Blick verleiten oder schäkerte, wenn seine Kundinnen danach verlangten. Es schien, dass sie verhärmt in den Laden, aber beschwingt, mit strahlendem Blick und vollen Taschen, herauskamen.

Wenn Herr Soleman Sonntag in der Kirche auf seinem reservierten Platz, gleich unter der Kanzel saß, senkte er seinen Kopf scheinheilig und hörte andächtig den Worten des Pfarrers zu. Sonntags war er wie ausgewechselt. So gerne der Kaufmann an Wochentagen bei Frauen als Hahn im Korb galt, schien es ihm am Tag „des Herrn" peinlich, wenn ihn so manche Verehrerin zu lange oder gar zu vertraut ansah. Darum stellte er sich gleich nach dem Gottesdienst zu den Männern auf dem Kirchplatz und unterhielt sich mit ihnen über die allgemeine wirtschaftliche Lage, über das Börsengeschehen oder über die neuen Bauprojekte, die rund um die Stadt geplant waren.

Diese Plauderei dauerte nicht allzu lange. Meist verabschiedete sich Herr Soleman recht bald. Nickend und verbeugend, seinen Hut ziehend, ging er in Richtung nach Hause.

Wehmütige Blicke der einen oder anderen Dame folgten ihm. Aber was soll's, ab Montag hatten sie ihn wieder für sich!

In jenem Sommer ging Viktoria eines Vormittags für ihre Großmutter einige Einkäufe machen. Natürlich zum Greißler Soleman, denn dort war es üblich, dass gute Stammkunden – zu denen Viktorias Familie auch zählte – ihre Waren aufschreiben ließen. Was immer gekauft wurde, notierte er fein leserlich in das jeweilige Kundenbuch, und jeden Ersten des darauf folgenden Monats wurde abgerechnet und pünktlich bezahlt.

Ausnahmsweise war gerade mal niemand im Geschäft, und Herr Soleman stand hinter dem Verkaufspult und blickte freundlich lächelnd auf den Teenager, den er seit der Kindheit kannte.

Irgendwie klang seine Stimme belegt, und der Ausdruck in seinen Augen schien anders, als er Viktoria fragte, ob sie nicht mal Lust hätte, während der Mittagspause, wo sein Geschäft geschlossen war, auf eine Jause zu kommen.

Er hätte eine schöne Mineralsteinesammlung, noch aus der Zeit, wo er selbst sehr aktiv beim Bergwandern war. Viktoria versprach, tags darauf zu Mittag zu erscheinen, denn irgendwie machte es sie neugierig, Herrn Soleman von einer anderen Seite kennen zu lernen. Sie wollte erfahren, ob er sich bei ihr auch kokett zeigte wie bei den Damen, die zum Einkaufen gingen. Oder verhielt er sich zurückhaltend und bedacht darauf, einem jungen Fräulein ja alles recht zu machen?

Pünktlich erschien Viktoria zur angegebenen Zeit und klopfte an der Hintertür des Geschäftes. Sie wusste, dass Herr Soleman dort seine Wohnung hatte.

Schnell wurde geöffnet und Viktoria huschte hinein.

Sie befand sich in einem behaglichen Wohnzimmer, das zwar dunkel und etwas muffig war, was sie aber nicht störte.

Warum er wohl die Vorhänge an diesem schönen Sommertag vorgezogen hatte? Vielleicht, dass niemand hereinsehen konnte?

Als sie Platz nahm auf der riesigen, schwarzen Ledergarnitur, bemerkte sie erst, dass Herr Soleman ganz leger gekleidet war. Also nicht wie ständig im Geschäft, mit dunkler Hose, weißem oder gestreiftem Hemd, Gilet und Fliege, sondern in einem seidenen, roten Hausmantel, dazu schwarze Socken und schwarze Hauspantoffel aus Leder.

Die Vitrine beinhaltete die schönsten Mineralien, Halb- und Ganzedelsteine, in den verschiedensten Größen. Liebevoll nahm er diesen oder jenen heraus, ließ ihn Viktoria angreifen und berichtete über dessen Herkunft.

Viktoria staunte. Sie wusste bis dato nicht, dass Herr Soleman auch noch für was anderes Interesse hatte als für seine Waren und seinen Kundinnen, dass er einmal ein begeisterter Bergsteiger war? Unverständlich.

Soleman schenkte ihr Tee ein und bot Dessertstückchen an. Viktoria zeigte sich angetan, als er ihr eine lange, dünne Zigarette offerierte. „Ich weiß ja, dass junge Fräuleins ganz gerne einmal eine Zigarette rauchen." Und er zwinkerte lustig mit den Augen.

Viktoria fühlte sich jetzt richtig erwachsen und saß halb hingelehnt auf dem Sofa, auf das sie gewechselt hatte, wohl bedacht darauf, eine gute Figur zu machen.

Auf einmal stöhnte der Kaufmann und griff auf seinen rechten Oberschenkel.

„Um Gottes willen, was haben Sie denn?"

„Ach, das ist ein altes Nervenleiden, das einer ständigen Behandlung bedarf. Ich habe ohnedies eine Therapeutin, die öfter zu mir kommt. Dummerweise ist sie jetzt auf Urlaub."

„Ja, und hilft es, wenn Sie massiert werden?"

„Natürlich, der Schmerz lässt dann immer nach. Zu dumm, dass ich niemanden habe. Weißt du nicht, wer aushelfen könnte, ich würde auch gut dafür bezahlen."

Er schaute sie listig an. Viktoria überlegte. Eigentlich würde sie ein Taschengeld benötigen. Die Besuche im Pub kosteten Geld. Die Burschen waren kleinlich und selten bereit, etwas springen zu lassen. Sollte sie es wagen?

„Wie wär's mit mir?", fragte sie und sah ihn viel sagend an.

Viktoria entging nicht, dass Solemans Kopf rot angelaufen war und er ganz aufgeregt wurde.

„Ach, das wäre schön, mein kleines Fräulein. Komm, ich werde mich jetzt bequem zur Ruhe begeben, und du wirst mich massieren, wie eine kleine Dienerin."

Der Schmerz schien nicht allzu groß zu sein, denn Soleman ging ziemlich leichtfüßig in seinen Schlafraum. Viktoria folgte ihm.

Schon hatte der Gastgeber den Hausmantel ausgezogen und lag mitten auf seinem Ehebett, nur mit einer kurzen, viel zu weiten Unterhose bekleidet.

Viktoria begann den rechten Oberschenkel, in dem der angebliche Schmerz saß, zu kneten. In diesem Moment sah sie Auszüge aus Casanovas Memoiren vor sich, und während sie mit geschlossenen Augen und verkniffenem Gesichtsausdruck arbeitete, überlegte sie, wie sie dieses Erlebnis genauestens Adelheid weiterleiten würde. Herr Soleman gab sich nicht zufrieden, denn nun dirigierte er Viktorias Hand weiter hinauf, unter die Hose.

„Hier musst du jetzt fest massieren, das brauche ich für die Durchblutung!", ächzte er.

Sie bearbeitete das kleine, verschrumpfte Etwas, das in ihrer Hand wie leblos lag. „Ja, so ist es gut, noch fester, schneller, ich spür's wie die Durchblutung besser wird. Ahh!"

Viktoria starrte erschrocken auf ihr Gegenüber, das plötzlich die Augendeckel zuklappte und wie tot vor ihr lag. Aber gleich kam Leben zurück. Er sprang frisch und munter aus dem Bett, klopfte Viktoria auf ihr Hinterteil und sagte:

„Das hast du gut gemacht." Er kramte aus seiner Brieftasche einen Geldschein, zog sich den Hausmantel an und wohlwollend fragte er: „Du wirst ja morgen wieder kommen?"

Das Mädchen nickte verlegen.

Er geleitete Viktoria zur Tür und schloss, kaum war sie draußen, rasch ab. Nur nicht gesehen werden, und schnellen Schrittes, immer wieder die Hand in die Hosentasche steckend, um nachzusehen, ob wohl noch der Geldschein drinnen sei, strebte sie nachhause.

Es dauerte nicht lange und Adelheid stand vor der Tür.

„Komm herein, ich habe dir eine Menge zu erzählen." Viktoria war noch ganz aufgewühlt und wusste gar nicht recht, wie sie beginnen sollte. Aber dann legte sie los und berichtete haargenau, was alles passiert war. Zum Ende gekommen, kicherte Adelheid vor sich hin.

„Meinst du, ich sollte entsetzt sein über die Unverschämtheit dieses alten Knackers?"

„Warum denn, du hast ihm doch nur den Schmerz genommen, zwar auf eine komische Weise, aber du hast ihm geholfen."

Und Adelheid kicherte schon wieder, gleichzeitig begann sie ihre Nägel zu maniküren. Das tat sie immer, wenn sie über etwas nachdachte oder wenn sie aufgeregt war. In Gedanken sah sie Soleman vor sich und überlegte, in welchen der erotischen Geschichten Ähnliches vorgekommen war.

Viktoria fühlte sich trotzdem nicht recht wohl in ihrer Haut. Wenn nur Großmutter nichts erfährt, geisterte es in ihrem Kopf herum. Andererseits, sie hatte wirklich nur Gutes tun wollen, was war denn schon dabei?

„Adelheid, höre auf, deine Fingernägel zu maniküren, ich habe mit dir etwas vor." Die Angesprochene hielt inne und wurde neugierig.

„Morgen kommst du mit."

„Was, ich soll … ich soll auch massieren?"

„Ja, wir werden uns abwechseln. Einen Tag ich und das nächste Mal wieder du. Oder willst du dir kein Taschengeld verdienen?"

„Na gut, musst mir halt noch einmal erklären, wie ich Herrn Soleman von seinem ‚Problem' befreien kann!" Sie kicherte schon wieder hinterlistig und hüpfte wie ein Ziegenbock im Zimmer herum.

Am nächsten Mittag, zur selben Stunde, standen die beiden Teenager an Solemans Tür. Ein dreimaliges Klingeln war ausgemacht, und schon wurde geöffnet. Nicht schlecht staunend erkannte Herr Soleman Adelheid, jenes schüchterne Mädchen, das sofort die Augen zu Boden senkte, wenn er sie ansah. Er hieß sie schnell hereinzukommen. Etwas steif ging es bei der Jause zu, denn Soleman wusste nicht recht, wie er sich verhalten sollte. Da kam ihm Viktoria zu Hilfe, erklärte geradeaus und treuherzig, dass ihre beste Freundin über seine Schmerzen Bescheid wisse und wie diesen Abhilfe geschaffen werden könne.

„Und sie kann es genauso gut", gab sie ihm erklärend noch zu verstehen. „Ja, und da dachten wir uns abzuwechseln. Taschengeld können wir beide brauchen." Diese Worte hatten etwas Bestimmendes.

„Wenn das so ist, kann nichts schief gehen. Aber meine Damen, ich glaube nicht erwähnen zu müssen, dass eure Besuche unter uns bleiben, streng vertraulich. Stellt euch vor, Viktorias Großmutter erführe, dass ihr beide einem alten, ehrwürdigen Herrn heimlich einen Besuch abstattet. Nicht auszudenken." Fast streng waren seine Worte, obwohl seine Blicke jetzt lüstern auf Adelheid gerichtet waren, diese aber sofort die Augen senkte.

Die Zeit drängte.

Herr Soleman bekam neuerlich seinen „schmerzlichen Anfall" und Viktoria konnte sich nicht verkneifen, großzügig Adelheid den Weg ins Schlafzimmer zu überlassen.

„Mach deine Sache gut, liebe Freundin", und gönnerisch zwinkerte sie dem Gastgeber zu, der begierig Adelheid am schmalen Hinterteil tätschelte.

Viktoria war allein im Zimmer. Sie spazierte herum – sah sich interessiert alte Fotografien an, die aufgestellt an einem kleinen Teetischchen standen.

Sie bemerkte, dass die eine Tür zu dem Vorraum in den Laden führte. Die Tür war unverschlossen, und so ging sie in das Geschäft.

Lustig, hinter der Verkaufsbude zu stehen. Es war halbdunkel, durch die während der Mittagspause heruntergelassenen Rollos. Sie begutachtete die vollen Regale, kam zur Ecke, wo die verschiedensten Waschprodukte und Kosmetika ihren Platz hatten. Sie nahm dies und jenes in die Hand, stellte es wieder vorsorglich zurück, betrachtete die kleinen Preisetiketten, ordentlich mit der Hand geschrieben.

Sie stieg auf die kleine Stehleiter und holte eine Schachtel hervor, in der sie bunte Strumpfbänder vorfand. Belustigt betrachtete sie diese und halblaut hielt sie Zwiesprache:

„Ei, ei, was haben wir denn da, die gnädige Frau benötigt neue Strumpfbänder, nicht verzagen, Soleman fragen. Herr Soleman steht immer für Sie bereit. Also, welche Farbe darf es heute sein? Na, die Größe kenne ich ja bereits, liebe Dame, ein Mann wie ich, mit meinem Kennerblick, und Ihren Beinen."

Sie amüsierte sich herrlich dabei, denn in ihrer Vorstellung war ihr bewusst, wie Herr Soleman in Wirklichkeit diese Accessoires vorstellte.

Oder waren sie als Geschenk für die eine oder andere Dame bestimmt? Zu rasch verging die Zeit, und Viktoria erinnerte sich, dass es ja nicht allzu lange dauerte, bis Herr Soleman von seiner „Pein" befreit war. Lautlos huschte sie aus dem Geschäft durch das Vorzimmer und trat wieder ins Wohnzimmer.

Artig schloss sie die Tür, setzte sich aufs Sofa und wartete gelangweilt, mit einer Zigarette in der Hand, auf das Erscheinen der beiden. Ihre Geduld wurde etwas auf die Probe gestellt, aber dann war es so weit. Zuerst erschien Soleman, hochrot im Gesicht, gleich danach Adelheid, mit gesenktem Blick.

Viktoria glaubte aber erkennen zu können, dass die Angelegenheit einen guten Verlauf genommen hatte. Wohlerzogen verabschiedeten sie sich und versprachen, dass sie am nächsten Tag ihren Termin pünktlich einhalten würden.

„Na, wie war's?" Viktoria konnte gar nicht erwarten, dass ihre Freundin zuhause zu berichten begann.

„Also mir hat die Hand schon wehgetan, so lange hat das gedauert."

„Da hast du etwas falsch gemacht, bei mir ging es eigentlich verhältnismäßig schnell." Befriedigt registrierte sie, dass sie doch die bessere Technik anwandte. Viktoria plauderte darüber, dass sie sich im Verkaufsladen umgesehen hatte und wie lustig sie es fand, Artikel aus den Regalen zu nehmen und dann wieder einzuschlichten.

Adelheid begann ihre Nägel zu maniküren. Dann sprach sie ihre Idee aus:

„Wir erzielen einen doppelten Gewinn, überlege, während die eine arbeitet, geht die andere ins Geschäft und holt einige Kosmetikartikel. Gerade so viel, was in der Handtasche Platz hat. Unserem Gastgeber fällt es bestimmt nicht auf und der Profit erscheint mir akzeptabel." Und so taten sie es auch die nächsten Male, bis eines Tages Herr Soleman erklärte, die beiden könnten nicht mehr kommen. Warum, erklärte er nicht. Die Mädchen waren über das jähe Ende etwas überrascht, dass sie gar nicht danach fragten, und zerbrachen sich nicht weiter den Kopf darüber. Vielleicht hatten die Nachbarn beobachtet, dass Herr Soleman „Mittagsbesuch" bekam, und er wollte seinen guten Ruf damit nicht aufs Spiel setzen.

Was auch immer den Abbruch dieser Beziehung ausgelöst haben sollte, waren sie im Grunde froh, dass das Abenteuer ohne böse Folgen zu Ende war. Nicht auszudenken, die Schlagzeile im Tagesblatt:

„Enkeltochter einer Richterin auf Abwegen"

Es war nicht zu vermeiden, dass Viktoria in weiterer Folge für ihr Großmutter einkaufen ging. Sie tat es ohne Scheu, und amüsiert registrierte sie, wie sich das Gesicht „ihres Patienten" rasch rötlich färbte bei ihrem Erscheinen.

Ein Jahr darauf erfuhr Viktoria, dass Herrn Soleman der Schlag getroffen hatte.

Teilnahmslos nahm sie es zur Kenntnis, insgeheim dachte sie, hoffentlich nicht bei einer „Massage". Sie wusste ja, welch roten Kopf er immer bekam. Aber andererseits hatte es ihm so gut getan, schon wegen der Durchblutung.

Viktorias erste Liebe

Viktorias Leidenschaft war, mit dem Rad unterwegs zu sein.

Es gab genügend Landstraßen, die nicht stark befahren und geeignet waren, mit ihrem alten Stahlross, das sie aber umso mehr liebte, auf Tour zu gehen.

Besonders genüsslich fand sie es, zu einem Teich zu fahren, der außerhalb des Städtchens, versteckt und romantisch, inmitten einer kleinen Waldlandschaft lag.

Trotz seines schlammigen Untergrunds war das Wasser naturrein und kühl. Unter der Woche kamen eigentlich keine Badegäste. Jedenfalls dorthin nicht, wo Viktoria verweilte. Der Weg führte entlang eines schmalen Pfades, mühevoll durch Gesträuch sich schlängelnd, bis zum kleinen Strand, der flach und mit Schotter belegt, aber gleich ins tiefe Wasser führte.

An einem sehr heißen Sommertag, der jede geistige und körperliche Anstrengung zur Qual machte, freute sie sich, schon am späten Vormittag ihren kleinen Strand erreicht zu haben.

Schnell packte sie ihr Handtuch aus der Tasche und entledigte sich ihrer Kleidung, schlüpfte in ihren Bikini und legte sich bäuchlings auf die Luftmatratze. Umständlich blätterte sie in ihrem Buch und suchte jene Seite, an der sie zuletzt gelesen hatte. Sie hatte wieder einmal vergessen, ein Lesezeichnen einzulegen.

Plötzlich raschelte es hinter ihr im Gebüsch. Erschrocken sah sie hoch. Vor ihr stand ihr heimlicher Traummann. Das konnte doch nicht wahr sein. Viktoria nahm die Brille herunter, so, als ob sie genauer sehen müsste.

Es war schon immer ihr Wunsch gewesen, den Bruder ihrer Freundin Hannelore näher kennen zu lernen. Sie wusste, dass er ein flatterhafter Bursche war. Trotz seiner Verlobung, die ja schon einige Jahre währte – immerhin zählte er bereits 28 Jahre – war er nicht abgeneigt, mit anderen Mädchen zu flirten und sie abzuschleppen, wie ihr Hannelore viel sagend erzählte.

Als Vertreter für Waschmaschinen führte er ein flottes Leben, war überall beliebt, konnte Überstunden machen, ohne sich näher deklarieren zu müssen.

Die Verlobte von Fritz führte ein geruhsames Berufsleben als Assistentin bei einem sehr modern denkenden Zahnarzt. Modern denkend war er deshalb, weil er seiner Mitarbeiterin erklärte, er verabscheue die typische „Berufsuniform", nämlich den hochgeschlossenen und unförmigen weißen Kittel. Seine Helferin musste einen weißen, eng anliegenden Arbeitsmantel mit großem Dekolletee tragen. Schon alleine vom psychologischen Standpunkt her wäre dies besonders bei männlichen Patienten angebracht, da diese nicht verkniffen und verspannt, sondern locker und frohen Mutes einem netten Anblick entgegensehen konnten, eben ein schönes, großes Dekolletee. Und das hatte Inge, das musste man ihr lassen, denn ihr Busen war von einer enormen Größe. Ob der Doktor manchmal auch sein Zahnarztarbeitsbesteck in den Ausschnitt versteckte, um es dann wieder eigenhändig herauszuholen, wer weiß. Aber darüber konnte Hannelore nichts berichten.

Also zurück zu Fritz. Warum war er gekommen, gerade hierher an diese Stelle, die ihr alleine gehörte? Sie würde ihn nicht danach fragen. Das schickte sich nicht. Sie wollte überhaupt so tun, als ob sie auch rein zufällig hierher gekommen war.

„Na, das ist eine liebe Überraschung, dass ich dich treffe", meinte Fritz und stellte sich lässig hin, während Viktoria, noch am Bauch liegend, hochblinzelte.

„Weißt du, ich bin öfters da zum Baden", fuhr er im Gespräch fort.

„Hier ist es so schön ruhig, und kein Mensch sieht einem zu, wenn man mal schnell nackt ins Wasser springt."

„Nackt", fragte Viktoria entsetzt.

„Natürlich", entgegnete Fritz, und so schnell konnte sie gar nicht sehen, hatte er sich seiner Kleider entledigt und sprang ins Wasser.

„Komm doch auch rein, es ist heute ein besonders klares Wasser."

Sie kam ihm nach. Eine herrliche Kühle verspürten sie auf der Haut. Seite an Seite kraulten und schwammen die beiden umher. Als sie wieder zum Ufer kamen, fasste Fritz sie an der Taille.

„Was für eine tolle Figur du hast, diese langen Beine und der tolle Popo. Du solltest auch nackt baden und im Eva-Kostüm dich sonnen, schaut doch viel besser aus, wenn man am ganzen Körper gebräunt ist. Hier ist sowieso kein Mensch, außer uns beiden, und überhaupt, ein Nackter ist unfair, wenn aber beide …"

Viktoria war vollkommen verwirrt. Sie traute sich kaum, ihn anzusehen. Das war zu viel für sie. Ob da Hannelore mit im Spiel war?

Sie hatte Fritz ja nur ein- oder zweimal getroffen, auf kleineren Festivitäten, wo sie kurz plauderten. Natürlich hatte Viktoria Hannelore vorgeschwärmt, wie gut ihr Fritz gefiel, welch toller Typ Mann er wäre, und sie hatte auch Hannelore kurz erwähnt, dass sie öfters alleine am Strand wäre.

Hatte Hannelore dies Fritz erzählt? Warum war er plötzlich hier?

Sie konnte sich nicht vorstellen, dass Fritz mit einem Teenager wie ihr etwas anfangen würde.

Der Schalk saß ihr in den Augen und sämtliche kleine Teufelchen spielten mit. Er wird mich schon nicht auffressen, dachte sie, und schamhaft – ohne Fritz anzusehen – zog sie sich aus, legte sich aber sofort wieder auf ihre Decke. Irgendwie war das schon recht peinlich.

Fritz beobachtete sie nicht. Er lag auf seiner Decke neben ihr am Rücken, hatte seine dunkle Sonnenbrille auf und plauderte mit ihr über dies und jenes. Plötzlich richtete sich Fritz auf und sagte zu ihr leise, zärtlich:

„Weißt du, dass du wirklich ein herrliches Mädchen bist, meine kleine Nixe." Er nahm einige Haarsträhnchen in seine Finger, kringelte sie ein und beugte sich zu ihr runter, um ihr einen sanften Kuss auf den Mund zu geben.

Viktoria war schockiert. Was sollte sie jetzt tun? War er verliebt ihn sie? Empfand sie etwas bei dieser Liebkosung? Sie wusste nicht so recht, irgendwie durchfuhr ihren Körper schon ein kleiner Blitz, aber sie kam sich so furchtbar unbeholfen vor. Aber sie machte auch keinen Einwand, als er zärtlich mit der

Hand über ihren Kopf streichelte, weiter zu ihren Brustwarzen, über ihren Bauch …

Eigentlich wollte sie ihm sagen, dass er das nicht tun sollte, versuchte auch seine Hand wegzurücken, doch er machte nur leise „pst“, um sie anschließend zu küssen.

Und es kam, wie es kommen musste. So schnell konnte sie gar nicht reagieren, lag er schon über ihr und drückte nahezu lieblos sein Glied in sie.

Ein kurzer Schmerz, Viktoria konnte nicht einmal einen Laut von sich geben, da er wieder seinen Mund auf den ihren presste. Sie verspürte noch leichte Stöße, aber sonst nichts. Kein Lustgefühl. Nichts. Sie war froh, als Fritz aufhörte. Nicht zu spät, er hatte wenigstens aufgepasst.

Verlegen stammelte er, als er sie streichelte und sie wie schuldbewusst mit Küssen bedeckte:

„Verzeih, mein Kleines, es ging so schnell, aber du hattest mich so erregt.“

Er begriff anscheinend nicht, dass er sie entjungfert hatte. Nachdem sie noch eine Weile im Wasser herumgetollt hatten, lagen sie später matt auf der Decke, blickten ins Leere und sprachen über nichts sagende Dinge. Als es Nachmittag wurde, verabschiedete er sich, wobei ihm Viktoria versprechen musste, ihn baldigst wieder zu sehen.

War das die große Liebe, dachte sie grübelnd nach, nachdem er gegangen war. Nein, bestimmt nicht, sie fand überhaupt keine Erregung. Aber was spielte es für eine Rolle. Was war sie für Fritz? Ein netter Zeitvertreib, einmal etwas anderes, Junges, Unerfahrenes, anhänglich und trotzdem anspruchslos?

Sie konnten sich ja nicht einmal heimlich treffen. Jeder kannte jeden in der Kleinstadt. Außerdem war sie noch minderjährig, und dies könnte für Fritz die größten Schwierigkeiten ergeben, wenn es aufkam.

Es wurde trotzdem ein herrlicher Sommer.

Die geheimen Treffen, das gemeinsame Schwimmen oder das stundenlange Faulenzen am Strand.

Für das Picknick sorgte Fritz. Er brachte herrliche Leckerbissen, die gut verstaut in der Kühltasche waren. Wenn er auswärts arbeitete und dort seinen Geschäften nachging, fuhr sie manchmal mit ihm mit. Da saß sie dann im Auto und wartete geduldig, bis er wieder zurückkam, manchmal mit einem Auftrag in der Tasche, manchmal nicht. Aber für Fritz war das einerlei, er war stets gut aufgelegt, hatte ein strahlendes Lächeln für sie und war immer zu Späßen bereit.

Sie lachten wie zwei Kinder, wobei Viktoria ja in mancher Beziehung wirklich noch eines war, und bei Fritz schien es, als sei die Jugend wieder zurückgekehrt.

Fritz war eigentlich kein guter Liebhaber, wurde sich Viktoria bewusst, als sie später einmal über dieses Verhältnis nachgedacht hatte. Idee- und fantasielos liebte er sie. Aber zu dieser Zeit wusste Viktoria ja noch nichts von der Liebe. Sie war unerfahren und scheu.

Das Wichtigste war für sie, dass er sie küsste und mit ihr herumschmuste. Das tat er auch leidenschaftlich gerne, und wenn seine Zunge mit ihrer spielte, empfand sie weitaus mehr, als wenn er mit seinem Glied in sie eindrang. Denn irgendwie schämte sie sich immer wieder, und es war ihr unangenehm.

Als der Sommer endete und sie sich ein letztes Mal sahen, wussten beide, dass es ein Abschied war. Sie sprachen nicht viel. Bis Fritz sagte: „Ich heirate im Herbst, ich muss heiraten, Inge erwartet ein Kind von mir. Ich habe das nicht gewollt, glaube mir."

Viktoria erstarrte innerlich.

Sie antwortete – ohne ihn anzusehen: „Wie schön für dich."

Dann stieg sie aus dem Auto. Einen Trumpf musste sie noch ausspielen. „Na, dann sehen wir uns ja demnächst, wenn du den Kinderwagen vor dir herschiebst als stolzer Vater." Sie wollte weg, so schnell sie nur konnte.

Fritz lief ihr nach. Als er sie einholte, blieb sie hart. „Es ist besser, du lässt mich gehen, Adieu."

Fritz blieb ratlos stehen. Tränen flossen ihr über die Backen und sie spürte eine kalte, innere Einsamkeit, das Alleingelassensein.

Tage- und wochenlang trauerte sie, ließ niemanden an sich rann, sondern war verschlossen und sprach mit keinem über ihr Problem. Dann fing sie wieder an, mit Freundinnen auszugehen, Burschen waren dabei, aber jeder, den sie näher kennen lernte, fiel bei der inneren Betrachtung kläglich durch. Sie verglich alle mit Fritz. Keiner hatte die aufreizende Gestalt, diese herrlich breiten Schultern, die schmale Taille und das herzliche Lachen, wo sie so freudig mit einstimmen konnte.

Viele Jahre später traf sie Fritz zufällig irgendwo in einem Hotel, wo sie anlässlich einer Geschäftsreise übernachtete. Auch Fritz war beruflich hier.

Er hatte inzwischen die Branche gewechselt und führte eine Vertretung für Hoteleinrichtungen. Für beide war es eine große Überraschung und echte Freude, sich wieder zu sehen. Grau meliert, sah Fritz noch immer recht gut aus.

Die Figur war nicht mehr so gestylt und auch der strahlende Blick schien verloren gegangen zu sein.

„Mein Gott, bist du schön geworden, eine richtige Dame", entfuhr es Fritz, und Viktoria war sich bewusst, dass Fritz es nicht gewagt hätte, sie zu einer intimen Stunde zu verleiten. Also war sie diesmal diejenige, die ihn verführte. Sie wollte ihm beweisen, dass sie erwachsen geworden war. In bester Verfassung, schön, braun gebrannt, ästhetisch, lag sie vor ihm.

Fritz stöhnte auf.

So eine sanfte Haut, makellos, kein lästiges Härchen. Er war berauscht.

Viktoria wandte alle ihre Liebeskünste an. War das herrlich, ihm zeigen zu können, was sie alles gelernt hatte.

Sie liebte ihn nach allen Regeln der Kunst. Sie küsste ihn, fuhr mit der Hand seinen Körper entlang bis zu seinem Glied, das steif und aufgeregt das Kommende erwartete.

Leicht streichelte sie den Penis, um ihn anschließend mit vollstem Genuss zu küssen. Dann setzte sie sich auf ihn und wild und unbarmherzig stieß er in sie hinein.

Kaum merkte Viktoria, dass er knapp am Kommen war, ließ sie von ihm, legte sich neben ihn, um bald das Spiel von vorne zu beginnen. Sie waren verrückt aufeinander und gerieten von einer Ekstase in die andere. Als der Morgen graute, wussten sie, dass sie voneinander lassen mussten.

„Mein Liebling, ich mache alles, was du willst, wir müssen uns wieder sehen", hauchte Fritz benommen. „Gib mir eine Chance."

„Ich lasse von mir hören“, antwortete Viktoria schon halb im Schlaf.

Kaum war er weg, schlummerte sie sofort tief und fest ein.

Ein paar Stunden später, als sie hellwach sich an ihre Pflichten erinnerte, war das Abenteuer der letzten Nacht vergessen. Sie hakte Fritz innerlich endgültig ab, denn sie empfand kein Verlangen ihn jemals wieder zu sehen.

Jugendlicher Leichtsinn

Viktoria saß im Wartezimmer. Sie blickte in die Runde und erkannte großteils schwangere Frauen um sich. Einige strickten, andere durchblätterten Zeitschriften oder plauderten mit ihren Nachbarinnen, und alle zeigten den typisch zufriedenen, gelösten Ausdruck einer werdenden Mutter. Viktoria erschauerte. Diese Bäuche, rund und groß, als ob sie schon platzen würden. Oh nein, so wollte sie nicht aussehen, jetzt noch nicht.

Sie schloss die Augen und am liebsten hätte sie auch die Ohren zugehalten, um nichts sehen und hören zu müssen, denn das Klappern der Stricknadeln und die halblauten Gespräche, woraus sie immer wieder Wortfetzen entnehmen konnte, zerrten an ihren Nerven.

Unruhig harrte sie aus, bis sie endlich in den Untersuchungsraum gerufen wurde. Kaum stand Viktoria vor der freundlich blickenden Ärztin, die sie seit zwei Jahren kannte, standen ihr Tränen in den Augen, und weinerlich sprach sie:

„Frau Doktor, ich warte schon seit einem Monat auf meine Periode. Ich fürchte, ich bin schwanger."

Nach einem Blick auf die Kartei fragte sie Viktoria:

„Wann hatten Sie Ihre letzte Periode?"

Viktoria nahm ihr Notizbuch, blätterte darin und nannte das Datum. Die Gynäkologin errechnete die überzähligen Tage und meinte dann ohne weitere Worte:

„Also wollen wir einmal kontrollieren."

Viktoria zog ihr Unterhöschen aus und legte sich kraftlos auf den Stuhl. Sie wagte kaum zu atmen und starrte auf die Decke, als sie den üblichen Eingriff und das Abtasten wahrnahm.

Die Ärztin stellte die bereits üblichen Zeichen einer Frühschwangerschaft fest. Die Gebärmutter zeigte sich stark vergrößert. Als Viktoria das Ergebnis hörte, begann sie herzzerreißend zu weinen. Hemmungslos schluchzte sie und konnte sich gar nicht beruhigen.

„Nein, ich will dieses Kind nicht. Frau Doktor, bitte verstehen Sie mich. Ich glaube, ich würde mich umbringen, wenn Sie mir nicht helfen. Bitte machen Sie was, ich habe Vertrauen zu Ihnen."

Und sie erzählte in knappen Sätzen von ihrem Ausrutscher anlässlich der Maturafeier bei einer Klassenkameradin zu Hause. Alle waren froh und ausgelassen, tanzten und sprangen wild herum.

Ihr Blick fiel auf Thomas und plötzlich beobachtete er auch sie. Lässig kam er auf Viktoria zu und forderte sie zum Tanz auf. Warum war er ihr früher nie aufgefallen? Thomas, der Hübscheste der Klasse. Reif und männlich sein Gehabe, hatte er stets leichtes Spiel bei den Mädchen. Viktoria kokettierte mit ihm während des Tanzes und stellte mit Genugtuung fest, dass er auf sie einging. Unbemerkt von den anderen verschwanden sie bald in eine Ecke, küssten und flüsterten sich gegenseitig verrückte Worte ins Ohr. Viktoria war verliebt von einer auf die andere Minute und willenlos stimmte sie ein, als Thomas sie bat, nach der Feier noch in seine Wohnung zu kommen.

Sie wollte gar nicht mit ihm schlafen, nur flirten, schmusen und kosen, aber als sie auf der Couch saßen, beschwipst und voller Gefühle, passierte es.

Die Ernüchterung kam bei Viktoria, als sie Thomas' Samenerguss verspürte.

Sie stieß ihn weg, aber es war zu spät gewesen. Viktoria war wütend und machte ihm Vorwürfe. Alle Verliebtheit schien wie weggeblasen. Thomas schien erbost über diese Zurechtweisung. Trotzig fragte er Viktoria, ob sie denn keine Pille nähme, so wie die anderen Mädchen. Der ganze Abend – die Romantik, die Stimmung – schien verloren zu sein, obwohl der junge Mann sie später zu beruhigen versuchte und meinte, dass schon nichts passiert sei.

„Ich mag ihn nicht mehr. Als ich Thomas anschließend kurz begegnete, gab ich ihm zu verstehen, dass er eine einmalige Episode für mich war. Ich werde verrückt, Frau Doktor, ich kann und will das Kind wirklich nicht. Ich bin auch zu jung und unreif dazu, verstehen Sie mich, wie soll ich diese Verantwortung übernehmen?"

Viktoria sprudelte die Erzählung heraus, um ihr ganzes Elend loszuwerden.

Die Frauenärztin, die schon mit vielen ähnlichen Problemen konfrontiert worden war, hatte Verständnis.

Sie redete nicht viel und meinte nur: „Ich helfe Ihnen, Viktoria. Kommen Sie nach der Praxis am Abend nochmals hierher. Aber ich muss Sie bitten, dies bleibt unter uns, Sie verstehen?"

Viktoria verstand.

Den Eingriff erlebte Viktoria bei vollem Bewusstsein. Sie biss ihre Finger wund, denn der höllische Schmerz raubte ihr fast den Verstand. Nur der Gedanke, dass bald alles überstanden sei, gab ihr Kraft zum Durchhalten.

Die Ärztin verständigte ein Taxi, damit Viktoria schneller zu Hause sein konnte.

Es ging ihr nicht gut. Einerseits vom schlechten Gewissen geplagt, andererseits körperlich schwach und lustlos. Sie wollte so schnell als möglich ins Bett.

In der Nacht wurde Viktoria von entsetzlichen Krämpfen geplagt. Erschrocken sah sie Blut zwischen ihren Beinen, das sich in kürzester Zeit auf das ganze Bettleinen ausbreitete. Sie wankte zur Toilette, froh endlich ihre „Tage" bekommen zu haben, aber sie zuckte zusammen, als sie die Klumpen davon in der Klomuschel entdeckte.

Kreidebleich wankte Viktoria ins Wohnzimmer.

Anna saß, wie gewohnt, an ihrem Schreibtisch und arbeitete. Bestürzt sah sie auf, als sie Viktoria wimmern hörte.

„Ama, hilf mir bitte, es geht mir so schlecht."

Anna sprang auf und konnte Viktoria gerade noch auffangen, denn ihre Enkelin wand sich vor Schmerzen. Blut bedeckte den Fußboden.

„Schnell ins Bett", befahl Anna und holte Handtücher, die sie zwischen die Beine von Viktoria legte.

Jetzt erst bemerkte sie, dass das ganze Bett befleckt war.

„Du musst sofort ins Krankenhaus."

„Nein, bitte, nein", weinte Viktoria.

„Du musst, du kannst verbluten, bitte sei vernünftig."

Anna verständigte die Rettung, die versprach, so schnell als möglich zu kommen.

Nun setzte sie sich auf den Bettrand und schaute Viktoria traurig an.

„Es wird ja alles wieder gut."

„Ama, ich war bei meiner Frauenärztin, ich war schwanger. Ich wollte das Kind nicht, und sie hat einen Eingriff gemacht."

Sie schlang die Arme um Annas Schultern und erzählte ihr stockend die ganze Geschichte.

Anna hörte betroffen zu. Was sollte sie sagen? Viktoria rügen über ihre eigenwillige Entscheidung? Was wusste sie eigentlich von ihrer Enkeltochter, diesem selbstständigen Wesen, das sie durch Gottes Fügung geschenkt bekam, nachdem sie ihren Sohn verloren hatte?

Liebevoll streichelte sie Viktoria.

„Es wird alles wieder gut. Im Krankenhaus bist du in besten Händen, und bald wird dir dieses Erlebnis nur noch wie ein böser Traum vorkommen."

Der Rettungswagen kam und brachte sie ins Spital, wo am nächsten Morgen sogleich eine Kürettage vorgenommen wurde.

Anna besuchte Viktoria jeden Tag und mit Freude stellte sie fest, dass sie lächelte und ihre Augen denselben fröhlichen Glanz hatten wie früher. Trotzdem schlug sie ihrer Enkelin ein verlängertes Wochenende in Venedig vor, damit sie beide auf andere Gedanken kommen sollten.

Über die Ursache ihres Krankenhausaufenthaltes gewahrten sie strengstes Stillschweigen.

Als Viktoria entlassen wurde, schien sie wieder wie in früheren Tagen. Sie schämte sich nicht und war froh, dass sie mit Glück alles gut überstanden hatte. Thomas sah sie nie mehr in ihrem Leben.

Abschied von Anna

Anna liebte gesellschaftliche Anlässe, denen sie, so oft es ihr Zeitplan erlaubte, beiwohnte. Es gab einige nette Klubs, wo sie ein gern gesehenes Mitglied war. Besonders beim allwöchentlichen Kegelabend besaß sie ein Privileg. Denn sie gehörte zu den wenigen in ihrer kleinen Runde, die am längsten durchhielten. Auch wenn es schon auf Mitternacht zuging, war Anna ehrgeizig bemüht, noch schnell zum Schluss alle neune zu scheiben.

In den letzten Wochen musste sie jedoch passen. Ein eigenartiges Ziehen und ein Schmerz, der von der Herzgegend über die Schultern bis zum Handgelenk ging, veranlasste sie zu pausieren.

Ihre Vereinskollegen bedauerten dies sehr, und wenn sie am nächsten Tag den einen oder anderen traf (es waren ja dies gleichzeitig auch ihre Berufskollegen), so zwischen Gerichtssaal und Amtszimmer, dann gab's ein schnelles Augenzwinkern zwischen Tür und Angel.

„Na, das war gestern wieder eine schwere Nacht. Und lauter Pannen sind passiert. Es wird Zeit, dass du wieder unser Image aufpolierst."

Anna lächelte müde. Das Ziehen wurde immer stärker statt besser. Sie hatte schon die verschiedensten Salben probiert, aber dieser hartnäckige Schmerz wollte nicht vergehen. Irgendwann sollte sie doch mal einen ordentlichen Arzt aufsuchen. Denn auch die Blaulichtbestrahlungen, die sie sich selbst verordnete, schienen nicht zu helfen.

So zum Spaß war Anna auch beim Gesangsverein. Für eine Solopartie war ihre Stimme wohl nicht rein genug, aber im Chor glich sie das vielleicht zu wenig klangvolle hohe C durch ihre Mimik wieder aus. Ihre noch immer strahlenden Zähne und ihr herzliches Lächeln waren Anlass genug, sie in der ersten Reihe stehen zu lassen. Es war ein recht altmodischer Gesangsverein mit würdigen Damen und Herren, die ihre Sache ernst nahmen. Mit dem Kapellmeister – einem ausgedienten Oberst aus dem Zweiten Weltkrieg – hatte Anna seinerzeit eine kurze Liaison – und ihm zuliebe war sie damals Mitglied geworden.

Er war ihr aber bald auf die Nerven gegangen, denn dieser gute Oberst hatte außer Gesang nur noch ein Thema, über seine vergangenen siegreichen und weniger siegreichen Schlachten zu berichten.

Anfangs war Anna aus Höflichkeit sehr bei der Sache und hörte sich die Abenteuer, die er mit viel Fantasie darstellte, gerne an. Aber sie hatte bald genug davon. Mit Entsetzen musste sie feststellen, dass er kurz danach von neuem begann, und dazu hatte Anna nicht die Geduld. Sie wusste ja schon alles bis ins einzelne Detail.

Anna versuchte, sowohl im Beruf wie auch in ihrem Leben immer diplomatisch zu sein. Das brachte ihr den Ruf einer äußerst gerechten Richterin und was sie durch ihre große Menschenkenntnis entschied, war stets richtig.

Also was war zu tun, um den guten Oberst auf Eis zu legen, ohne dass dieser sich als Verlierer sah?

Sie bestellte ihm eine Freundin. Eine gute Bekannte von ihr, die seit kurzer Zeit geschieden war und sehr unter Einsamkeit litt, schien das geeignete Objekt zu sein.

Ein schnelles Rendezvous zu dritt nach einem Gesangsabend war der gegebene Anlass.

Ida war fasziniert von dem gut aussehenden, hoch gewachsenen, eleganten Herrn, der lautstark und voller Enthusiasmus über die letzten Tage vor der großen Invasion sprach. Dabei sah er Ida mit durchdringendem Blick aus seinen (inzwischen schon etwas wasserblauen, verschleierten) Augen an und dies brachte sie vollkommen in Erregung.

Anna lächelte insgeheim und beglückwünschte sich selbst zu ihrem Erfolg. Dass sie sich bald verabschiedete, schien beide überhaupt nicht zu stören, es schien fast, als ob sie ihren Abgang gar nicht bemerkten.

Ida trat nicht dem Gesangsverein bei, dafür holte sie ihn brav nach jedem Probeabend ab. Der gute Oberst war zwar noch immer sehr scharmant zu Anna und dirigierte besonders schwungvoll, wenn Anna und ihre Mitsängerinnen zum Einsatz kamen, aber das schien wohl nur noch aus Gewohnheit zu sein. Über ein gemeinsames, idyllisches Treffen im Anschluss an den anstrengenden Probeabend kam kein Wort mehr über die Lippen. Herr Oberst hatte kapituliert.

Eines Abends kam Anna von einer Vortragsreihe über neue internationale Rechte müde und abgespannt nach Hause und wollte nur eines, nach einer ausreichenden Dusche sofort ins Bett gehen und schlafen.

Sie kleidete sich rasch aus, ging ins Bad und ließ schon mal den Wasserstrahl laufen, damit er auch die richtige Temperatur hatte. Unter der Dusche begann sie sich einzuseifen. Sie tat dies immer mit einem Waschlappen, aber heute sollte es schneller gehen.

Wie zufällig berührte sie mit den Händen ihre Brüste. Sie bemerkte einen eigenartigen Knoten unter ihrer linken Brustwarze. Der Schreck fuhr ihr durch die Glieder, und sie tastete nochmals darauf. Vielleicht eine Talgdrüse, überlegte sie und versuchte, sämtliche ängstlichen Gedanken wegzuwischen. Sie hatte keine Lust, noch länger zu duschen, trocknete sich ab und ging eilig ins Bett, in der Hoffnung, einschlafen zu können. Aber im Bett tasteten ihre Hände immer wieder zu diesem Knoten, sie wurde dadurch so wach, dass sie aufstand, sich aus der Bar einen Kognak holte und ganz gegen ihre Art einige tiefe Schlucke aus der Flasche nahm. Sie spürte sofort die Wirkung des Alkohols, ein wohliges Gefühl erfasste sie und mit dem Gedanken, es wird schon nichts sein, schlief sie bald fest ein.

Die nächsten Tage beobachtete Anna immer wieder die Veränderung an ihrer Brust.

Dazu kam, dass dieser eigene Schmerz in ihrer Hand nicht aufhörte, und sie konstatierte, dass die Hand – ab den Achseln – immer geschwollener wurde.

Anna, die stets alles wegsteckte, gerade wie eine Eiche dastand, die für alle ein offenes und nettes Wort hatte, wurde verschreckt, nervös, überreizt und unansprechbar. Sie war unkonzentriert und machte Fehler, die ihr in den langen Jahren nie passiert waren.

Sie selbst merkte es anfangs gar nicht, erst als so mancher Freund oder Kollege sie sorgenvoll ansah und mitleidsvoll fragte, ob alles in Ordnung sei, wusste sie selbst, dass dies nicht der Fall war.

Mit Viktoria wollte Anna nicht über ihr Problem sprechen, die war so jung, hatte selbst erst vor kurzer Zeit ihr erstes Leid miterleben müssen, von dem sie sich, Gott sei Dank, schneller erholte, als Anna zuerst annahm.

Aber Viktoria entging es nicht, dass mit ihrer Großmutter irgendetwas nicht stimmte, sie ging jedoch nicht näher darauf ein, um sie nicht zu kränken.

Eines Sommerabends saß Anna, bis es längst dunkel war, in ihrem kleinen Garten auf der Holzbank und starrte vor sich hin. Vor ihr stand die Flasche Kognak und das Glas halb voll.

Viktoria, die gerade von einer Kinovorstellung nach Hause kam, sah ihre Großmutter schon von weitem dort sitzen.

„Ama, darf ich mich dazusetzen?", fragte Viktoria erschrocken, als sie den jämmerlichen Anblick ihrer Großmutter erblickte. Anna schaute mit schwerem Blick auf sie.

„Natürlich", lächelte sie.

„Wie war der Film?", fragte sie ihre Enkelin, „erzähle ihn mir." Viktoria beeilte sich, Anna kurz den Inhalt zu berichten, merkte aber, dass Anna anscheinend gar nichts davon mitbekam.

„Ama, geht's dir gut? Hast du Sorgen? Komm, sprich mit mir."

„Ja, ja, es geht mir gut", sagte Anna, ohne Viktoria anzusehen.

„Nein, es geht dir nicht gut, ich weiß es. Bitte sprich mit mir, ich kann nicht zusehen, wie du dich von Tag zu Tag mehr verschließt und mit niemandem darüber redest."

„Ich sollte mal zum Arzt gehen", meinte Anna, „ich habe Schmerzen in meiner Hand, ich weiß nicht, was es ist." Von dem Knoten sprach sie nicht, sie musste ja zuerst einmal sicher sein, was es tatsächlich war.

„Aber zuerst fahre ich nach Hamburg, ich habe es Wilhelm versprochen, wir haben einige wichtige Angelegenheiten zu besprechen, weißt du, liebes Kind."

Sie lächelte Viktoria an, und damit wusste Viktoria, dass hiermit für Anna das Gespräch zu Ende war.

Anna wartete einen günstigen Zeitpunkt ab, der ihre Abwesenheit ermöglichte. Ihr Vorgesetzter hatte Verständnis dafür, dass sie private Angelegenheiten zu regeln habe, und stimmte ihrem Urlaubsantrag zu.

Mit Wilhelm hatte Anna schon vor einiger Zeit telefoniert und ihm ihre Sorgen mitgeteilt. Seit dem Tod ihres gemeinsamen Sohnes waren sich die beiden wieder näher gekommen. Wilhelm war inzwischen ein zweites Mal geschieden. So sehr er erfolgreich im Beruf war, hatte er privat kein Glück und war ein einsamer Mensch geworden.

In den letzten Jahren hatte Wilhelm immer mehr und mehr den Kontakt mit Anna gepflegt, sie waren gute Freunde geworden, wenn auch hauptsächlich nur aus der Entfernung, wo sie sich gegenseitig gute Ratschläge und auch Mut zusprachen.

Wilhelm arrangierte einen Termin bei einem der besten Spezialisten auf diesem Gebiet in Hamburg und ließ es sich nicht nehmen, für die Kosten dieser Privatuntersuchung aufzukommen. Es wurde eine Gewebeprobe entnommen, und nach Tagen ungeduldigen Wartens bestellte der Arzt sie wieder in die Praxis.

Der Test war positiv, und der Krebs zeigte sich schon so weit fortgeschritten, dass eine Operation nicht mehr möglich war.

Anna wollte wissen, wie lange sie noch Zeit habe, und der Arzt meinte, es könne Monate oder auch nur Wochen dauern, es käme auf die Art der Behandlung an, die noch durchgeführt werden könnte. Wilhelm war zutiefst betroffen, als er von Anna die Wahrheit erfuhr. In den Jahren war ihm bewusst geworden, dass er sie noch immer liebte, aber jetzt war es zu spät. Jetzt konnte er nichts mehr nachholen, was er jahrelang versäumt hatte. Sie war immer ein Bindeglied von ihm, auch wenn sie in der Zeit nach ihrer Scheidung total den Kontakt abgebrochen hatten.

Erst später, nach seiner nächsten Scheidung und als Frederic schon älter war, wagte er einen ersten, schüchternen Versuch, die Verbindung wieder aufzunehmen.

Frederic durfte in den Ferien zu seinem Vater nach Hamburg, und Anna machte es Spaß, ihn hinzubringen und wieder abzuholen. Da saßen dann die beiden Erwachsenen eine ganze Nacht, plauderten, tranken Wein und sprachen über alles Mögliche, nur nicht über sich selbst.

Knapp vor dem Zweiten Weltkrieg heiratete Wilhelm ein drittes Mal. Wieder eine glänzende Partie. Die Tochter eines hohen Politikers, die sich einbildete, sie müsse diesen gut aussehenden Mann mit seiner hervorragenden Karriere zum Ehegemahl haben.

Dann kam der schmerzliche Moment, wo Wilhelm, aus der russischen Gefangenschaft heimkehrend, erfahren musste, dass sein Sohn Frederic unter tragischen Umständen verstorben war.

Wilhelms neuerliche Ehe hielt nicht lange, denn während des Krieges und seiner Abwesenheit hatte seine Frau bald Trost und Ersatz gefunden. Sie wollte nicht so lange auf ihn warten. Es gab ein kurzes und schmerzloses „Auf Wiedersehen“ und Wilhelm war wieder allein.

In seiner Einsamkeit lud er Anna und Viktoria einige Male auf eine gemeinsame Urlaubswoche nach Italien ein. Sie liebten Venedig, den Lido und verbrachten glückliche Tage zu dritt.

Als Anna aus Hamburg zurückkehrte, ging sie ins Krankenhaus. Inzwischen wussten viele über ihren Zustand Bescheid und man bemitleidete sie aus ganzem Herzen, dass sie dieses schreckliche Schicksal erleiden musste.

Die verschiedensten Behandlungen, die Anna noch über sich ergehen ließ, waren eigentlich umsonst. Der Krebs fraß sich in ihrem Körper weiter und weiter. Nur mühsam konnte sie ihre Schmerzen ertragen, magerte ab, und die Ärzte waren machtlos und mussten zusehen, wie Stück für Stück ihres Körpers sich zersetzte.

Sie bekam nur noch die stärksten Morphiumspritzen, um ihr Leid zu lindern.

Wilhelm eilte an Annas Krankenbett.

Er wusste, dass es ein letztes Wiedersehen mit ihr war, und der einst starke Mann war nur noch ein Schatten von sich selbst, als er Anna todkrank im Bett erblickte.

Er kniete neben ihr hin, nahm ihre Hände, die klein und dünn geworden waren, in die seinen, küsste sie und stammelte:

„Verzeih mir, meine liebe Anna, was ich dir angetan habe. Wir haben alles schlecht gemacht. Es tut mir so Leid.“

Anna lächelte verzerrt.

„Trotzdem, ich habe mein Leben gelebt. Ein besseres gab es halt nicht für mich. Ich danke dir für deine fürsorgliche Liebe und Freundschaft, die du gerade jetzt für mich empfunden hast.

Ich habe es immer geschätzt und gewusst, dass ich mich auf dich verlassen kann. Wir waren halt damals zu jung, unerfahren, verstanden nichts, dann kam diese schwere Zeit, immer wieder wurden wir getrennt, um dann doch noch einmal zueinander zu finden.

Vergiss nicht, dass du ein Enkelkind hast. Viktoria wird mich bald nicht mehr haben und vielleicht braucht sie dich. Stehe ihr bei und bleibe ihr lieber Freund."

Wilhelm versprach, sich um Viktoria zu kümmern, und verabschiedete sich unter Tränen mit einem langen Kuss auf Stirn und Mund von Anna.

Dann wankte er aus dem Zimmer. Er konnte sich nicht mehr umdrehen und wusste, dass es diesmal ein Abschied für immer war.

Anna ging es im Krankenhaus immer schlechter. Sie äußerte den Wunsch, zu Hause in ihren eigenen Räumen sterben zu können. Viktoria beriet sich mit den Ärzten und lernte schnell, wie man mit Injektionen umzugehen hat, denn jemand musste Anna ja die betäubenden, schmerzstillenden Spritzen geben, die in immer kleiner werdenden Abständen zu verabreichen waren.

Sie wollte ihrer Großmutter die letzten Tage ihres Lebens so liebevoll als möglich gestalten, sie sollte spüren, wie viel sie ihr bedeutete. Viktoria wachte den ganzen Tag bei ihr, nachts schlief sie im selben Zimmer, damit Anna wusste, dass sie da war.

Wenn Anna ruhig dalag, Viktoria daneben saß, Annas Hand in der ihren war, erzählte Viktoria ihr leise Geschichten. Sie nahm Anna fantasievoll mit auf wunderschöne Reisen in den Fernen Osten, wo es immer Frühling war, wo überall Blumen in den herrlichsten Gärten blühten.

Anna lächelte manchmal, die Augen geschlossen. Bleich und abgemagert bis zum Skelett lag sie da. So lange das Morphium anhielt, blieb sie ruhig, dann schrie sie wieder auf vor Schmerzen, wimmerte und bettelte um Erlösung.

Viktoria konnte diesen Zustand nicht mehr ertragen. Sie kam in einen furchtbaren Gewissenskonflikt.

Was sollte sie tun, die Ärzte rufen oder selbst abwarten, bis Körper und Geist endlich sagten – erlöst.

Dann sah sie wieder in das verzerrte Gesicht ihrer Großmutter. Ihre Worte erschütterten Viktoria stets aufs Neue.

„Erlöse mich endlich, erlöse mich von diesen Qualen, mache es mir zuliebe."

Und Viktoria tat es, sie tat es für ihre Großmutter und sie tat es für sich selbst, weil sie es nicht mehr verkraften konnte.

Sie spritzte die doppelte Dosis Morphium. „Verzeih mir, Herrgott – aber es geht eigentlich nur uns beide was an, meine Großmutter und mich, sonst niemanden."

Als die Injektion zu wirken begann und Viktoria beobachtete, dass Annas Züge ruhiger, entspannter und gelöster wurden, ihr Atem aber immer geringer – wagte sie einen letzten Kuss auf Annas Wange.

Dann konnte sie nicht mehr. Sie musste hinaus. Sie übergab sich im Klosett, setzte sich anschließend in eine Ecke und weinte herzzerreißend.

Als sie diesen Nervenzusammenbruch überstanden hatte und einigermaßen wieder klar denken konnte, ging sie in das Badezimmer, wusch sich und rief anschließend den Dienst habenden Arzt im Krankenhaus an.

„Ich glaube, meine Großmutter ist gestorben, bitte kommen Sie gleich …"

Viktoria und ihr Großvater

Wilhelm dachte an die letzten Worte, die ihm Anna sterbenskrank im Spital zugeflüstert hatte: „Denke daran, dass du ein Enkelkind hast.“

Er wusste, dass sich Viktoria in einer sehr schweren seelischen Not befand, und hoffte so sehr, ihr helfen zu können. Nachdem die Begräbnisfeierlichkeiten und alle notariellen Angelegenheiten, bei denen Wilhelm Viktoria hilfreich zur Seite stand, erledigt waren, fuhr er wieder nach Hamburg zurück, jedoch nicht ohne vorher mit Viktoria über ihre Zukunftspläne gesprochen zu haben.

Viktoria war ja in einem Zustand, wo sie weder ein noch aus wusste. Seit Annas Tod hatte sie keine Beziehung mehr zu ihrer Heimatstadt und den Leuten ihrer Umgebung, nicht einmal zu den übrigen Verwandten, die ihr wohl viel Trost spendeten, aber keine Hilfe waren.

Sie wollte weg, weg, um die Wunden heilen zu lassen und vielleicht auch vergessen zu können.

Aber wohin sollte sie?

Hannelore, die Freundin aus ihrer Jugend- und Teenagerzeit, hatte ihre Fachschule für Schneiderei und Design erfolgreich abgeschlossen.

Die Chancen, in die Modebranche einzusteigen, waren gut, und vor kurzem bekam sie – auf Grund eines Bewerbungsschreibens – eine Anstellung in Wien in einer renommierten Textilerzeugung.

Hannelore war also nach Wien gezogen, mietete sich eine kleine Wohnung und schrieb regelmäßig begeisterte Briefe an Viktoria über ihren Job und über das Leben in der Großstadt.

Sie forderte Viktoria immer wieder auf, nach Wien zu kommen, sie habe eine gute Figur und sollte eine Mannequinschule besuchen. Sie würde sich schon bemühen, Viktoria schnellstens ganz groß als Model herauszubringen.

Innerlich musste Viktoria über Hannelores Begabung, Dinge besonders begeisternd hervorzuheben, lächeln. Aber Hannelore war nun mal ein positiver Mensch und sah alles im grellsten Pink.

Nun, Viktoria hatte ja ihre Handelsakademie ebenso beendet, und es wäre ein Leichtes, irgendwo in einem Büro unterzukommen. Die Idee mit Wien und Mannequinschule gefiel ihr gut. Es wäre eine Herausforderung für sie und es würde nicht schaden, neben ihrem guten Aussehen auch das Selbstbewusstsein und die Körperästhetik richtig zu erarbeiten.

Viktoria erzählte Wilhelm von ihren Plänen. Er war skeptisch über ihren Entschluss, so plötzlich und ganz alleine nach Wien zu gehen.

Viktoria entgegnete, dass sie ja ihre Freundin dort habe, die ihr gerne helfen würde.

Er musste ihr Argument wohl akzeptieren, da er bemerkte, dass Viktoria – willensstark wie sie nun mal war – kaum von diesem Vorhaben abzubringen war.

„Weißt du, Viktoria“ – er bemühte sich, seinen norddeutschen Ton um einige Grade weicher ausfallen zu lassen –, „wir hatten ja nie richtig die Möglichkeit, genügend Kontakt zueinander zu bekommen, um uns näher kennen zu lernen und aufeinander einzugehen.

Und es ist gar nicht so leicht in meinen alten Tagen, Konversation mit einem jungen Fräulein, das noch dazu meine Enkeltochter ist, zu führen. Aber ich würde dich herzlichst gerne zu mir nach Hamburg einladen, damit du fürs Erste von dieser traurigen Umgebung wegkommst. Nach Wien kannst du später einmal ziehen. Wenn du von allem ein wenig Abstand genommen hast, schaut die Welt gleich wieder anders aus. Ich werde mich bemühen, ein guter Kamerad für dich zu sein, so wie ich es in den letzten Jahren auch für Anna war. Du kannst bei mir wohnen, meine Wohnung ist sowieso viel zu groß für mich, und du kannst dich in Hamburg frei bewegen, denn ich werde dich nicht in deiner Intimsphäre stören und dir mit meiner Anwesenheit auf die Nerven gehen. Auch ich habe mein Eigenleben und weiß es zu schätzen. Du sollst nur wissen, dass jemand für dich da ist.“

Viktoria war gerührt über die schlichten Worte dieser seinerzeit so großen, starken Persönlichkeit. Sie kannte ihren Großvater ja wirklich nicht sehr gut, war aber immer von seinem Charakter, den er sich durch die vielen Jahrzehnte im Norden Deutschlands angeeignet hatte, beeindruckt. Ihr gefiel sein Humor, trocken, verhalten, und sein Lachen, nicht schallend, eher schmunzelnd. Sie fiel ihm spontan um den Hals.

„Ich danke dir, natürlich komme ich gerne zu dir", und schon schluchzte sie haltlos vor sich hin. Auch Wilhelm war gerührt und konnte sich einiger Tränen nicht erwehren. Wenn man weint, ist man unglücklich und vielleicht glücklich zugleich.

Viele Jahre hatte Wilhelm in Blankenese gewohnt. Durch eine geschickte Manipulation konnte er ein Häuschen günstig erwerben, auf den Hängen der oberen Stadt, zu der man vom Strand aus durch winkelige Wege und Stiegen gelangt. Oftmals saß er im Garten vor seinem Haus in seiner verträumten, leisen, ruhigen Welt und blickte gedankenvoll auf die Landschaft des Nordens mit Möwengeschrei und dem Heulen der Schiffssirenen über dem breiten Strom. Das viele Grün in allen Schattierungen ließ ihn vergessen, dass der heitere, bunte Süden, zu dem es ihn immer wieder zog, weit entfernt war.

Irgendwann hielt er es dort nicht mehr aus. Er verließ seine romantische, kleine Welt und zog nach Pöseldorf, dem Gegensatz zu Blankenese, poppig und kauzig, spleenig und extravagant, bohemienhaft und konservativ.

Einst war Pöseldorf das Viertel der Privilegierten gewesen, bis diese zum anderen Ufer der Außenalster abwanderten.

Handwerker zogen in die stillen Gassen und Höfe.

Von ihnen hieß es: „Se pöselt so vör seck hen!", womit ihre zwar nicht hanseatische, aber liebenswerte Einstellung zur Arbeit gemeint war. Aus diesem Satz wird wohl auch der Name Pöseldorf entstanden sein.

Jahrzehnte vergaß man auf Pöseldorf, bis letztlich Künstler und Studenten in die Bürgerhäuser und Handwerkerhöfe einzogen. Trödler, Galeristen, Boutiquen und Kneipen rundeten das Bild ab.

Dadurch gewann Pöseldorf wieder an Bedeutung. Es war „in" sich dort aufzuhalten.

Makler und Bauhaie versprachen sich das große Geschäft und erhöhten die Grundstückpreise gewaltig.

Die, die es sich nicht mehr leisten konnten hier zu leben, wanderten ab, und die feinen Leute zogen wieder ein, wie vor 100 Jahren.

Auch Wilhelm gehörte zu den „Einziehenden“ und lebte in einem Ambiente von gut, lustig und teuer. Er brauchte diesen Hauch von Quartier Latin, der Patina hamburgischer Handelsherrlichkeit und dem Zuckerguss moderner Nostalgie.

Also fuhr Viktoria nach Hamburg. Sie mochte diese Stadt und deren Menschen gleich von Anfang an. Die erste Zeit über war sie froh, dass Wilhelm ein nie müde werdender Gesellschafter war, der ihr die Schönheiten der Stadt vermittelte. Später war es für sie ein Vergnügen, Hamburg alleine zu erkunden.

Wilhelm erzählte Viktoria eine Menge Wissenswertes über die Hansestadt. Er berichtete über die vielen Schicksalsschläge, die diese Stadt in den Jahrhunderten miterleben musste.

1842 der große Brand, wo niemand verhindern konnte, dass die Altstadt fast in ihrer gesamten Ausdehnung vernichtet wurde.

Planmäßig und mit dem Bestreben, eine moderne Großstadt zu schaffen, baute man sie wieder auf, und in der zweiten Hälfte des 19. Jahrhunderts stand Hamburg blühender, schöner und moderner da denn je, bis die Stadt 1892 von einer Choleraepidemie heimgesucht wurde. Tausende Menschen starben daran.

Der größte Schicksalschlag für Hamburg war wohl nach den Bombenangriffen im Zweiten Weltkrieg. Zwei Drittel aller Wohnungen, fast alle Hafenanlagen, Schulen, Krankenhäuser, Betriebe, Theater, Kirchen und Museen waren zerstört, und in den Hafenbecken lagen Wracks von mehr als 3000 Schiffen.

Kaum ein Mensch hatte damals den Glauben und die Hoffnung, dass Hamburg jemals wiedererstehen könnte. Doch die Lebenskraft der Hamburger siegte, und Hamburg ist wiederauferstanden, noch schöner und größer.

Aber wieder ein schwerer Rückschlag war die große Flut im Februar 1962.

Wilhelm berichtete der fassungslosen Viktoria, wie in den Straßen Menschen um ihr Leben schwammen. Mehr als 300 Hamburger unterlagen diesem Kampf.

Viktoria hatte sich gut eingelebt in Hamburg. Sie liebte die Stadt der Hanseaten. Für sie war es eine Weltstadt von seltenem Format.

Sie lernte die Wesensart der Bewohner verstehen, ging zum Hafen, um dort den großen Strom zu erblicken, sah zu, wenn an den Kais die Waren aus Übersee gelöscht wurden. Und sie glaubte zu spüren, wo die Kraft dieser großen, einzigartigen Stadt liegt.

Mit ihrem Großvater verstand sie sich großartig. Beide waren so einfühlsam, dass keiner den anderen störte.

Wilhelm hatte seine Enkeltochter sehr lieb gewonnen. So wortkarg und einsam er in den letzten Jahren gewesen war, umso fröhlicher und offener wurde er, zu sich selbst und zu den anderen, seitdem Viktoria bei ihm wohnte. Dadurch, dass er eine Haushälterin hatte, die ein strenges Regiment führte und bestens für ihn selbst, seine Wäsche und die Wohnung sorgte, brauchte sich Viktoria um nichts Häusliches kümmern.

Großen Spaß machte es Viktoria, wenn sie mit ihrem Großvater sonntags zum Fischmarkt in St. Pauli ging. Einst nur als ein Markt und Auktionsplatz für Fischhändler bekannt, ist er heutzutage wohl schon eher mit dem Flohmarkt in Paris zu vergleichen. Ein Sortiment von Skurrilem, Groteskem und Komischem wurde neben gackerndem Geflügel und Fischen geboten. Fische wurden zwischen 6 bis 10 Uhr morgens zum Kauf feilgehalten, und es war unheimlich lustig für die beiden, einen Schellfisch oder eine Scholle zu ersteigern, die sie sich dann mittags selbst zubereiteten.

Viktoria musste sich erst an die kräftige Küche, die in Hamburg geboten wurde, gewöhnen, aber ganz stolz war sie darauf, dass sie bereits nach kurzer Zeit eine herrliche, würzige Aalsuppe selbst kochen konnte.

Eines Abends saßen sie wieder gemütlich beisammen, um über dies und jenes zu plaudern. Viktoria blickte versonnen vor sich hin, bevor sie sprach:

„Ich glaube, Mode, Schönheit und Sinn für Farben liegen mir. Wenn ich jetzt noch lerne, was man alles braucht, um perfekt für seinen Beruf zu sein, kann gar nichts danebengehen."

Wilhelm lächelte sie an.

„Fast nehme ich an, dass du diese Eigenschaften, was den guten Geschmack anbelangt und den Sinn für Schönheit, von mir geerbt hast. Meine Lebenseinstellung war immer: Kleider machen Leute. Ich denke da zurück an meine gute alte Zeit, als ich als junger Mann aus der Kleinstadt nach Deutschland kam. Außer meinem erlernten Beruf, meinem wahnsinnigen Ehrgeiz und natürlich auch meinen Illusionen hatte ich ja nichts mitgebracht."

„Ich weiß so wenig von dir, Großvater."

„Es ist vielleicht auch besser so, wenn ich nicht zu viel spreche. Weißt du, in der damals schlechten Zeit und in dieser Kleinstadt wäre nicht so leicht eine Karriere zu erklimmen gewesen. Ich hätte dort mein Leben verbracht als braver, kleiner Advokat. Aber mein Traum war, mehr als dies zu sein. Wenn ich jetzt resümiere, dann war mein Leben stets erfüllt mit so vielen, vielen kleineren und größeren Annehmlichkeiten. Ich war stets auf der Suche nach dem Schönen, und es wurde mir so vieles an Schönem präsentiert. Von den entsetzlichen, traurigen und angstvollen Momenten, die mein Leben beherrschten, ich denke an die Kriegsgefangenschaft, den Tod meines einzigen Sohnes, deines Vaters, das Leid deiner Großmutter, abgesehen, war und bin ich ein zufriedener Mensch. Aber lassen wir diese philosophischen und ernsten Einwendungen", fuhr Wilhelm fort, „zurück zu meiner Jugend. Durch einflussreiche Freunde, die ich bald nach meiner Ankunft in Hamburg kennen lernte, eignete ich mir sehr schnell das für mich und meine Karriere notwendige Genre an. Ich wurde ein richtiger Dandy.

Ich hatte gleich nach der Scheidung von Anna wieder geheiratet, die Tochter meines Chefs, und wurde sofort in die damalige ‚High Society' involviert. Ich musste mich ‚präsentieren', und so war mein Kleiderschrank voll mit Anzügen für die verschiedensten Anlässe. Es war en vogue, Verständnis und guten Geschmack in der Auswahl seiner Garderobe zu haben. Mein Schwiegervater hatte in Berlin eine Filiale, und ein weiterer Karrieresprung für mich bedeutete, ihn dort bei Verhandlungen und Konferenzen zu vertreten."

Wilhelm machte eine kurze Nachdenkpause. Viktoria war ein wenig erschrocken, als er plötzlich in die Hände klatschte und begeistert ausrief: „Berlin, Kind, was war Berlin. Die Metropole par excellence. Die Stadt des Geldes, der Intrigen, Skandale, Aristokraten. Ganz Europa blickte auf Berlin und richtete sich nach dem Vorbild dieser Stadt.

Stars von Bühne und Film gaben in Sachen Mode den Ton an. Es war eine Zeit der Freizügigkeit, des Wegfallens der Tabus. Man war ständig auf der Suche nach einem Erlebnis. Das Motto lautete: ‚Ohne Scham und ohne Schande penn ich mit der Bande, nicht nur mit dem Einzelherrn, hemmungslos ist jetzt modern.'

Ein Gedicht, das durch aller Munde ging. Es waren wirklich verrückte Jahre, die ich erlebte. Aber lass uns wieder in die Gegenwart zurückkehren. Ich denke viel über deine Zukunft nach."

Viktoria hatte sich so in seine Erzählungen vertieft, dass sie nicht recht wusste, was sie sagen sollte. Sie war nun schon einige Wochen in Hamburg und hatte nie mehr über Wien oder über ihre weiteren Pläne gesprochen.

Und Wilhelm war so einfühlsam gewesen, er hatte sie nicht gedrängt, sich zu etwas zu entschließen. Sie hatte es gefühlt, dass er ihr Zeit lassen wollte. Zeit zum Vergessen und zum Nachdenken, und das war gut so.

„Hast du dir eigentlich schon einmal überlegt, dass du auch hier eine Mannequinschule besuchen könntest?", fragte Wilhelm unwillkürlich Viktoria, als sie gerade im Begriff war, Dessert aus der Küche zu holen. Doch sie kam nicht dazu, denn die nächsten Worte ihres Großvaters ließen sie aufhorchen.

„Ich habe zufällig von einer solchen Schule erfahren und dass die Einschreibungen für das kommende Semester demnächst beginnen. Dort könntest du alles Wesentliche erlernen.

Du hast dann auch den Befähigungsnachweis dafür, dass du später selbst Mannequins ausbilden könntest. Dazu kommt natürlich auch noch die Schulung für Visagisten. Der Weg, eine eigene Agentur zu errichten, würde dir nach einer solchen Ausbildung offen stehen. Wie würde dir das gefallen?"

Wilhelm sah mit etwas bangem Blick Viktoria an, trug aber die Hoffnung in sich, dass sie diesen Vorschlag annehmen würde. Der Gedanke, sich von ihr trennen zu müssen, wäre schwer ertragbar.

Viktoria war total perplex. Wie konnte er ihre geheimen Gedanken erraten? Auch sie wusste von dieser Schule und hatte sich schon Vorstellungen darüber gemacht. Sie wollte ja auch mit ihrem Großvater darüber sprechen, vor allem deshalb, weil die Schulgebühren sehr hoch sein würden. So hatte sie es sich schon überlegt, ob sie vom Nachlass ihrer Großmutter etwas wegnehmen sollte.

„Du weißt, was die Schule kostet?"

„Natürlich. Ich habe mich schon eingehend erkundigt", lächelte Wilhelm verschmitzt, „und es ist für mich eine Selbstverständlichkeit, dass ich das Ganze übernehme. Darüber brauchen wir gar nicht weiter diskutieren. Du machst deine Schule, und wenn du sie erfolgreich abgeschlossen hast, werden wir weitersehen, einverstanden?" Wilhelm sah seine Enkelin dabei so rührend an, dass sie aufstand, ihn umarmte und voll Begeisterung aufjauchzte: „Du bist der beste Opa auf der ganzen Welt."

Da Viktoria noch Zeit hatte bis zum Beginn der Mannequinausbildung, inskribierte sie an der Uni. Es gab einige Fächer wie Publizistik, Theaterwissenschaft, Kostümwesen und Sprachen, die sie interessierten und wo sie auch einen Sinn sah sich darin fortzubilden.

Viktoria war eine tüchtige Studentin und nahm alles Neue voll in sich auf. Das Leben auf der Uni gefiel ihr gut, denn sie lernte viele junge Menschen kennen. Da und dort ein kleiner Flirt, und so kam es öfters vor, dass es später am Abend wurde. Dann schlich sie sich durch die Wohnung, um unbemerkt in ihr Zimmer zu huschen. Mit Wilhelm redete sie wenig über ihren neuen Bekanntenkreis. Es schien so, dass Wilhelm gar nicht darüber Bescheid wissen wollte.

Schon seit einiger Zeit schwänzelte ein gut aussehender Student um sie herum. Anfangs fand sie ihn aufdringlich, dann wurde sie doch neugierig auf ihn. Er erwies sich als richtiger Kavalier, als er sie mit einem Blumenstrauß überraschte und sich als Joachim vorstellte.

Der Bann war gebrochen, und man traf sich öfters in einem Café, wo nicht nur über die Uni geplaudert wurde. Beide hatten viele gemeinsame Interessen, und die Beziehung zwischen ihnen wurde immer inniger.

Joachim war aber sehr egoistisch. Das musste Viktoria bald feststellen. Und als er sogar darauf drängte, dass sie zu ihm ziehen solle, fand sie es richtig, Schluss zu machen. Ihre Freiheit war ihr wichtiger – es sollte besser ein Flirt bleiben. Als es wieder zu einem Streit kam, war sich Viktoria im Klaren, dass eine Trennung der beste Weg war. Sie teilte dies Joachim unverhohlen mit, der sich anscheinend gar nichts daraus machte, denn er kehrte ihr grußlos den Rücken.

Aus und vorbei, dachte Viktoria, froh darüber, dass sie die Vernünftige war. Ihre ganze Konzentration richtete sich nun auf die Mannequinschule, sodass sie für die Vorlesungen an der Uni nicht mehr viel Zeit aufbrachte.

Sie war in ein neues Leben hineingerutscht, das maßgebend für ihre Zukunft sein sollte. Alles drehte sich um Schönheit, Eleganz und Gepflegtsein.

Die Monate vergingen im Nu, aber es waren harte Tage gewesen. Viktoria war von dem Ehrgeiz erfüllt, alles zu erfassen, was sie für später brauchen würde. In ihr war ein großer Wandel geschehen: Aus der Studentin entstand eine elegante junge Dame.

Wilhelm, immer bemüht, beratend zur Seite zu stehen, nahm diese Verwandlung glücklich und wohlwollend auf.

Viktoria schaffte ihr Diplom und war mächtig stolz darüber.

Zwischendurch gab es schon die verschiedensten Möglichkeiten, wo sie ihr Talent am Laufsteg zeigen konnte. Sie wurde zu der einen oder anderen Modenschau in führenden Häusern engagiert und freudestrahlend brachte sie ihre ersten Gagen nachhause. Sie war zufrieden mit sich und ihrem Leben, umso mehr, als sie merkte, welche Faszination dieser Beruf für sie ausübte.

Geist, Schönheit und Ästhetik vereinten sich darin, Disziplin herrschte an erster Stelle. Die Notwendigkeit des guten Aussehens forderte einige Opfer, die Viktoria gerne auf sich nahm.

Ihre Tage waren ausgefüllt mit Sport und Gymnastik, um sich fit zu halten, strenger Diät, viel Schlaf, um dann abends glänzend – wie ein Stern – Kreationen zu präsentieren.

„Heute will ich meinen freien Tag einmal so richtig genießen“, sprach Viktoria halblaut vor sich hin. So richtig gemütlich machen, denn die letzten Tage waren anstrengend genug gewesen. Sie hatte schon ihr Zimmer in Ordnung gebracht und war gerade im Begriff, ein Bad zu nehmen, als es an der Tür klopfte. Sie öffnete ein wenig überrascht, als ihr Wilhelm gegenüberstand. Man hatte einander schon über eine Woche nicht gesehen, geschweige denn gesprochen. Jeder war seinen Weg gegangen, um seinen Verpflichtungen nachzukommen.

„Viktoria, hast du am Nachmittag für mich ein bisschen Zeit, ich möchte mit dir etwas bereden?“

„Für dich immer, lieber Opa“, antwortete Viktoria voll Freude, denn ihr war eine Plauderei mit ihm ohnedies schon abgegangen.

„Was hast du denn auf dem Herzen“, wollte Viktoria voll Neugierde wissen.

„Warte ab, das ist nicht in wenigen Worten gesagt, wäre es dir um 15 Uhr recht?“

„Einverstanden, ich freue mich schon darauf.“

Viktoria fühlte es, dass ihr Großvater etwas Besonderes mit ihr zu besprechen hatte. Ihre Neugierde fand daher keine Grenzen. Sie suchte sich ein nettes Kleid aus, denn Wilhelm hatte es gerne, wenn sie auch zu Hause hübsch angezogen war.

Pünktlich trat sie in das Arbeitszimmer, das noch einige Sonnenstrahlen aufgenommen hatte. Obwohl sich schon der Herbst ankündigte, glaubte man doch noch etwas Wärme zu verspüren.

Wilhelm bat Viktoria in einem der bequemen Fauteuils Platz zu nehmen. Er setzte sich ihr gegenüber, Viktoria merkte, dass in seiner Stimme eine gewisse Bewegung war. Er kam noch nicht dazu, sein Gespräch zu eröffnen, denn seine Haushälterin Beata kam mit behäbigen Schritten in das Zimmer und stellte ein Tablett mit köstlich belegten Brötchen auf den Tisch.

Sie wich nicht von der Stelle, ehe Wilhelm, schon etwas ungeduldig, ihr Lob aussprach. Nun war Beata zufrieden, aber sie ging genauso langsam, wie sie gekommen war, aus dem Zimmer. Viktoria musste lächeln, als sie ihr nachsah. „Ja, so ist nun mal meine Beata, sie ist aber eine Perle, wenn sie mir auch manchmal schon sehr auf die Nerven geht. Am liebsten möchte sie mich Tag und Nacht verhätscheln.“

„Sei froh, dass du so eine tüchtige Kraft hast, das ist heute Goldes wert."

Ungeduld war an Viktorias Stimme zu erkennen. Und endlich begann Wilhelm sein Gespräch.

„Nach den vielen Jahren im rauen Norden habe ich mich entschlossen, für eine Weile von hier wegzuziehen. Meine Sehnsucht nach dem Süden war immer schon groß, und gerade jetzt hat es mich wieder gepackt, ich kann der Versuchung nicht widerstehen. Und das hat auch noch einen anderen Grund." Er sah Viktoria mit einem viel sagenden Blick an, und seine Mundwinkel verzogen sich zu einem schmunzelnden Lächeln.

„Einfach so wegziehen, ganz allein, ohne Freunde", erwiderte Viktoria erschrocken. „Wie kommst du auf einmal auf diese Idee? Das hältst du doch nie aus. Hier hast du deinen Bekanntenkreis, hier hast du deine Annehmlichkeiten. Das kann ich mir gar nicht vorstellen."

„Nun", entgegnete Wilhelm, „das soll ja nicht heißen, dass ich mit meinen ganzen Habseligkeiten auf und davon gehe, auf Nimmerwiedersehen. Das wäre absurd. Warum ich mich zu diesem Entschluss durchgerungen habe? Vielleicht kannst du dich erinnern, dass ich dir öfters von einem Harald Mayer erzählt habe. Er war mir ein aufrichtiger Freund geworden. Als er seine Karin heiratete, war ich ja auch zum dritten Mal verehelicht. Wir waren eine nette Clique.

Später, nach meiner Scheidung, hatten die beiden sich rührend um mich gesorgt, denn ich war ja wieder ein einsamer Mensch geworden. Vor zwei Jahren starb Harald, und da lag es an mir, nun Karin in vielen Dingen beizustehen. Aus unserer anfänglichen Kameradschaft ist inzwischen eine echte Freundschaft geworden. Ich schätze Karin sehr, und auch sie hat immer mehr Vertrauen zu mir gewonnen. Längst ist es uns zu einer lieben Gewohnheit geworden, gemeinsam ins Theater zu gehen oder uns mit Freunden zu treffen. Wir sind einfach füreinander da."

Viktoria erinnerte sich jetzt, dass ihr Großvater in letzter Zeit öfter nicht zu Hause wohnte. Also war er bei Karin. Er fühlte sich bei ihr geborgen, reimte sie sich zusammen. Sie hatte sich über die gelegentliche Abwesenheit von Wilhelm keine Gedanken gemacht, denn sie war ja selbst im Trubel ihres neuen Wirkungskreises.

„Weißt du, Viktoria, jetzt, wo Karin den Tod ihres Mannes mehr oder weniger überwunden hat, kann ich mit ihr schon über unsere Beziehung sprechen."

„Und ihr plant jetzt einen Langzeiturlaub, wenn ich es richtig verstanden habe. Wo denn?" Viktoria war sich bewusst, dass Wilhelm es ihr gleich sagen würde. Sie sah liebevoll zu ihm und spürte, wie viel Freude aus ihm herauskam, als er antwortete: „Karin und Harald hatten sich vor Jahren auf Mallorca ein Haus gekauft. Ich kenne es, weil ich schon bei ihnen dort auf Besuch war. Nun steht das Haus leer und verlassen da. Karin will nicht alleine hinziehen und bat mich, sie zu begleiten."

Viktoria wollte Wilhelm eigentlich nicht unterbrechen, doch stimmte sie ihm begeistert zu.

„Das ist eine gute Idee, nütze die Zeit ...", mehr wollte sie nicht sagen, in Gedanken aber meinte sie, solange du dein Leben noch in vollen Zügen genießen kannst.

„Freuen würde ich mich, wenn du uns einmal besuchen kommst – wenn du halt Zeit hast."

Das waren jetzt ganz neue Perspektiven für Viktoria. Sie konnte gar nicht so schnell ihre Gedanken nachvollziehen und alles überdenken, was Wilhelm ihr schilderte. Es war zu viel auf einmal – sie fand auch keine Worte. Bis jetzt konnte sie alles immer mit ihrem Großvater besprechen, und er war stets für sie da. Unvorstellbar, dass dies anders werden sollte.

„So sagte ich mir, alter Knabe, versuch's noch einmal. Solange mein Geist und mein Körper mitspielen, sollte ich mein Leben leben. Wir haben liebe Nachbarn aus Hamburg, die Familie Dr. Flossberg. Und so stelle ich mir vor, dass es gemütliche Tage und Abende werden könnten. Und da dieses Ehepaar auch gerne Bridge spielt, wird es an Unterhaltung bestimmt nicht fehlen."

Wilhelm war jetzt so richtig in seinem Element.

Nicht allzu weit entfernt sei ein Golfplatz, da könnte er seine Kenntnisse in dieser Sportart erweitern. Eine tüchtige Lehrerin hätte er in Karin, die ja wesentlich länger und besser spielte als er.

Nun erzählte Wilhelm, dass Karin schon vor der Ehe mit Harald einmal verheiratet gewesen war. Mit einem Schotten, einem alten Schlossherrn. Das Leben mit ihm war langweilig. Tee trinken und Golf spielen standen auf der Tagesordnung, ab und zu langweilige Familienfeiern. Als ihr das Leben zu eintönig wurde, ließ sie sich scheiden. Sie ging nach Deutschland und lernte in Berlin Harald kennen, der damals schon Vorstandsdirektor in einem Automobilkonzern war.

„Während der Sommermonate werde ich sicherlich öfters nach Deutschland kommen, denn sowohl Karin als auch ich möchten die Zelte nicht ganz abbrechen. Ob ich mit Karin dann zusammenleben werde, wird sich erst herausstellen. Zunächst wollen wir einmal über den Winter nach Mallorca ziehen, so wie sie es früher mit Harald machte. Und mir ist es recht so. Mallorca ist ja nicht aus der Welt. Ich werde dich öfter anrufen, damit ich am Laufenden bin.

Aber nun komme ich zu einem wichtigen Punkt, der dich betrifft.

Ich habe in meinem Leben viel falsch gemacht. Ich möchte so vieles gutmachen, was aber nicht mehr nachzuholen ist. Reichtümer habe ich nie angesammelt, denn ich habe im wahrsten Sinne des Wortes immer von heute auf morgen gelebt. Ich habe viel geschaffen, habe das Leben genossen und leider, das muss ich jetzt zugeben, das Wort Familie in den Hintergrund geschoben. Finanziell bin ich bis zu meinem Lebensende gut abgesichert, sodass ich mir auch jetzt einen gewissen Luxus leisten kann."

Viktoria war sich dessen bewusst, dass Wilhelm so manches loswerden wollte, es ihm aber doch schwer fiel, darüber zu sprechen. Was für sie die große Überraschung sein sollte, das erfuhr sie sogleich, sie brauchte nicht mehr lange darauf warten.

Und schon hatte Wilhelm wieder das Wort: „Viktoria, ich habe mich entschlossen, dir meine Eigentumswohnung noch bei Lebzeiten zu überlassen. Ich habe die Schenkungsurkunde bereits verfasst, es ist alles vorbereitet. Als ehemaliger Anwalt habe ich den Akt ordnungsgemäß bis in die kleinsten Details durchstudiert, du wirst also nie Schwierigkeiten bekommen. Es fehlt nur noch deine Unterschrift. Und damit will ich einmal in meinem Leben wirklich Gutes tun. Und sollte ich jemals in Quartiersnot sein, dann bin ich dessen sicher, dass ich bei dir Aufnahme finde."

Viktoria war ganz außer sich vor Freude, sie war dem Heulen nahe und brachte nur ein bescheidenes „Danke" heraus. Mehr wollte Wilhelm gar nicht hören.

„Und nun lass uns mit einem Glas Wein anstoßen auf die Zukunft, dass sie uns noch viele schöne Tage und dir diese Erfolge in deinem Beruf bringen möchte, die du dir erhoffst."

Das Haus am Meer

Karins Mercedes war voll gepackt – die große Reise konnte beginnen.

Hamburg zeigte sich in leichten Nebel gehüllt, als Wilhelm und Karin die Stadtgrenze hinter sich ließen. Als Ziel nannten sie Barcelona, eine weite Strecke, doch sie wollten sich Zeit lassen, es drängte sie nichts.

In bester Stimmung sangen sie während der Fahrt Lieder aus der Studentenzeit, aus Operetten und alte Schlager. Nicht immer fiel ihnen der Text dazu ein, dann wurde eben mit „lalala" ergänzt. Und das gab wieder Grund zu lachen. Nur keine Abschiedsstimmung aufkommen lassen. Sie lösten sich beim Fahren mehrmals ab und blieben stehen, wo es ihnen gerade gefiel. So ging es durch die deutschen Lande.

Der Herbst hatte der Natur sein schönstes Kleid gegeben und zeigte die unterschiedlichsten Landschaften in wahrer Farbenpracht.

Der Wettergott bekundete Einsehen mit den beiden Reisenden, ließ die Sonne scheinen und versprach eine angenehme Temperatur, als sie in Paris eintrafen. In Paris, Stadt der Verliebten, wollten sie ein paar Tage verbleiben. Und sie taten es auch. In einem der viel besprochenen Straßencafés auf den Champs-Elysées saßen sie bei Kuchen und Kaffee und sahen dem bunten Treiben, das sich vor ihnen abspielte, interessiert zu, ehe sie Richtung Arc de Triomphe schlenderten.

Nachdem ihr Auto in der Garage des Hotels in der Rue de Faubourg St-Honoré sicher abgestellt war, wählten sie als Verkehrsmittel die Metro, denn sie wussten aus Erfahrung, dass das exakt ausgereifte, unterirdische Verkehrsnetz in der Stadt es ermöglichte, problemlos von einer „destination" zur anderen zu gelangen.

In der Ille de la Cité standen sie vor der Kathedrale „Notre-Dame", die ungeachtet aller Kriege und Revolutionen, mit dem

Schicksal der französischen Nation verbunden, als ständiges Symbol bleibt, und weiter ging es in das Museum des Louvre, worin sie Stunden verbrachten, um alle Kunstwerke und Gemälde zu besichtigen.

Montmatre und Sacré-Coeur war für sie ein Ausflug in die Welt des vergangenen Jahrhunderts, ein Hauch von Boheme und Überbleibsel der Belle Epoque, und ungeachtet der vielen Sehenswürdigkeiten, die ihnen Paris von früh bis abends bot, wurden sie nicht müde, das Nachtleben voll auszukosten.

Die Revue im Lido, dem berühmtesten Nachtklub der Welt, bot „DIVERTISSEMENT ROYAL“, und in so manchem Ess-Tempel imponierte ihnen die Vielfalt der französischen Cuisine.

Die schönen Eindrücke aus Paris nachhaltig in Erinnerung, ging anschließend die Fahrt weiter.

Bei Perignane passierten sie die Grenze nach Spanien. Nun war es nicht mehr allzu weit nach Barcelona.

Zügig fuhr Karin durch das dicht besiedelte Gebiet in die Stadt, deren Straßen in einem Schachbrettmuster angelegt worden waren. Ein großer Vorteil, dadurch konnte man nicht so leicht die Orientierung verlieren. Für Karin bedeutete die Fahrt durch Barcelona kein Problem. Sie kannte die Strecke gut.

So nebenbei erzählte sie Wilhelm von einem Stierkampf, an dem sie vor Jahren teilgenommen hatte. Sie musste ihn aber vorzeitig verlassen, da sie sich dabei so aufregte und diese Tierquälerei nicht weiter ansehen wollte.

„Keine zehn Pferde würden mich nochmals dazu bringen. Unverständlich, dass die Spanier so verrückt danach sind.“ Wilhelm pflichtete ihr bei.

Geradewegs steuerte Karin den Hafen an. Sie hatten Glück, denn das nächste Fährschiff nach Palma fuhr in zwei Stunden ab.

Beim Verladen des Autos gab es keinerlei Schwierigkeiten. Alles lief klaglos ab, die Reise stand unter einem guten Stern.

Während der Schifffahrt kam eine leichte Brise auf, doch das tat nichts zur Sache. Auf Mallorca habe es noch 25 Grad, erzählten Einheimische, die zwischen Palma und Barcelona pendelten.

„Erholen, erleben und genießen“ – der Werbespot für Urlauber, die es in der Zeit, wo anderswo Schnee und Kälte regieren, in südlichere Regionen zieht. Und im Mittelpunkt der Geschehnisse steht Palma, die Hauptstadt.

„Wir werden noch oft Gelegenheit haben, nach Palma zu fahren", meinte Karin etwas nervös, denn es drängte sie, zu ihrem Haus zu kommen. Lange war sie nicht hier gewesen, aber plötzlich stiegen Sehnsucht und frohe Erwartung auf. Wilhelm zeigte hierfür vollstes Verständnis, dass Karin zur Eile trieb.

„Jetzt haben wir es nicht mehr weit, nur noch die schmale Straße hinunter zur Bucht", erklärte Karin und verärgert registrierte sie, dass sie den Wagen plötzlich stoppen musste. Ein Maultier stand mitten auf der Straße und wollte sie nicht freigeben. Der Besitzer schrie und gestikulierte mit dem Stock, stieß aber auf taube Ohren. Nun wurde es Karin zu dumm. Sie stieg aus, ging auf das störrische Tier zu, streichelte seinen Kopf, und Wilhelm kam es vor, als flüstere sie ihm etwas ins Ohr. Und siehe da, es wich zur Seite und gab die Straße frei.

Sein Begleiter, ein typisch spanisches Original, schüttelte nur den Kopf und beide, Mann und Esel, trotteten fort.

Wilhelm wollte wissen, was Karin dem Tier ins Ohr geflüstert hatte.

„Ich habe ihm eine Liebeserklärung gemacht und versprochen, dass ich ihn demnächst besuchen werde", gab sie schelmisch zur Antwort.

Ein Jubelschrei Karins, und Wilhelm wusste, dass das Ziel erreicht war.

Sie entstiegen dem Wagen und schon kam ihnen, mit lautem Spanisch-Geplapper, eine ziemlich in die Breite gegangene Señora freudestrahlend entgegen. Für Wilhelm unverständlich, denn seine Spanischkenntnisse waren noch reichlich schwach.

Karin klärte ihn sogleich auf, sie und ihr Mann seien ihre Nachbarn und würden während der Abwesenheit das Haus beaufsichtigen und auch im Garten nach dem Rechten sehen.

Zur Señora Esmeralda meinte Karin:

„Jetzt haben Sie die Möglichkeit, Ihre Deutschkenntnisse aufzufrischen. Señor Wilhelm versteht Sie sonst nicht."

Worauf Esmeralda, wie aus der Pistole geschossen, auf Deutsch antwortete: „Ich verstehen, ich habe no problemos, ich werde Señor Wilhelm Spanisch lernen."

Alle lachten und sie verabschiedete sich wortreich, nicht ohne vorher zu versprechen, dass sie am nächsten Morgen kommen werde, mit frischem Gemüse und Obst, und Señora Karin beim Hausputz helfen würde. Dann bestieg sie ihr Fahrrad und war weg.

Die Müdigkeit machte sich bemerkbar. Karin überzog die Betten frisch, richtete einen kleinen Imbiss und ein Glas Wein an. Sie spazierten anschließend durch den Garten und erfreuten sich an den Zitronenbäumen, die Früchte trugen und gleichzeitig an denselben Ästen Blüten.

„Im Jänner oder Februar werden uns die Mandelbäume in ihrer weiß-rosa Blütenpracht beglücken", meinte Karin, als sie diese näher betrachteten. An der als Abgrenzung des Besitzes aus Natursteinen hergestellten Mauer angelangt, gingen sie durch den Ausgang und gelangten zur lieblichen Bucht und dem flach zum Meer abfallenden Strand.

Beide atmeten die frische Meeresluft ein, bevor sie wieder zum Haus zurückgingen. Leise rauschte das Meer – Karin und Wilhelm hatten sich zur Ruhe begeben. An den gleichmäßigen Atemzügen war zu erkennen, dass sie tief und ruhig schliefen.

Ein wunderschöner Tag kündigte sich an, die See war ruhig, nur ein paar Fischerboote mit ihrem Fang beeilten sich an Land zu kommen.

Bald tauchte Esmeralda auf.

Ihr Fahrrad schob sie, denn es war mit Taschen bepackt, die das versprochene Gemüse, Obst, Fleisch und weitere Lebensmittel enthielt. Somit schien das Notwendigste besorgt zu sein. „Mein Mann kommt gleich nach", sie zeigte gestikulierend auf das Schwimmbecken, „er wird es in Ordnung bringen."

Karin entlohnte Esmeralda für den Einkauf und beide gingen in das Haus, damit die erforderlichen Arbeiten verrichtet werden konnten.

Wilhelm begab sich inzwischen in den Garten. Er stellte die Gartenmöbel auf, damit Esmeralda sie anschließend vom Staub reinigte.

Bequem im Liegestuhl sitzend, überblickte er das Grundstück. Seine Idee, in einer Ecke Gemüsebeete anzulegen und ein richtiger Hobbygärtner zu werden, belustigte ihn dermaßen, dass er diese Neuigkeiten gleich zu Papier bringen wollte. Viktoria wartete bestimmt auf Nachricht. Er holte Schreibzeug herbei und verfasste den ersten Brief aus seinem neuen Domizil.

Am darauf folgenden Tag unternahmen sie eine Inseltour, um die eindruckvollen Landschaften mit den kleinen Dörfern zu erleben. So entdeckten sie das ländliche Mallorca auf der Fahrt bis ans Ende der Insel, nach Cap Formentor. Steilküsten und Sandbuchten lösten einander ab, dann wieder pinienbewachsene Felswände.

Sie entzückten sich an den Drachenhöhlen bei Porto Christa und an den Orangenplantagen auf der anderen Seite. Beide waren sich einig, welch eine Pracht auf der Insel vorherrschen wird, wenn tausende von Mandelbäumen sie in ein Blütenmeer verwandeln.

Palma statteten sie in den nächsten Wochen einige Male einen Besuch ab. Einerseits um Einkäufe zu tätigen, andererseits um ständig Neues in der romantischen Altstadt mit den schmalen Gassen zu entdecken. Beide als Kulturliebhaber bekannt, fanden sie an den historischen Adelspalästen und Museen großes Interesse.

Cafés und Restaurants gab es zur Genüge, und schon bald wussten sie, wo sie mit besonders köstlichen Speisen verwöhnt wurden.

Mit Familie Flossberg aus Hamburg, die nicht weit entfernt, ebenfalls in einer Bucht, ein Haus ihr Eigen nannten, war schon Kontakt hergestellt. Und auch mit anderen Langzeiturlaubern hatte man Bekanntschaft geschlossen.

So kam nie Langeweile auf. Entweder trafen sich die Paare auf dem Golfplatz oder bei Partys, die einmal hier und einmal dort veranstaltet wurden.

Viktoria gewöhnte sich bald an ihr selbstständiges Leben in der nun ihr gehörenden Wohnung. Natürlich ging ihr das Gespräch mit dem Großvater ab, und nicht selten kam es vor, dass sie, wenn sie von einer Modenschau spätabends nach Hause kam, ins Wohnzimmer trat, im Geiste Wilhelm vor sich sehend. Wie nett wäre es, wenn er sie belustigt und liebevoll ansehen und fragen würde, wie viele Männerherzen sie an dem heutigen Abend entzückt hatte durch ihre Ausstrahlung und Schönheit.

Aber es war still und dunkel.

Die Haushälterin Beata kam nach wie vor, obwohl Viktoria sie nicht unbedingt gebraucht hätte.

Aber irgendwie war sie doch froh darüber, dass sie sich nicht um die Reinhaltung der Wohnung und der Wäsche kümmern musste.

Wilhelm bestand darauf, dass Beata Viktoria betreute, wofür sie regelmäßig ein entsprechendes Entgelt bekam. Und Beata nahm die Worte ihres früheren Herrn sehr ernst, sie achtete darauf, dass Viktoria ordentliche Speisen mit entsprechenden Vitaminen zu sich nahm. Sie konnte richtig böse werden, wenn sie merkte, dass Viktoria zu sehr auf die schlanke Linie bedacht war.

Den regelmäßig eintreffenden Briefen entnahm Viktoria, dass ihr Großvater glücklich war.

Es schien, dass er endgültig eine Partnerin gefunden hatte, mit der er seine alten Lebenstage gemeinsam erleben konnte. Man kettete sich nicht aneinander, wusste aber, der eine war für den anderen da.

Anfang Dezember kam eine Einladung ins Haus geflattert, Viktoria sollte Weihnachten auf Mallorca verbringen.

Sie nahm dankend an, freute sie darüber riesig und sehnte den Tag des Abfluges herbei.

Voll Neugierde und Ungeduld landete sie in Palma. Wilhelm erwartete seine Enkelin am Flughafen. Nach einer kleinen Fahrt durch die Stadt fuhren sie direkt zum Haus am Meer.

Nun konnte Viktoria verstehen, warum ihr Großvater so zufrieden und glücklich schien. Mit Karin verstand sich Viktoria von allem Anfang an gut, und sie sah in ihr bald eine liebe Freundin.

Zu Gast waren ebenfalls Petra, eine Nichte von Karin, mit ihrem Freund. Die beiden aus Berlin stammenden jungen Leute hatten eine lustige, erfrischende Art, und mit ihren schlagfertigen Worten brachten sie ständig Stimmung ins Haus. Es gab viel Spaß und gute Laune, noch dazu waren über die Feiertage ständig irgendwelche Gäste eingeladen. Trotz des Rummels fand Viktoria aber noch immer Zeit, mit ihrem Großvater zu plaudern. Und das genoss sie doppelt.

Da die Modepräsentationen erst Mitte Jänner wieder begannen, blieb Viktoria eine weitere Woche, worüber sich Wilhelm besonders freute. Viktoria genoss die Tage nach Herzenslust, unternahm Inselfahrten oder aalte sich in den Mittagstunden am Swimmingpool. Es herrschte ein ausgesprochen mildes Wetter, und die Sonne gab so viel Wärme, dass sie eine schöne Körperbräune erhielt.

Es war eine schicksalhafte Begegnung, als Viktoria am vorletzten Tag ihrer Abreise, anlässlich einer Strandwanderung, einen jungen Mann antraf.

Er saß auf einem Hocker, vor sich die Staffelei und einen Kasten Malutensilien.

Viktoria blieb stehen, grüßte mit „Hallo" und schaute interessiert auf die begonnene Malerei, dann auf den Burschen und auf den Hund, der folgsam, wie ein Wächter, neben ihm im Sand lag. Eine richtige Promenadenmischung, zerzaust und struppig und mit kugelrunden Augen, die Viktoria unwahrscheinlich treuherzig ansahen. „Hi", erwiderte der Maler und fragte sie auf Englisch, „where do you come from?"

„Germany", antwortete Viktoria folgsam.

Er setzte das Gespräch in Deutsch fort. „Hallo, schöne Dame, ich freue mich, dich kennen zu lernen. Mein Name ist Daniel, ich bin geborener Engländer, lebte zeitweise in London und zeitweise in Malta, wo mein Vater in der englischen Navy diente. Seinerzeit hatte er meine Mutter, eine Sizilianerin, in Malta kennen gelernt, die beiden heirateten dort und so bin ich entstanden." Viktoria war ganz entzückt über seine liebenswerte, unbekümmerte Art, seine schwarzen Locken, die fast bis zu den Schultern reichten, schienen genauso zerzaust wie die des Hundes, aber es störte bei ihm nicht.

Unschlüssig blieb Viktoria stehen. Sollte sie die Unterhaltung beenden oder weiterführen? Aber da kam Daniel ihr zu Hilfe, denn in seiner lockeren Weise fuhr er fort:

„Ich male, wie du siehst. Da ich davon aber nicht alleine leben kann, führe ich mit meinem Freund Alfons nicht weit von hier eine Taverne.

Ich würde mich freuen, dich auf einen Drink einzuladen, hast du Lust mitzukommen? Ich muss nämlich hier Schluss machen, das Lokal wartet auf mich. Wir bekommen heute Besuch von einigen Künstlern aus Ibiza. Alles verrückte, aber sympathische Leute, komm mit, du passt dazu", und dabei leuchteten seine dunklen Augen einladend.

Alles, nur das nicht, hätte Viktoria erwartet. Nach einem kurzen Zögern entgegnete sie:

„Ja, gerne, warum nicht". Sie war selbst über ihren plötzlichen Übermut und ihre Unternehmungslust überrascht, aber das mussten wohl Daniels Augen gewesen sein. Das Motorrad, mit dem er sie chauffierte, war nicht mehr das neueste Modell und sie fuhren langsam, damit der Hund hinterherlaufen konnte. Aber anscheinend wusste er den Weg zur Taverne.

Im Lokal ging es schon hoch her, Viktoria wurde in kürzester Zeit mit einbezogen in die fröhliche Stimmung „la viva España". Beinahe vergaß sie, zu Hause anzurufen, dass sie mit Freunden unterwegs sei und es vermutlich später werden würde. Wilhelm solle sich keine Sorgen machen, beruhigte sie ihn, bevor sie rasch auflegte. Es war bereits zu später Stunde, als sich die lustige Runde einigte, einen Abstecher nach Palma zu unternehmen, und mit einem unkomplizierten „see you" rauschten sie ab.

Viktoria und Daniel blieben zurück.

Sie bot ihre Mithilfe an, Ordnung in das heillose Durcheinander zu bringen, aber Daniel lachte nur und meinte, dazu gäbe es morgen genug Zeit.

„I may talk to you, wir sollten in meine Bude, da ist es sauberer, meinst du nicht auch?" Viktoria nickte nur. Sie hatte längst bemerkt, dass er ihr nicht gleichgültig war und nach ihrem Gefühl wäre es unverständlich gewesen, die Fete einfach so abzubrechen.

Daniels Bude war ein einziger, riesiger Raum, der alles beinhaltete. Atelier und Wohnmöglichkeit zugleich. Sie fühlte sich sofort behaglich wohl in diesem bohemigen Ambiente, und ein unsagbares Glücksgefühl überkam Viktoria, als Daniel sie voll Sehnsucht und Verlangen zu küssen begann. Beide wussten, dass sie das Bedürfnis hatten sich zu lieben, und nichts konnte sie davon abhalten.

Sie schmeckte nach Alkohol und Zigaretten und ganz sachte versuchte sie sich aus den Armen ihres noch schlafenden Geliebten zu befreien, um aufzustehen und in dem winzigen Badezimmer schnell ihren Mund auszuspülen. Dabei sah sie ihr Gesicht im Spiegel. Ruhig und befriedigt, trotz der wenigen Stunden Schlaf, blickte es ihr entgegen.

Leise ging sie ins Bett zurück und schmiegte sich wieder an Daniel, der inzwischen wach geworden war. Er lächelte liebevoll, als er ihr einen „Guten Morgen“ wünschte und sie auf die Nase küsste. „Wir waren verrückt heute Nacht“, flüsterte Viktoria ihm zu.

„Nein, du warst so süß, Darling, es ist fantastisch mit dir Liebe zu machen.“

Viktoria blinzelte auf die Uhr. Entsetzt stellte sie fest, wie spät es war.

„Daniel, ich muss gehen, heute ist mein letzter Tag mit meinen Leuten, denn morgen früh fliege ich wieder zurück nach Hamburg. Mein Großvater wird sehr in Sorge sein.“ Daniel antwortete nichts.

„Du weißt so wenig von mir“, versuchte Viktoria ihm zu erklären.

„Ist das so wichtig?“

„Eigentlich nicht.“

„Kommst du wieder?“, fragte nun Daniel. „Ich denke schon, aber erst im Frühling.“

„Macht nichts, ich warte hier auf dich“, und Daniel blickte sie dabei fröhlich an. Während des Frühstücks erzählte Viktoria ein wenig von ihrem Beruf. Bis jetzt hatte sie nicht viel Zeit dazu gehabt. Daniel hörte interessiert zu, aber er stellte ihr keine weiteren Fragen, als er bemerkte, dass sie immer wieder auf die Uhr sah.

„Komm, ich bringe dich nach Hause. Möchtest du, dass ich morgen zum Flughafen komme?“

„Daniel, lass uns die Stunden, die wir zusammen verbrachten, in schöner Erinnerung behalten. Ich hasse Abschiedsszenen. Ich will auch nicht ‚Leb wohl‘ sagen, sondern ‚Auf Wiedersehen‘, denn ich möchte nicht, dass du darin ein einmaliges Abenteuer gesehen hast. Ich denke, wir sollten diese Freundschaft aufrecht erhalten.“

„Darauf hast du mein Ehrenwort.“

„Und du meines“, entgegnete sie offen.

Wilhelm war außer sich vor Sorge und konnte sich kaum beruhigen. So lange war seine Enkelin noch nie unterwegs gewesen, sogar in Hamburg wusste er stets Bescheid, wo sie sich aufhielt und wann sie kam. Wenn nur nichts passiert war, grübelte er. Die jungen Leute, verrückt und nach Erlebnissen begierig, und dachte nicht daran, wie gefährlich es war des Nachts die Straßen zu befahren. Nicht auszudenken, wenn es einen Unfall gegeben hat.

Andererseits, überlegte er, hatte er kein Recht sie so zu kontrollieren, denn Viktoria war ein gewissenhafter und sehr selbstständiger Mensch, der genau wusste, was er tat und was er wollte.

Sie hatte ihm am Telefon ja mitgeteilt, er solle sich nur keine Sorgen machen.

Trotzdem wollte Wilhelm seine Befürchtungen zum Ausdruck bringen, aber als Viktoria ins Haus schritt und er ihren verklärten Gesichtsausdruck beobachtete, schwieg er. Er konnte sich vorstellen, was passiert war.

Während des Heimfluges ließ Viktoria die Urlaubswochen Revue passieren und dachte glücklich, aber auch ein wenig wehmütig über alle Geschehnisse nach. Daniel ging ihr nicht aus dem Kopf. Sicher würde er bald wieder ein junges Mädchen, vielleicht auch eine reifere Frau, anlachen. Den Scharm und die Liebenswürdigkeit dazu hatte er. Trotzig wollte sie diesen Gedanken von sich schieben. Ob sie wirklich zu ihm passte? Sie, die Gestylte, immer nach dem geraden und vorgeschriebenen Weg Blickende.

Vielleicht war es doch nur ein Spiel, nach dem beide Verlangen hatten. Mehr nicht.

Ich werde ihn von Hamburg aus anrufen, ganz herzlich und kameradschaftlich, und bemerken, wie er reagiert, war ihr Kommentar, den sie sich selbst wieder mal gab.

Viktoria lernt Peter kennen

Viktoria nahm den Frühzug Frankfurt–München. Die letzten Kollektionsbesprechungen vor den Messen waren gestern Abend in Frankfurt beendet worden.

Für die Münchner Modewoche war sie durch ihre Agentur fix engagiert, bei einem der großen deutschen Damenoberbekleidungshersteller die Modelle vorzuführen. Weitere Termine hatte sie in Paris im „Salon du Prêt-à-porter" und auf Modeschauen in Düsseldorf und Berlin. In den kommenden Wochen war Viktoria voll ausgebucht.

Sie war sich bewusst, wie sehr sie ihr Durchhaltevermögen unter Beweis zu stellen hatte, wenn sie in den Messetagen am Laufsteg die Kollektionen präsentieren musste.

Durch das „richtig zur Schau stellen der Modelle" war sie einerseits eine Unterstützung für den Einkäufer, um bei der Wahl das richtige Stück zu ordern, andererseits eine Komponente des Verkaufserfolgs für die Erzeugerfirma.

Mode war zu einem harten Geschäft geworden. Die Trends wechselten rasch, und entschlossen reagierte man nicht nur in den Kleiderlängen von Mini auf Midi und Maxi zu jeder neuen Saison.

Viktoria war froh, dass sie sich schon für den früheren Zug nach München entschlossen hatte. So würde ihr am Nachmittag Zeit bleiben, ein wenig durch die Stadt zu bummeln. Sie liebte diese Stadt an der Isar, mit ihren schönen Bauten und Kirchen aus den vergangenen Jahrhunderten, erbaut in den verschiedensten Stilrichtungen von Spätbarock bis zum Klassizismus.

Sie hatte ja nie lange Zeit, eine Stadt gründlich kennen zu lernen, denn während der Messen war sie den ganzen Tag am Laufsteg, abends mit Verkaufsleitern der Firmen, mit Kunden oder ihren Kolleginnen zum Essen in irgendeinem Restaurant verabredet, und dann konnte sie nicht schnell genug in ihrem Hotelzimmer sein, um die Schuhe von den schmerzenden Füßen zu ziehen, ein wohltuendes Bad zu nehmen und zu achten, baldmöglichst einzuschlafen, damit sie am nächsten Tag wieder schön und ausgeruht aussah.

Viktoria war gerne mit dem Zug unterwegs. Fahrten mit dem Zug hatten etwas Besonderes an sich. Nicht nur, dass sich in den Abteilungen immer wieder liebenswerte, interessante oder eigenartige Mitreisende befanden, mit denen sie sich unterhalten oder sie auch nur beobachten konnte, sie hatte die Möglichkeit sich schlafend zu stellen, einfach die Augen zuzumachen und ihren Gedanken nachzugehen. Sie konnte aus dem Fenster blicken, Landschaften und Städte an sich vorbeiziehen lassen. Sie konnte lesen oder gar nichts tun, außer warten, bis sie ihren Zielbahnhof erreicht hatte.

Sie fühlte sich wohl in den kleinen Abteilen eines Zuges; heimelig, familiär, eingeschlossen und doch nicht alleine.

Viktoria, kaum in ihr Coupé gestiegen, war schon neugierig, wer diesmal ihr oder ihre Reisebegleiter sein würden.

Eine Mutter mit ihrem kleinen Jungen stieg zu, und insgeheim wusste Viktoria aus Erfahrung, wie dieses Reisegespräch verlaufen würde.

Natürlich über Kindererziehung, über die heutige Jugend im Allgemeinen, mit wie viel Monaten der Kleine zu laufen begann und so weiter.

Am Anfang ging ja alles ganz gut. Der Kleine war artig, saß neben der Mama, dann auf Mamas Schoß, als sie ihm aus einem Buch vorlas, dann begann er zu essen, dazwischen erzählte die Mutter Viktoria, mit wie viel Monaten ihr Bub schon laufen konnte und wie viel Kilo er bei der Geburt hatte. Im nächsten Augenblick wollte der süße Kleine partout auf Viktorias Schoß, um beim Fenster hinaussehen zu können. Dabei stieg er auf Viktorias Füße, und wenn Viktoria nicht so schnell gewesen wäre, hätte ihr Kleid einen Fettfleck abbekommen, da die Buttersemmel von dem Kleinen aus der Hand zu fallen drohte, aber diese mit viel Glück noch von ihr aufgefangen werden konnte.

Damit war Viktorias Geduld am Ende. Sie hatte keine Lust mehr, weitere Unterhaltungen anhören zu müssen, und flüchtete in den Speisewagon.

Sekundenschnell überflog ihr Blick die einzelnen Tische, um für sich einen freien Platz zu suchen. Viele Chancen sah sie nicht. An allen Tischen saßen entweder schon eine oder mehrere Personen, und an der Fülle der Gedecke konnte sie ersehen, dass die Fahrgäste ihr Frühstück einnahmen.

Der Steward lief so geschäftig hin und her, dass er gar nicht wahrnahm, dass Viktoria nach einem freien Platz Ausschau hielt. Oder wollte er vielleicht gar nicht?

Aber Viktoria hatte schon ganz vorne einen Tisch entdeckt, an dem nur eine Person saß, eine Zeitung vor sich haltend. Na also, warum nicht gleich so. So war auch ihre Frage von bestimmter Art.

„Gestatten, dass ich mich dazusetze?"

Der Herr ließ die Zeitung etwas nach unten sinken und warf mehr über den Rand einen Blick auf die Fragende.

„Ja, natürlich, bitte sehr."

Dann wandte er sich wieder der „Frankfurter Allgemeinen" zu.

Viktoria bestellte einen Kaffee, und gedankenverloren sah sie auf die Zeitung, die sich wie eine Wand vor ihr auftat.

Die nächsten Minuten wären bestimmt ohne Bedeutung gewesen, wenn nicht gerade in dem Moment, als der Zug stark rüttelte, sie nach der Zuckerdose gegriffen und dabei das Glas Juice umgestoßen hätte, das ihrem Gegenüber gehörte. Die Flüssigkeit breitete sich gleich über den ganzen Tisch aus. Sie stieß ein erregtes „Oh, verflixt noch mal" aus und entschuldigte sich vielmals bei dem Herrn vis-à-vis, der nun doch seine Zeitung beiseite legte. Der Kellner hatte den Vorfall bemerkt und den Tisch wieder sauber gemacht.

Der Tischnachbar sah das noch immer erschrockene Gesicht von Viktoria und lachte.

„Ist doch nichts passiert, ich habe zwar keinen Juice mehr, den ich ohnedies nicht mochte, aber eine kleine Strafe muss ich ihnen doch auferlegen. Sie werden jetzt mit mir ein Glas Sekt trinken."

Na, der ist vielleicht einer, dachte sich Viktoria und studierte rasch sein Aussehen. Interessant, dunkelhaarig, wenn auch da und dort ein silbernes Härchen, und blaue Augen. Wie passt das zusammen? Sonst haben Dunkelhaarige meistens braune oder schwarze Augen. Ist halt eine Ausnahme. Gesichtsausdruck sehr markant. Etwas Bestimmendes und nicht sehr fröhlich. Er musste ein paar Jahre älter sein als sie.

Ach so, sie war ihm ja eine Antwort schuldig.

„Eigentlich habe ich so früh am Morgen noch nie Sekt getrunken, aber warum soll ich es nicht einmal versuchen. Ich denke, es wird mir auf den Schreck hinauf nicht schaden. Außerdem habe ich heute einen freien Tag."

Als der Kellner zwei Gläser mit diesem perlenden Getränk auf den Tisch gestellt hatte, stießen sie an und machten einander bekannt.

Peter Schneider berichtete, dass er aus Wien komme, in Frankfurt geschäftlich zu tun hatte und sich in München einen vergnügten Tag machen möchte.

Viktoria hörte interessiert zu, als Peter sein Gespräch fortsetzte.

„Ich habe vor kurzer Zeit die Firma meines Schwiegervaters übernommen und führe sie alleine weiter. Vieles gibt es umzuorganisieren, zu reaktivieren.

Die Firma steht jetzt recht gut da, aber in der heutigen Zeit, nach der Euphorie, die wir weltwirtschaftsweit in den 50er- und 60er-Jahren hatten, gerät unser hoher Lebensstandard schon wieder da und dort durch Krisen und wirtschaftliche Restriktionen ins Wanken. Der Markt reagiert rasch, und da heißt es, selbst flexibel zu sein."

Viktoria erzählte wiederum von ihrem Job als Mannequin, und so entwickelte sich während der ganzen Fahrt eine überaus lebhafte Unterhaltung.

„Und was tut so eine junge Dame alleine für den Rest ihres freien Nachmittags", fragte Peter. „Ich hoffe sehnlichst, dass Sie nicht schon eine Verabredung haben!"

„Habe ich nicht", entgegnete Viktoria, „ja, und was ich mache? Ich werde bummeln gehen. Und was macht ein Herr wie Sie so alleine in München", fragte Viktoria kokett. „Ich hoffe doch nicht, dass Sie eine Verabredung haben?"

„Oh doch. Ich glaube, ich habe eine, und zwar, so wünschte ich es mir zumindest, mit Ihnen."

Beide sahen sich an, und das Gefühl von Wärme und Zärtlichkeit stieg bei Viktoria auf. Sie fand Gefallen an diesem gut aussehenden Mann.

Auch Peter fühlte sich ausgesprochen wohl, als er Viktoria tief in ihre blaue Augen sah. Sie strahlten so viel Zärtlichkeit und Glück aus, das er schon lange bei keiner Frau mehr beobachtet hatte.

München, Hauptbahnhof

Gemeinsam gingen sie zum Ausgang. Peter trug kavaliermäßig Viktorias Koffer, der, nachdem sie einige Tage in München zu tun hatte, doch ein gewisses Gewicht hatte. Sein Gepäck und seine Aktentasche nahm er in die andere Hand. Er ließ es sich nicht nehmen, Viktoria im Taxi zum Hotel „Bayrischer Hof" zu bringen. Sie war damit einverstanden, dass Peter sie in einer Stunde hier abholen würde. Anschließend fuhr er zu seinem Hotel, deponierte sein Gepäck in seinem Zimmer, machte sich frisch und telefonierte kurzerhand mit seiner Sekretärin, dass er erst im Laufe des nächsten Tages in die Firma kommen werde, und bat sie, auch zu Hause anzurufen und seiner Frau Bescheid zu geben.

Von der Rezeption aus ließ er im Restaurant „Käfer" einen Tisch für zwei Personen reservieren, obwohl er sich nicht ganz sicher war, ob Viktoria seine Einladung annehmen würde. Warum nicht? Er war voll Erwartung, was die nächsten Stunden bringen werden, als er in Viktorias Hotel einlangte. Dort herrschte in der Ankunftshalle bereits lebhafter Betrieb. Ständig kamen neue Gäste, Geschäftsleute, Mannequins, Touristen. Viktoria erblickte Peter sofort. Sie winkte ihm zu und war erfreut, dass er Wort gehalten hatte. Für den Tagesbummel hatte sie sich sportlich angezogen. Mit Jeans, leichtem Pulli und Sportschuhen sah sie noch jugendlicher aus, fand Peter.

Da Viktorias Hotel zentral lag, marschierten sie zu Fuß los. Sie durchstreiften den Viktualienmarkt, wo Viktoria nahezu hausfraumäßig die Preise verschiedener Obst- und Gemüsesorten mit denen von Hamburg verglich. Dann spazierten sie zwischen Marienplatz und Stachusplatz umher. Am Rathausplatz verblieben sie eine Weile.

„Ich möchte einmal erleben, dass das Glockenspiel dann ertönt, wenn ich da bin", ärgerte sich Viktoria, zum Turm raufsehend. „Aber einmal werde ich zum richtigen Zeitpunkt da sein.

Es beinhaltet so viel Historisches. Ich habe in einem Reiseführer nachgelesen, was sich alles abspielt. Ein Münchner Nachtwächter bläst auf seinem Horn, ein Engel segnet das Münchner Kindl, und dann werden noch weitere Ereignisse, die einmal vor langer Zeit auf dem Marienplatz stattgefunden haben, dargestellt."

Viktoria erinnerte sich, dass Peter unbedingt auch einen Abstecher ins Hofbräuhaus vorgesehen hatte. Also wanderten sie dorthin. Rauch- und biergeschwängerte Luft strömte ihnen entgegen, begleitet von Blasmusik, grölendem Gesang und Stimmengewirr. Und wie immer – egal zu welcher Tageszeit – waren die Säle voll mit Menschen, viele schon in echter Bierlaune. Viktoria wurde ihrem Grundsatz, wegen der Linie kein Bier zu trinken, untreu. Aber zu Weißwurst und Brezen musste sie ein paar kräftige Schluck aus ihrer Maß nehmen.

„Wir sollten jetzt zur Entspannung in den Englischen Garten gehen", schlug Peter vor. Sie waren froh, dass sie wieder in der frischen Luft waren, der Rummel, so lustig er auch ist, war ihnen doch ein bisserl zu viel geworden.

Die Sonne schien, und sie hofften, irgendwo dort ein schattiges Plätzchen zu finden.

Mit einem Taxi fuhren sie bis zum Eingang und schlenderten dann entlang der verschlungenen Wege und Wasserläufe. So manches Denkmal und Gebäude aus dem 18. und 19. Jahrhundert erregte ihre Aufmerksamkeit. Bei einem Teich setzten sie sich auf eine Bank und sahen den Kindern und älteren Leuten beim Füttern der Schwäne und Wildenten zu.

Peter war still geworden, irgendwie kam es Viktoria vor, dass seine Gedanken in weite Ferne gerückt waren.

„Sind Sie glücklich, Viktoria?", kam unerwartet aus seinem Munde.

„Ja natürlich. Ich fühle mich sehr wohl."

„Das ist schön."

„Und Sie?"

„Manchmal, jetzt zum Beispiel, jetzt fühle ich mich glücklich, denn die Stunden mit Ihnen bringen mir Freude und Entspannung. Ich würde Sie gerne am Abend zum Essen einladen. Ich habe schon einen Tisch reservieren lassen – im Restaurant ‚Käfer'."

Zaghaft ergriff Peter Viktorias Hand.

„Wenn Sie mir versprechen, dass es nicht allzu spät wird, nehme ich die Einladung gerne an, denn Sie müssen wissen, dass ich es mir nicht leisten kann, am nächsten Tag unausgeschlafen zu meiner Vorführung zu erscheinen."

Peter begleitete Viktoria mit dem Taxi wieder zu ihrem Hotel, anschließend fuhr er in seines. Um 19 Uhr werde er sie abholen, versprach er. In seinem Zimmer angekommen, duschte er sich und zog seinen blauen Blazer und die graue Hose an. Eine aparte Krawatte und das dazu passende Hemd gaben das entsprechende Outfit. Er sah sehr seriös aus.

Pünktlich war Peter wiederum im „Bayrischen Hof", und pünktlich erschien auch Viktoria.

Sie sah bezaubernd aus. Durch das eng anliegende, rote Kostüm kam ihre gerade, gute Figur noch mehr zur Geltung. Ihre schönen, langen Beine steckten in hochhackigen, schwarzen Lackpumps. Ihre halblangen, blonden Haare hatte sie gekonnt und locker hochgesteckt, sodass sie vom Typ her wieder ganz anders aussah als zuvor beim nachmittäglichen Bummel. Ihr schwarzes Kuverttäschchen und die schwarzen, kurzen Handschuhe hielt sie lässig in der einen Hand. Mit der anderen begrüßte sie Peter.

Die „Käferstube", als Gourmettempel bekannt, hatte sich einen Namen in der Spitzengastronomie gemacht, und es war en vogue, dort einen Abend lang mit allem Erdenklichen und Delikaten verwöhnt zu werden.

Peter war stolz, Viktoria dieses Restaurant vorzustellen, in dem sie selbst noch nicht zu Gast gewesen war.

Als Viktoria die Speisekarte studierte, war sie froh, in den letzten Tagen so strenge Diät gehalten zu haben. Eine Fülle von Auserlesenem machte ihr die Wahl schwer. Sie schwor sich, ab dem nächsten Tag nur noch von Jogurt zu leben, dachte aber gleichzeitig an den Ausspruch „vivre la vie", aber zum Schluss entschied sie sich doch für Fisch, schon aus Gewohnheit und weil sie wusste, dass diese Art von Speisen ihr kein Völlegefühl bereitete. Peter überredete sie, als Horsd'œuvre iranischen Kaviar zu wählen. Weiters entschied sie sich für ausgelöste Scampi vom Grill auf Curryrahm, Sojakeimlinge, grünen Spargel und Reis.

Peter bevorzugte eine Austern-Platte „fines de Claires", gefüllte französische Wachtel und Tournedo vom Kalbsfilet, Ratatouille, Broccoli und Kartoffelgratin.

Sie tranken als Aperitif „Moêt & Chandon brut Impérial", und an der Auswahl des Weines konnte Viktoria erkennen, dass Peter auf diesem Gebiet ein Kenner war.

Ein kleines Sortiment an verschiedensten Käsesorten und ein Dessert von frischen, blauen Feigen, gefüllt mit weißem Schokoladenmousse, beendete das Schlemmermahl.

„Müde?", fragte Peter, als sie gespeist hatten.

„Ein wenig, es war ein tolles Programm heute, finden Sie nicht auch?"

„Es war wunderschön. Ich würde vorschlagen, wir fahren noch zu Ihnen ins Hotel, nehmen einen Schlummertrunk an der Bar, und dann, junge Dame, raschest ins Bett, Sie haben ja morgen wieden einen anstrengenden Tag."

„Einverstanden", nickte Viktoria.

Bei leiser Barmusik saßen sie nun an einem Ecktisch mit Kerzenbeleuchtung, Peter fand die Stimmung so romantisch wie schon lange nicht mehr. Er wollte sich nicht trennen und bat Viktoria um einen Tanz.

Nach einigen wenigen Schritten legte er seine Hände auf Viktorias Schultern und zog sie sanft an sich. Freudig erregt spürte er, wie sie sich an ihn schmiegte. Er küsste sie ganz sanft auf den Mund.

„Ich will diesen Tag nicht enden lassen. Ich möchte dich in den Schlaf wiegen, dich streicheln, dich kosen, dich lieben."

Viktorias Herz pochte, und ihre Hände strichen entlang des Oberkörpers von Peter.

„Dann tue es doch."

Auch sie hatte ihren Körper nicht mehr unter Kontrolle, sie war durch die Zärtlichkeit, die von Peter ausging, inspiriert, diese bedeutungsvollen Worte zu sagen.

Im Lift umarmten sie sich immer wieder und küssten sich so inniglich, dass sie erst ein paar Minuten später merkten, dass der Aufzug schon stand.

Arm im Arm gingen sie auf Viktorias Zimmer zu. Peter nahm ihr den Schlüssel aus der Hand und sperrte auf. Als sie den

Raum betreten hatten, stieß er mit dem Fuß die Tür zu und schloss ab. Nichts in der Welt sollte sie die nächsten Stunden stören.

Peter begann, Viktoria langsam auszuziehen, löste ihre Kostümjacke von ihrem Oberkörper, öffnete den Reißverschluss ihres Rockes und war ihr behilflich, als sie ihn herunterstreifte. Sie stand nun in BH, Höschen, Straps und Strümpfen. Ihre hochhackigen Schuhe trugen dazu bei, dass sie wirklich aufreizend wirkte.

Peter, der diesen erotischen Anblick sichtlich genoss, begann nun auch sich auszuziehen. Viktoria wusste, dass Männer dazu oft lange brauchen. Also half sie mit. Seine Kleidungsstücke warf sie in eine Ecke, holte sie aber gleich wieder hervor. So viel Zeit musste schon bleiben, um das Sakko und die Hose ordnungsgemäß auf einen Bügel zu hängen.

„Ich würde gerne mit dir ins Bad gehen, dich in der Wanne lieben würde uns vielleicht irren Spaß machen. Bist du dabei?"

Viktoria sah Peter etwas erstaunt an.

„Wenn die Wanne groß genug ist, warum nicht, wir könnten es ja probieren."

Natürlich war es keine Riesenwanne, aber beide fanden an Peters Vorschlag Gefallen und konnten es gar nicht erwarten, dass die Wanne mit Wasser voll gelaufen war. Viktoria hatte Schaumlotion dem Wasser beigegeben, das nun angenehm duftete. Gewandt stellte sie ein Bein auf den Beckenrand und forderte Peter auf, sie ganz zu entblößen. So fielen bis auf die Strümpfe die letzten Hüllen. Peter kniete vor ihr, als er zunächst den einen, dann den zweiten Strumpf vorsichtig herunterrollte, denn er wollte keine Laufmasche riskieren.

Viktoria begab sich zuerst in die Wanne und zog Peter mit einem kräftigen Ruck nach. Als sie sich gegenseitig wuschen, merkte Viktoria, dass Peters Penis schon voller Erwartung war.

„Peter, setze dich hin, ich komme auf dich." Er tat wie geheißen, aber es war ungemütlich. Nachdem Viktoria vergeblich einen Rhythmus in ihren Bewegungen versuchte, meinte Peter:

„Liebes, wir machen es uns im Bett gemütlicher."

Sie stiegen etwas enttäuscht aus der Wanne, nahmen die Badetücher, wonach zuerst Peter Viktoria abtrocknete und dann sie ihn.

Ihre Körper dufteten angenehm, als sie sich in das breite Bett legten.

Nun wollten sie nachholen, was ihnen in der Badewanne nicht gelungen war. Stürmisch fiel Viktoria über Peter her, küsste ihn am Hals, am Bauch, nahm sein wieder hart gewordenes Glied in die Hand und liebkoste es schließlich intensiv mit ihrem Mund. Peter war wie von Sinnen durch dieses Liebesspiel, er stöhnte vor Lust.

„Viktoria, ich bitte dich, höre ein wenig auf, ich bin dem Kommen nahe."

Sie fügte sich gehorsam, ließ ihn frei und legte sich erwartungsvoll auf das Bett und spreizte ihre Füße weit auseinander. Peter erfasste so alle ihre erogenen Zonen, und sein Zungenspiel brachte Viktoria in Ekstase und sie war nahe dem Höhepunkt. Sie konnte ihn aber zurückhalten, denn sie wollte abwarten, bis Peter bei ihr war. Ganz zart nahm Peter diesen Akt vor. Die Bewegungen der beiden wurden mit fortschreitender Erregung immer rascher und heftiger, ihr Atem raste. Sie klammerten sich fest aneinander, als sie gemeinsam den schönsten Augenblick erlebten. Langsam ließen sie nun ihre Überreizung abklingen.

Immer wieder murmelte Peter: „Ich liebe dich, ich liebe dich so sehr", und war erst zufrieden, als sich Viktoria zu ihm wandte.

„Auch ich habe dich sehr, sehr lieb gewonnen." Es war schon nach Mitternacht, als Viktoria Peter bat zu gehen.

„Ich brauche jetzt Schlaf, sonst bin ich nicht fähig, den ganzen Tag durchzuhalten. Sei mir nicht böse, dass ich dich jetzt so einfach wegschicke." Nach einem letzten, langen Kuss trennten sie sich, und Viktoria fiel bald in einen glücklichen Tiefschlaf.

Peter atmete die frische Nachtluft voll in sich ein, als er auf der Straße stand. Er spazierte noch eine Weile diese entlang, in der Hoffnung, einen Taxistandplatz zu finden. Er war noch immer berauscht von diesem Tag und vor allem von den herrlichen Liebesstunden mit Viktoria.

Was war das für eine Frau, wie lange hatte er darauf warten müssen, wieder so etwas zu erleben. Warum konnte es in seiner Ehe nicht mehr so sein? Er dachte an das erste Zusammentreffen mit Martha, es hatte doch auch mit ihr so verheißungsvoll begonnen. Sie waren glücklich miteinander. Und jetzt? Er wollte nicht daran denken. War es mit Viktoria nur der Sex, die plötzliche Begierde? Nein, bestimmt nicht, diese Frau hatte etwas Besonderes. Er war ihr verfallen. Zweifel kamen wieder auf, ob sie mit ihm nicht doch nur ein Spiel getrieben habe. Nein, das konnte nicht sein, zu echt waren ihre Worte, in denen sie ihre Liebe erwiderte.

Peter war in seinem Zwiegespräch glücklich und traurig zugleich. Glücklich, weil er Viktoria gefunden hatte, traurig darüber, dass er sie nicht immer besitzen konnte.

Aber er wusste, dass er sie wieder sehen würde, sie hatte ihm doch ihre Anschrift gegeben, und nichts würde ihn daran hindern, sie zu besuchen.

Das Abbremsen eines Autos holte Peter aus einer anderen Welt zurück. Es war ein Taxi, dessen Fahrer sich anbot.

„Ja, bringen sie mich in das Hotel", und Peter war froh darüber, denn auch er sehnte sich nach Schlaf.

Wieder in Wien beauftragte Peter sofort einen Blumenversanddienst, Viktoria einen Strauß Rosen in ihr Hotel zustellen zu lassen, ein Kärtchen dazu mit den wenigen Worten: „Ich danke dir für die schönen Stunden. In Liebe Peter."

Viktoria war freudigst überrascht, diese Botschaft in ihrem Hotelzimmer vorzufinden. Zärtlich küsste sie das Geschriebene.

Am nächsten Morgen rief sie, bevor die Modemesse begann, Peters Büro an. Die Sekretärin stellte das Telefongespräch durch. Was Viktoria nicht wusste, war, dass Peter gerade zu diesem Zeitpunkt eine Konferenz mit seinen Außendienstmitarbeitern arrangiert hatte. Unwillig und etwas barsch war dementsprechend Peters Ton, als er „Hallo" hineinrief. Er war verärgert, dass ihm seine Sekretärin doch einen Anruf durchstellte, obwohl er es ihr verboten hatte. Viktoria wiederum war verwundert, Peters Stimme so herrisch zu hören.

„Peter, entschuldige bitte, dass ich dich störe, ich wollte dir nur schnell für die Blumen und die lieben Worte danken." Dann versagte ihre Stimme, als Peter nervös dazwischensprach:

„Kann ich Sie zurückrufen, ich bin gerade bei einer Besprechung und kann Ihnen keine Daten nennen, da ich die Unterlagen nicht bei mir habe."

„Ja natürlich, Sie wissen ja, wo ich zu erreichen bin." Frustriert legte Viktoria auf.

Die nächsten 15 Minuten war Peter abwesend und unkonzentriert. Im Geiste sah er statt der Artikel, die er seinen Vertretern erklären wollte, nur Viktorias Gesicht und die erotische Stellung in jener Nacht im Badezimmer, wo er voll Verlangen ihr die Strümpfe auszog, vor sich. Nun aber Schluss mit diesem Fantasiegebilde, gab er sich selbst einen Stoß. Er räusperte sich und wandte sich den Anwesenden zu.

„Kommen wir zur Sache, meine Herren!"

Peter sehnte den Abend herbei, um Viktoria im Hotel anzurufen und ihr zu erklären, wie Leid es ihm tat, dass er sie nicht weiter hatte anhören können. Er wollte ihr auch sagen, dass er ein Mithören der Sekretärin befürchtet habe. So blieb er länger im Büro, weil er annehmen musste, dass Viktoria erst später in ihrem Hotelzimmer eintreffen könnte. Aber das Warten war umsonst, denn Viktoria meldete sich auch später nicht, weshalb er an der Rezeption ausrichten ließ, dass er ein paar Mal versucht habe, sie zu erreichen.

An diesem Abend hatte Martha Gäste eingeladen, und es war für Peter höchste Zeit, die Firma zu verlassen, um zeitgerecht nach Hause zu kommen. Verstimmt und missgelaunt verbrachte er die nächsten Stunden, was den anderen aber nicht extra auffiel, da er sich mehr im Hintergrund hielt. Nur Martha ahnte, dass ihm etwas schief gelaufen war. Aber das sollte ihre Sorge nicht sein.

Der nächste Morgen brachte Peter wieder eine herbe Enttäuschung. Viktoria war vom Hotel bereits weggegangen, bevor er ein Telefongespräch wagen konnte. Noch einmal ließ er Grüße bestellen.

Tage, ja Wochen vergingen, ohne dass sich Peter und Viktoria trafen. Wenigstens kurze Telefonate kamen zu Stande, bei denen sie immer wieder ihre Liebe beteuerten.

Für Viktoria war Hochsaison. Heute war sie in dieser Stadt, morgen schon wieder in einer anderen. Überall wurde sie mit neuen Ereignissen konfrontiert. An Verehrern, die sie zum Ausgehen einluden, hätte sie genügend gehabt. Aber sie hatte keine rechte Lust und empfand oft Langeweile darin. So täuschte sie so manches Mal Müdigkeit vor und war froh, allein sein zu können.

Sogar Träumereien von Peter wurden immer seltener, das musste sie sich zu ihrem Leidwesen selbst eingestehen. Der Stress war nun einmal zu groß. Sie sehnte sich schon sehr danach, wieder einmal in ihrer Hamburger Wohnung sein zu können. Aber noch hatte sie harte Tage vor sich.

Auch Peter verbrachte in der ersten Zeit viele Gedanken an Viktoria. Unzählige Male wollte er über ihre Agentur herausbekommen, ob sie oder wann sie wieder in Hamburg sei. Doch jedes Mal war die monotone Stellungnahme des Fräuleins vom Büro, sie sei auf Reisen und nicht erreichbar. Wenigstens am Anrufbeantworter in Viktorias Wohnung war ihre Stimme zu hören, und Peter sagte so manche Zärtlichkeit hinein.

So konnte er ihr wenigstens Zeichen der Zuneigung geben, denn einmal musste sie ja wieder zu Hause sein. Da er aber rein gar nichts von ihr hörte, verdross es ihn, weiter anzurufen.

Seine Resignation war nicht von langer Dauer. Diesmal war sein Anruf bei der Agentur von Erfolg gekrönt. Man teilte ihm mit, dass Viktoria in den nächsten Tagen in Hamburg eintreffen werde. Das traf sich großartig, denn er wollte ohnedies zu einer Messe in die Hansestadt, wo er weitere Artikel zu finden hoffte, die für seine Verkaufspalette von Interesse schienen. Er buchte sogleich einen Flug und hoffte innigst, dass er von der Agentur richtig informiert worden war.

Vom Flughafen fuhr Peter sofort zum Messegelände, deponierte seinen Koffer in der Gepäcksaufbewahrung und war nicht interessiert, sich länger als unbedingt notwendig aufzuhalten. Er ließ sich bei verschiedensten Ständen kurz informieren und Unterlagen geben.

In ihm drängte es, Gewissheit zu haben, dass er Viktoria bald vor sich sehe. Er hatte sie ja durch ihren Telefonbeantworter wissen lassen, dass er in Hamburg sei. Aber dummerweise dabei vergessen ihr mitzuteilen, in welchem Hotel er absteigen werde.

Was ist denn jetzt wieder los, dachte sich Peter, als er wieder bei Viktoria anrief und sich niemand meldete, sogar der Anrufbeantworter war außer Betrieb. Vielleicht kommt sie später, beruhigte er sich selbst. Sie muss ja da sein, sie weiß ja, dass ich in Hamburg bin.

Er fuhr in sein Hotel, machte sich frisch und telefonierte wieder – ohne Glück.

Wütend über seine Nervosität, nahm er sich aus der Minibar ein Bier heraus. Es schmeckte schal, und darüber wurde er noch zorniger. Er starrte in den kleinen Kühlschrank, um etwas anderes Trinkbares zu entdecken. Aber außer Juice, Mineralwasser und einer kleinen Flasche Sekt fand er nichts, was ihm hätte Trost spenden können.

So beschloss er, in die Hotelbar zu gehen, um sich dort einen ordentlichen Drink zu genehmigen. Mit dem Telefon und dem doppelten Scotch vor sich an der Theke beobachtete er den Barkeeper, wie dieser lustlos einige Gläser polierte und danach die Flaschen kontrollierte, ob noch genügend Inhalt drinnen sei.

Das harte Getränk fing zu schmecken an, und Peter orderte einen weiteren Doppelten. Mit dem Mann hinter der Theke eröffnete er ein belangloses Gespräch und fragte ihn, welche Musik er für ihn spielen könnte. Der Barkeeper schaute ihn kurz an und merkte sogleich, dass Peter nervös an seiner Zigarette zog und seine Finger zitterten. Wortlos ließ er Frank Sinatras „Strangers in the night" ertönen.

Das war für Peter ein Signal, wieder zum Telefonhörer zu greifen, nicht ohne vorher den Scotch ausgetrunken zu haben. Er wählte die Nummer, die seiner Geliebten gehörte, wie in Trance und sprach zu sich selbst:

„Sicher ist sie noch immer nicht zu Hause. Wozu auch, eine Frau wie Viktoria braucht nicht zu Hause sein und warten, dass irgendein Kerl anruft und fragt, ob sie Zeit für ihn hätte. Viktoria sucht sich ihre Liebhaber aus." Ihm schwirrte leicht der Kopf, als er dem Barkeeper andeutete, das Glas noch einmal zu füllen.

Endlich gab der automatische Beantworter Viktorias Aufforderung, nun zu sprechen, durch. Gerührt hörte er die helle, ruhige Stimme und wartete den Summerton ab, damit er wieder einmal seine Mitteilung loslassen konnte.

Er hasste und liebte dieses Gerät zugleich, das in den vergangenen Monaten oftmals als einziges Verbindungsglied sein Ansprechpartner gewesen war. Heiser und belegt waren seine Worte. „Hallo, hier ist wieder Peter. Ich bin in Hamburg. Aber ich bin traurig, wo bist du mein Liebling? Ich denke so viel an dich, ich liebe und begehre dich. Ich sehne mich nach einer Nacht mit dir."

Peter griff sich auf die Stirne. War er denn betrunken, einfach so hineinzuplappern. Was würde Viktoria für eine Meinung haben von ihm? Wie ein dummer Junge kam er sich jetzt vor.

Auf einmal machte es klick, und Viktoria gab sich zu erkennen. „Hallo Peter, natürlich weiß ich, dass du in Hamburg bist. Du hättest mir die Adresse des Hotels durchgeben sollen, so konnte ich dir keine Nachricht hinterlassen."

„Verzeih, Liebes, ich weiß, aber ich war so zerstreut. Viktoria, ich möchte dich sehen."

„Na dann komm doch, beeile dich, der Champagner ist schon kalt gestellt."

Vorsichtshalber gab Viktoria ihm noch einmal ihre genaue Adresse.

Der Barkeeper konnte gar nicht so schnell schauen, war Peter dahin. Ein Taxi war schnell zur Stelle, doch wo blieben die Blumen? Auf die hätte Peter, kopflos wie er jetzt war, glatt vergessen.

Er ordnete dem Fahrer an, einen Blumenladen zu finden und anschließend zu Viktorias Wohnadresse zu fahren. Endlich war das Ziel erreicht. Peter achtete gar nicht darauf, dass er viel zu viel Fahrgeld überließ, als er aus dem Auto stieg und zum Haus eilte. Ungestüm drückte er auf die Klingeltaste. Nach dem Summton gab ihm die Tür den Weg frei. Er wartete gar nicht den Lift ab, sondern hetzte die Treppen hinauf. Außer Atem langte er im zweiten Stock an, Viktoria erwartete ihn bereits vor der Wohnungstür.

„Viktoria, endlich sehen wir uns wieder, wie lange musste ich darauf warten!"

„Ja, es war eine lange Zeit, aber nun bist du ja da."

Beide fielen sich in die Arme und küssten sich inniglich. Dann führte Viktoria Peter in ihr gediegen eingerichtetes Wohnzimmer.

„Schön hast du es hier, genau so, wie du es mir beschrieben hattest. Damals, auf unserer Fahrt von Frankfurt nach München."

„Mach es dir erst einmal bequem, möchtest du gleich einen Champagner oder etwas Stärkeres?"

Peter gestand, dass er schon einige Scotch intus habe, er lieber bei einem stärkeren Getränk bleiben möchte, denn mischen wäre jetzt nicht ideal.

Viktoria holte Whisky und auch einige Kanapees herbei.

„Damit du nicht so heißhungrig wirst", meinte sie mit den Augen zwinkernd.

Peter ließ sich auf dem Sofa nieder, während Viktoria vor ihm stand und ihn fragend ansah. Was würde er wohl alles zu berichten haben?

„Komm näher zu mir, Viktoria."

Sie setzte sich auf seinen Schoß, streichelte ihm über den Kopf und küsste ihn zart auf den Mund. Peter schwieg, bis Viktoria flüsterte: „Schön dich wieder zu spüren."

Dann aber war er nicht mehr zu halten, er sprudelte seine Worte nur so hervor.

„Weißt du, es war mir klar, dass ich fast keine Chancen habe, dich öfters zu sehen. Dabei möchte ich dich immer um mich haben, ich sehne mich so nach dir, nach deinem lieben Gesicht, deiner Fröhlichkeit, nach allem, was du zu geben im Stande bist."

Viktoria hatte schon damals, als Peter aus seinem Leben erzählte, entnommen, dass er gebunden war. Aber sie hatte mit Absicht keine Erwähnung laut werden lassen. Nun wollte sie es tun.

„Wie geht es deiner Familie, du bist doch noch verheiratet?"

„Ja, natürlich, und das werde ich wohl ewig bleiben müssen, denn wir haben ein Kind, einen Sohn. Er ist krank, geistig ein wenig behindert." Die letzten Worte flüsterte er fast. „Schon aus diesem Grund kann ich mich von meiner Frau nicht trennen."

Viktoria wollte ihn nicht mit weiteren Fragen belästigen, sie konnte erfühlen, was in ihm vorging.

„Ich habe alles, was ich brauche, und bin trotzdem nicht glücklich, ich möchte daher über meine Ehe nicht reden."

Viktoria konnte sich vorstellen, wie es darum stand.

„Eine Frau wie dich habe ich noch nie kennen gelernt, das musst du mir glauben. Ich möchte dein wahrer Freund bleiben, dich wenigstens von Zeit zu Zeit sehen."

„Und du meinst, dass dir dies genug ist. Unsere Wege trennen sich immer wieder, wir rasen wie Züge aneinander vorbei, bis zum nächsten Blinksignal, zum nächsten Stopp. Findest du ein Aneinanderketten nicht sinnlos?"

„Nichts ist sinnlos, denn ein Leben kann man nur einmal leben. Man muss fair zu sich selbst sein und sich immer wieder eine Chance geben. Vielleicht übersiedelst du doch einmal nach Wien, dann bestünde die Möglichkeit, dass wir mehr Zeit füreinander haben."

Viktoria wurde nachdenklich. Nein, sie wollte Peter von Daniel nichts erzählen, zu dem es sie immer wieder hinzog. Dem ungestümen Jungen, der stets lachte und sie ansteckte mit seiner Fröhlichkeit. Der nie fragte, der schon froh war, wenn sie nur kurze Zeit bei ihm war.

Ihr war klar, dass sie hin- und hergerissen war zwischen diesen beiden Liebhabern. Aber als sie in Peters sehnsuchtsvolle Augen sah, wusste sie, dass er für diese Nacht gewonnen hatte. Er brauchte sie, zumindest für Stunden, um glücklich zu sein, und sie wollte ihm dieses Glück schenken.

„Bleib heute Nacht bei mir, mein so ferner Geliebter."

Viktoria brachte Peter einen frischen Bademantel. „Der Größe nach müsste er dir passen. Er ist von meinem Großvater und nicht von einem Hausfreund", erklärte sie schelmisch, als sie Peters fragenden Blick sah.

„Kann ich bitte das Badezimmer benützen?"

„Selbstverständlich, und ich habe auch eine frische Zahnbürste für dich hingelegt."

Viktoria lag bereits im Bett, als Peter ins Schlafzimmer kam. „Darf ich?", fragte er liebevoll und Viktoria zog ihn zu sich, löschte das Licht und beide vereinten sich in tiefster Wonne.

Peter 1934

1934 – ein Jahr voll düsterer Ereignisse.

In Österreich wurde im Februar ein Putschversuch der Sozialisten und Kommunisten blutig niedergeschlagen, große Arbeitslosigkeit herrschte im Land, man war mit der autoritären Regierung unzufrieden. Die illegalen Nationalsozialisten wurden mit der Unterstützung Deutschlands immer stärker.

Es kam im Juli zu einem zweiten Bürgerkrieg, bei dem Bundeskanzler Engelbert Dollfuß von Nationalsozialisten ermordet wurde. Als die Kämpfe mit der Niederlage der Putschisten ihr Ende fanden, stand Kurt Schuschnigg an der Spitze der Regierung. Er musste ein schweres Erbe antreten, denn die wirtschaftliche Lage war trist.

In Deutschland konnte nach dem Tod des Generalfeldmarschals Paul von Hindenburg Adolf Hitler die Macht an sich reißen, und in England forderte Winston Churchill wegen steigender Kriegsgefahr die Aufrüstung …

Im Hause Schneider herrschte in diesem Jahr jedoch große Freude, denn der, speziell von der Mutter so heiß ersehnte, Stammhalter war auf die Welt gekommen. Er wurde Peter getauft und war von der ersten Stunde an der ganze Stolz der vom Leid geprüften Frau.

Josef Schneider, durch eine Verletzung im 1. Weltkrieg zum Invaliden erklärt, besaß in der Nähe von Wien ein renommiertes Gasthaus.

Er war von herrschsüchtiger Natur und nur sein Wort sollte etwas gelten.

Oft genügte ein strenger Blick aus seinen dunklen, tief liegenden Augen, ein Zucken um den bärtigen Mund, dass jede Widerrede eine einer Explosion gleichende Situation hervorrufen konnte.

Seiner Gattin machte er es dadurch nicht immer leicht und sie litt manchmal unter diesem Zustand.

Drei Jahre vorher wäre Maria Schneider an der Geburt ihrer Zwillingsmädchen beinahe gestorben.

Seit dieser Zeit war sie psychisch und physisch nicht mehr ganz auf der Höhe, aber sie gewöhnte sich ab, darüber zu klagen.

Sie erfüllte tapfer ihre häuslichen und ehelichen Pflichten, bemühte sich redlich, ihren Töchtern eine vorbildliche Mutter zu sein, aber tatsächlich war sie froh, wenn sie ein paar Stunden ganz für sich alleine verbringen durfte.

Dies änderte sich, als Peter geboren wurde.

Ihn konnte sie nicht genug verhätscheln und liebkosen. Ein wunderbares, erhabenes Gefühl, den Kleinen ganz fest an ihre Brust zu drücken. Dieser Bub gehörte ihr. Die Töchter waren ohnedies mehr ihrem Vater zugetan und Papa Schneider stolzierte gerne beim sonntäglichen Spaziergang mit ihnen.

Nur wenige Jahre hatte Maria die Möglichkeit, sich an ihrem Sohn zu erfreuen. Eine heimtückische Krankheit hatte sie befallen und trotz ärztlicher Behandlung wurde sie zusehends schwächer. Sie wusste, dass ihr Herz das Ganze nicht mehr lange mitmachen würde.

An jenem Abend, der ihr letzter sein sollte, blieb Maria besonders lange im Kinderzimmer. Die beiden Mädchen schlummerten bereits und es war, als könne sich die Mutter nicht trennen. Gedankenverloren beobachtete sie den Schlaf der Töchter.

Peter spürte die zärtlichen, zarten Küsse nicht, die seine Mutter, wie zum Abschied, ihm immer wieder auf die Wange drückte. Zwei dicke Tränen benetzten sein Gesicht. Sie wischte sie weg, dann ging sie, gebeugt, als ob sie eine schwere Last trüge, aus seinem Kabinett.

In ihrem Schlafraum angelangt, verstärkten sich die stechenden Schmerzen in der Herzgegend, die sie den ganzen Tag über verspürt hatte, und dabei kämpfte sie nach Luft.

Mühsam griff Maria nach dem Telefon, das auf dem Nachttischchen stand, und versuchte ihren Mann im Gasthaus zu erreichen. Zu ihrem Bedauern ließ man ausrichten, er wäre nicht erreichbar.

Noch einmal verlangte sie nach ihm, ihre Worte waren kraftlos und kaum verständlich, also hängte der Kellner auf.

Maria entglitt der Telefonhörer, dann sackte sie auf dem Bett zusammen. Der Tod schlug zu und ersparte ihr weiteres Leid.

Herrn Josef Schneider machte man keine Meldung vom Anruf seiner Frau, er liebte es nicht, bei seinen Kartenpartien, die im Extrazimmer stattfanden, gestört zu werden.

Zufrieden trat der Gastwirt nach der Sperrstunde den Heimweg an. Sein Gewinn beim Spiel war mehr als hoch.

Es war ein langer, anstrengender Tag gewesen und Herr Schneider beabsichtigte gleich sein Schlafzimmer aufzusuchen. Das Licht brannte, es schien, als ob seine Frau noch auf ihn warten würde. Er trat ein, blickte auf das Bett und sah mit Entsetzen den verkrampften, starren Körper von Maria, aus dem jedes Leben gewichen war. Ihre Augen starrten ihn an.

Für die Kinder war der Tod der Mutter ein schwerer Schlag und auch ihr Vater war eine Zeit lang von Trauer erfüllt.

Aber es half nichts, er musste sich nach einer Frau umsehen, einer jüngeren, die sich als Mutter, im Haushalt und als Gastwirtin eignete.

Er begann seine Fühler auszustrecken. Bekannte flüsterten sogar, in einer Blondine im besten Alter jene Person wieder zu erkennen, die der Gastwirt schon heimlich traf, als seine Frau noch lebte. Sie saß jetzt öfter mit Schneider in der gemütlichen Ecke des Lokals, die nur besonderen Gästen vorbehalten war, lebhaft plaudernd und scherzend. Beschwören wollten sie es nicht, aber die Leute zeigten andererseits Verständnis dafür, dass die Kinder eine Mutter brauchten. Mit einer Haushilfe war es nicht abgetan.

Nach dem Trauerjahr kam es zur Wiederverehelichung und wie seine Freunde prophezeiten, war seine Auserwählte die junge Blondine von damals.

Seine Töchter fanden bald guten Kontakt mit ihrer Stiefmutter, nur Peter konnte sich mit ihr nicht anfreunden. Er vermisste die Wärme und Geborgenheit, die er von seiner Mutter gewohnt war. So blieb es zwischen den beiden meist nur bei einer höflichen Konversation, umso mehr, weil ihm einiges an ihr missfiel, vor allem das schrille Lachen, das ihm so richtig vulgär vorkam. Überhaupt, wenn es aus dem Schlafzimmer drang. Seine Mutter hatte nie so gelacht, und deshalb hasste er beinahe diese zweite Frau.

Peter war kein außerordentlicher Schüler, aber intelligent und clever genug, um seine Matura zufrieden stellend zu schaffen.

Schon sehr früh beschäftigte er sich mit dem weiblichen Geschlecht. Nachts quälten ihn oftmals erregende Visionen. Mädchen, die sich vor ihm nackt auszogen, kamen auf ihn zu, neckten und kitzelten ihn. Er musste dann seinen sehr groß geratenen Penis so lange bearbeiten, bis der Samenerguss erfolgte und er dadurch wieder ruhiger wurde. Das Lesen und Anschauen pornografischer Hefte befriedigte ihn nur zum Teil, denn er sehnte die Zeit herbei, wo er ein Mädchen kennen lernen und mit ihm den Geschlechtsakt vollziehen würde.

Als Peter volljährig war, eröffnete ihm der Vater, dass seine Mutter ihm eine Erbschaft in Form eines recht ansehnlichen Betrages hinterlassen habe, über welchen er nunmehr verfügen konnte. Peter wiederum hielt die Zeit für angebracht ihm mitzuteilen, dass er von zu Hause ausziehen werde, um von nun an sein eigenes Leben zu führen.

Finanziell abgesichert, entdeckte er seine Leidenschaft im Reisen und Schreiben. So zog es ihn ins Ausland, wo er da und dort Jobs fand, die Geld einbrachten.

Viele Erlebnisse schrieb er nieder und bot sie deutschen Zeitschriften zum Abdruck an. Man erkannte seinen guten Stil und nahm die Artikel gerne ab. Die Honorare waren großzügig und ließen sein Bankkonto anschwellen.

Irgendwann packte ihn das Heimweh und er ging nach Wien, um dort ansässig zu werden.

Durch Glück verschaffte ihm ein früherer Klassenkamerad eine Verbindung zu einer Tageszeitung.

Als Peter beim Chefredakteur vorstellig wurde, blickte ihn dieser einmal von oben bis unten prüfend an. Der grau melierte, versierte Zeitungsmann überflog ein paar in Deutschland gedruckte Artikel von Peter und meinte schließlich, dass er es mit ihm probieren werde.

Zunächst jedoch sollte er Setzereiluft atmen und als Umbruchsredakteur die ersten Sporen verdienen. Dem Chefredakteur entging nicht, dass Peter darüber nicht gerade glücklich schien. Zu viele jungen Leute waren schon bei ihm in die „Lehre“ gegangen und bei Peter spürte er, dass aus ihm einiges rauszuholen war. Das sichere Auftreten, der Spürsinn, welcher das Um und Auf des Journalistenberufes darstellte, sein guter Stil in Wort und Schrift.

„Sie werden früher zum Schreiben kommen, als Sie glauben, ich habe mit Ihnen etwas Besonderes vor“, war die beruhigende Antwort auf Peters skeptischen Blick. Das ließ den jungen Mann aufhorchen, aber mehr konnte er fürs Erste nicht erfahren. Am nächsten Morgen erschien Peter, sportlich gekleidet, mit einem flotten Hut auf dem Kopf, und begab sich mit einem älteren Redakteur in den Setzersaal. Dort sollte er vom Faktor den „Jüngern der schwarzen Kunst“ vorgestellt werden.

Kaum waren die ersten Schritte in den Saal getan, rief ein Setzer: „Hut runter!“ Und im nächsten Augenblick klangen die Worte im Chor. Peters Gesicht lief rot an. Sein Begleiter meinte, er habe vergessen, es ihm zu sagen, dass man nie mit Kopfbedeckung die Arbeitsstätte der Setzergilde betreten durfte. Ob eine Absicht dahinter stand, dass ihm dies verschwiegen wurde? Er vermutete es.

Tags darauf sollte Peter mit seinen Aufgaben vertraut gemacht werden. Er war gefasst, dass man ihm wieder einen Schabernack spielen würde. Aber was könnte es wohl diesmal sein? Ihm fiel auf, dass sie ihm keine Abzüge der bereits umbrochenen Seiten vorlegten. Der Metteur führte Peter zu den aufgestellten Seiten und fragte scheinheilig, ob die Titel in Ordnung gingen. Das war es also, man wollte ihn testen, ob er auch verkehrt lesen könne. Peter, nicht auf den Mund gefallen, bemängelte einige Fehler. Bei einem Titel erfrechte er sich sogar: „Das muss ein Anfänger gesetzt haben.“

Er hatte gewonnen, man anerkannte ihn. Schaurig schön erklang unmittelbar darauf im Chor: „Einstand, Einstand, wir haben Durst!“

Peter zeigte sich nicht kleinlich und ließ schnellstens ein paar Kisten Bier bringen.

In den kommenden Monaten wurde die Zusammenarbeit immer besser, die Leute respektierten ihn, waren nicht böse, wenn er Unzufriedenheiten laut werden und diese oder andere Seiten neu gestalten ließ.

Aber die Arbeit war Peter zu eintönig. Er bat um eine Unterredung mit dem Chefredakteur.

„Ich will mitten im Geschehen stehen, alle meine Eindrücke, die ich bei den Erlebnissen habe, den Lesern wiedergeben. Ich weiß, dass ich berufen bin, Interessantes aufzugreifen, ich will schreiben, und nur schreiben. Ich will ...!“ Sein Chef stoppte den Wortausbruch.

„Sie erinnern sich, dass ich Ihnen am Anfang mitteilte, dass ich etwas Besonderes mit Ihnen vorhabe. Ich werde Sie als Spezialreporter einsetzen. Ihr Fixum wird kleiner sein, Ihre Honorare sollen Sie dafür entschädigen. Voraussetzung ist, dass Sie spannende Geschichten bringen. Sie werden dann auch finanziell zufrieden gestellt sein. Ihre diversen Verbindungen müssen Sie sich selbst herstellen. Ohne diese kommen Sie zu keinen Sensationen, glauben Sie mir. Viele haben es bereits versucht, aber versagt. Wir wollen kein Boulevardblatt sein, bei dem in jeder Zeile Blut fließt. Aber wir müssen moderner und interessanter werden, sonst erleiden wir einen Leserschwund.“ Aus seinen Worten klang Ehrlichkeit, denn zu gut erinnerte sich der Chefredakteur an seine anfänglichen Journalistenjahre, wie er selbst kämpfen musste. Und dabei war man damals gar nicht so auf Sensationen aus. Dafür war auch das Niveau einer Zeitung in allen Ressorts sehr hoch.

„Wir müssen es schaffen, dass wir bei der Berichterstattung der Konkurrenz voraus sind, wir müssen an Aktualität dazugewinnen. Haben wir uns verstanden? Und nun wünsche ich Ihnen viel Erfolg, und enttäuschen Sie mich nicht.“

Mit einem ordnungsgemäßen Presseausweis versehen, startete Peter – zunächst ins Ungewisse. Um immer schnell zur Stelle zu sein, schaffte er sich ein kleines, aber flottes Auto an. Es war ein Gebrauchtwagen, aber sein Zustand ließ keine Wünsche offen.

Das Auto bescherte ihm eine richtige Freude und Peter gab ihm den Namen „Flitzer“.

Freizeit kannte Peter die nächste Zeit kaum, er war ununterbrochen unterwegs, oft wurde die Nacht auch zum Tag.

Es gelang ihm bei Polizei und Gericht Kontaktmänner zu finden, er verkehrte in fragwürdigen Cafés, war der Sunnyboy unter den Huren und erfuhr von ihnen Spannendes aus der Unterwelt. Lokale, in denen „Stoß“ gespielt wurde, wobei es um Riesenbeträge ging, waren ihm genauso im Gedächtnis wie die Namen einiger besonders gefährlicher Gangsterbosse und deren Mitläufer.

Seine Recherchen nützten so manchem Kriminalbeamten, von denen er als Gegenleistung wiederum Tipps bekam, wenn Großrazzias und Verhaftungen auf dem Plan standen. Und Peter tauchte stets rechtzeitig auf und war hautnah dabei.

Peter lieferte Artikel, die es in dieser Zeitung noch nie gegeben hatte. Sie waren in ihrer Aktualität einmalig. Die Konkurrenz begann zu rebellieren und beschwerte sich bei der Pressestelle des Polizeipräsidiums, dass sie einseitig Nachrichten ausgaben. Doch diese wussten selbst nicht, wo Peter seine Informationen holte, und hatten ihn öfters ins Präsidium zitiert.

Peter war gewappnet. Nie würde er den Namen eines Informanten preisgeben. Es blieb sein Geheimnis. Die einzige Antwort, die er ihnen gab war:

„Wissen Sie noch immer nicht, dass man mich in meiner Redaktion den rasenden Reporter nennt?“ Aber nicht nur Kriminalgeschichten und das Aufgreifen von Unregelmäßigkeiten in Wirtschaft und Politik waren Peters Stärke, auch seine Berichte über Katastrophen oder traurige und schöne Ereignisse fanden uneingeschränkte Anerkennung.

Trotz seines beruflichen Einsatzes vergaß er nicht, sich dem geselligen Leben zu widmen, und als gern gesehener Gast, großzügig und stets zu Späßen bereit, kannten ihn die Freunde. Die Geliebte von Peter zu sein, schien für Mädchen erstrebenswert, sie schwärmten von ihm und seinem Sexappeal, dem guten Aussehen und beneideten diejenigen, die seine Zärtlichkeiten bereits genossen hatten.

Partys bei Peter titulierten die jungen Leute als absolutes „Highlight“. Das kalte Buffet bewies einen kulinarischen Hochgenuss und die Auswahl der Weine für seine Gäste war stets vom Besten. Die schönsten Damen gaben sich ein Stelldichein und so mancher fand sich am Ende in den Armen einer anderen, denn bei Peters Feten wurde jede Hemmung abgelegt.

An jenem Abend, es ging schon recht feucht-fröhlich zu, erschien zu später Stunde Werner, in Begleitung von Martha.

Er nahm seinen Gastgeber zur Seite und flüsterte ihm zu, dass sie die Tochter des Großunternehmers Steinlechner, Im- und Export, sei.

Ein tolles Ding, war Peters erster Eindruck, klein, blond, langes Haar, vollbusig und schmale Hüften. Sein Kennerblick fiel besonders auf ihr Dekolletee, und er merkte, wie er nervös reagierte.

Die letzten Gäste trollten sich langsam, als Peter Werner bat, seine Freundin Natascha – eine tschechische Striptease-Tänzerin – nachhause zu bringen. Sie ginge ihm mit ihrem Geschmuse schon auf die Nerven. Um Martha würde er sich kümmern. Werner hatte verstanden. Ihm konnte es nur recht sein. Als Draufgänger ebenso bekannt, müsste er leichtes Spiel bei Natascha haben und sie wiederum keinen Mangel sehen, ihn als Nachfolger anzuerkennen.

Peter war nun mit Martha allein. Er bat sie noch zu bleiben, und davon schien sie nicht abgeneigt. Es fiel ihm ein, dass er mit „Mademoiselle" noch keinen Tanz genossen hatte. Rasch suchte er die passende Platte und forderte Martha höflich zum Tanzen auf. Gekonnt schmiegte er sich an sie, er spürte ihren Busen, was ihn so erregte, dass jede weitere Zurückhaltung unnütze Zeitverschwendung gewesen wäre. Er küsste sie stürmisch, schlang seine Arme noch spürbarer um ihren Körper und schwebte zielbewusst ins Schlafzimmer.

Willenlos ließ Martha das Folgende geschehen. In rasender Eile entfernte Peter Stück für Stück ihrer Bekleidung und so schnell konnte sie gar nicht reagieren stand er ebenfalls nackt neben ihr. Beide ließen sich auf dem breiten Bett nieder. Peter war wie von Sinnen. Diese herrlichen Brüste, die sich ihm offerierten. Wie ein Verdurstender sog er an den großen, bräunlichen, durch die Erregung steif gewordenen Brustwarzen. Sein nun in vollster Stärke angeschwollener Penis konnte es nicht mehr erwarten, in Marthas bereitwillige, feuchte Vagina zu gleiten.

Im höchsten Genuss bewegten sich ihre Körper stürmisch im Takt der Laute von Wollust, die Martha ausstieß. Ein Lustschrei, ein Beben, und vor dem Orgasmus nahm Peter sein Glied heraus und presste es in Marthas Mund, die kräftig daran lutschte. Auch Peter wollte ihre Scheide nicht ungeküsst lassen, und so wechselten sie mehrmals die Stellungen.

Peter befand sich als Liebhaber in Höchstform, aber irgendwann, vom Sex und Alkohol übermannt, musste auch er passen. Von einer Sekunde zur anderen drehte er sich weg, es überkam ihn ein todähnlicher Schlaf, sodass er nicht einmal mitbekam, dass Martha still und heimlich entschwand.

Bei Martha war es Liebe auf den ersten Blick gewesen. Kein Mann bisher konnte ihr dieses Lustgefühl geben, und immer wieder hatte sie das Verlangen, mit Peter vereint zu sein. Sie war ihm verfallen, aber klug genug, nichts zu übertreiben. Sie wusste, wie Peter die Freiheit liebte, und die ließ sie ihm, wenn er danach forderte. So führten sie jahrelang eine intensive und doch lockere Beziehung.

Martha war schon über dreißig Jahre, in ihr drängte es, eine Familie zu gründen. Und sie fragte sich, ob auch Peter dazu bereit wäre. Ihre Eltern hatten ihn schon längst in die Familie integriert und sicherlich gerne als Schwiegersohn gesehen. Noch dazu, wo Marthas Vater einmal mit Peter das Thema anschnitt, ob er nicht interessiert wäre, in seine Firma einzusteigen, wobei Peter aber diplomatisch einer Antwort auswich.

Zu sehr war er noch mit dem Journalismus verwachsen, besonders, weil er neuerdings zu Großereignissen ins Ausland abkommandiert wurde und darüber exklusiv berichten musste.

Nachdem das Pärchen längere Zeit getrennt war, trafen sie sich wieder in Peters Wohnung, und nach einem längeren Liebesakt ruhten sie entspannt auf der großen, breiten Liege. Martha fand den Zeitpunkt als gekommen, als sie ihn fragte:

„Peter, würdest du mich heiraten?" Dabei strichen ihre Finger seinen Körper entlang. Peter überraschte diese Frage ein wenig, denn bisher hatten beide nie über dieses Thema gesprochen und er selbst befasste sich keine Minute damit. Das Leben war im leichten Wellengang dahingezogen, ohne Sorgen, ohne

Probleme. Sein Job hatte ihn voll ausgefüllt, vor allem auch in finanzieller Hinsicht. In Martha fand er eine treue, anhängliche Freundin, die keine großen Ansprüche stellte. Sie hatte ihr eigenes Auskommen, ihre eigene Wohnung, man traf sich, war zusammen, ging aber auch seine eigenen Wege. Sollte es nicht so bleiben? „Weißt du“, fuhr sie fort, „ich möchte gerne ein Kind haben, eine Familie gründen.“ Er streichelte Martha über den Kopf als zärtliche Geste. Sie gab ihm einen Kuss auf die Hand. Peter wurde hellwach. Warum eigentlich nicht? Eigentlich müsste es schön sein, Kinder um sich zu haben, ein ständiges Zuhause. Ob er ein guter Vater sein würde? Peters Gedanken überschlugen sich, ehe er sich Martha zuwandte.

„Wann willst du heiraten?“

„Soll das heißen, du willst?“

Martha konnte es nicht glauben, in ihr jubelte es.

„Wenn du mich so fragst, so bald wie möglich. Peter, ist das dein Ernst? Ich kann es gar nicht fassen. Du willst mich wirklich heiraten?“

Martha weinte und lachte zugleich und beruhigte sich erst wieder, nachdem Peter sie innig in die Arme geschlossen hatte.

Peter war am folgenden Sonntag bei Familie Steinlechner zum Mittagsmahl geladen. Zum gegebenen Anlass überreichte er galant Mutter und Tochter die mitgebrachten Blumensträuße, und nach dem von der Köchin reichhaltig und geschmackvoll zubereiteten Menü sollte der große Augenblick kommen, auf den Martha so lange warten musste.

Man begab sich im Anschluss an das Essen in den Salon und Peter hielt in allen Ehren bei den Eltern um die Hand ihrer Tochter an. Kommerzialrat Steinlechner hatte schon eine leichte Vorahnung und war deswegen gar nicht so überrascht, als er antwortete:

„Mein lieber Junge, ich freue mich über euren Entschluss. Ich denke, das muss gefeiert werden. Aus diesem Grund gehe ich selbst in den Weinkeller und suche einen besonders edlen Tropfen, den ich nur für ganz spezielle, feierliche Anlässe reserviert halte.“ Und schon war er unterwegs. Seine Frau wischte sich eine Träne aus dem Auge, nahm Peters Hände und sagte aufrichtig: „Willkommen, Schwiegersohn, in unserer Familie.“

Später verabschiedete sich Kommerzialrat Steinlechner mit Peter in sein Arbeitszimmer, um ein ausführliches Gespräch zu führen.

Seine Idee war, den jungen Mann als Geschäftspartner zu gewinnen, er sollte so nach und nach alle Vollmachten erhalten und in nächster Zukunft die Firma ganz übernehmen. Notarisch festgehalten, würde, bis auf die Anteile, die Martha verblieben, später er als Besitzer aufscheinen.

Das war ein annehmbarer Vorschlag, und ihn abzulehnen wäre wirklich unklug gewesen. Peter traute sich zu, in diesen, für ihn jedoch vollkommen neuen, Wirkungsbereich einzusteigen und Profit bringende Gedanken in die Tat umzusetzen.

Für ihn bedeutete es einen gewaltigen Karrieresprung nach oben, bei dem er nur Vorteile erzielen konnte. Daher nahm er dieses Angebot gerne an.

Sie einigten sich, dass Peter in die Firma eintreten werde, sobald er für die Zeitung einen ihm ebenbürtigen Nachfolger gefunden hatte, und zufrieden über den glücklichen Verlauf der Unterhaltung gingen sie später wieder in den Salon zurück. Weinselig eröffnete Vater Steinlechner anschließend dem Brautpaar, dass ihnen, als gemeinsames Heim, die im selben Haus im 3. Stock freistehende Wohnung zur Verfügung stehen werde. Martha und Peter zeigten sich dankbar über die Großzügigkeit, und das Gespräch nahm seinen weiteren Verlauf, wobei hauptsächlich über die Hochzeitsvorbereitungen diskutiert wurde. Die jungen Leute vereinbarten, erst zu heiraten, wenn die Wohnung vollkommen renoviert und möbliert war.

Sie wussten, dass es viel Zeit in Anspruch nehmen würde, trotzdem wollten sie bis dahin getrennt, jeder in seinem Apartement verbleiben. Martha wünschte, dass die nötigen Sanierungsarbeiten und die Beschaffung der Einrichtungsgegenstände von ihr überwacht und gestaltet werden, und Peter schien froh darüber, sich mit diesen Problemen nicht konfrontieren zu müssen.

Es gab noch viele Einzelheiten zu bereden und erst spät am Abend verließ Peter – als befriedigter Bräutigam – die Wohnung der Schwiegereltern. Das Glück stand – wie immer – auf seiner Seite.

Für Peter zeigten die letzten Monate als „freier Mann“ keine nennenswerten Veränderungen. Er reiste viel herum und brachte zum Schluss seiner Tätigkeit noch einige interessante Berichte, bis er irgendwann in den Betrieb von Steinlechner eintrat.

Dies bedeutete eine neue, große Herausforderung, die er mit seiner Klugheit nach anfänglichen Schwierigkeiten bald überwand.

Steinlechner zeigte sich als verständnisvoller Partner und unterstützte ihn in jeder Beziehung.

Mit Martha lebte er eine sinnliche Verlobungszeit und sie sahen einander relativ wenig.

Peter war gar nicht böse darüber, seine Frist als Junggeselle war terminisiert und so verbrachte er gerne die freien Nächte in exklusiven Lokalen und flirtete dabei mit den dümmsten Barmädchen. Es kam nicht selten vor, dass Peter frühmorgens sehr beschwingt durch die Straßen schlenderte und halblaut vor sich hinsang:

„Martha, Martha, du entschwandest, heute Nacht aus meinem Herzen, aber sei nicht besorgt, ich bereite dir keine Schmerzen, denn ich kehre immer wieder rein, in dein trautes Heim.“

Martha wiederum agierte voll Tatendrang in Bezug auf alle Hochzeitsvorbereitungen und die Ausstattung der Wohnung. Immer wieder berichtete sie ihrem Bräutigam und hielt ihn am Laufenden.

Wenn Peter zur „Visite“ in das gemeinsame Heim geladen wurde, staunte er über die neuen, schönen Veränderungen.

Küche, die sanitären Räume, Wohn- und Esssalon waren exquisit eingerichtet. Peters Herrenzimmer nach seinem Geschmack ausgewählt und die Einrichtung des Schlafzimmers im Entstehen.

Später sollten die restlichen, kleineren Kabinette je nach Bedarf bewohnbar gemacht werden.

Bange überlegte er, welch enorme Kosten entstanden waren, aber seine Braut wusste stets, ihn lachend davon zu überzeugen, er solle sich darüber keine Sorgen machen. Sie verfüge über genügend Geld, und damit musste er seine Bedenken wegstecken und die weiteren Ausgaben ignorieren.

Peter war sich im Klaren, dass Martha in einer repräsentativen Umgebung aufgewachsen war und diesen Komfort weiter beizubehalten wünschte.

Die Hochzeitseinladungen waren gedruckt und die Liste der Festgäste aufgezeichnet, und in der Folge kam der große Tag für Peter und Martha. Die Vermählung fand in der Wiener Karlskirche statt. Weit über hundert Gäste waren Zeugen, als der Pfarrer die beiden für Mann und Frau erklärte und sie die Ringe tauschten.

Peter sah blendend aus, und stolz geleitete er seine Frau – die in ein von einem bekannten Modezaren entworfenes, prachtvolles Hochzeitskleid gehüllt war – an den in Spalier stehenden Gästen vorbei aus der Kirche.

Der bereitstehende, festlich geschmückte Fiaker wartete bereits und brachte sie ins Hotel Sacher, wo die Feierlichkeiten stattfanden.

Brauteltern und Gäste folgten mit ihren Autos langsam dem Pferdegespann und Polizisten regelten den Verkehr, damit die lange Kolonne nicht auseinander riss.

Im Marmorsaal des traditionsbewussten Hauses fand der gesellschaftliche Teil statt. Es herrschte eine heiter-gelöste Stimmung und jeder Einzelne war beeindruckt über den Aufwand und die Pracht der Festtafel.

Zu Peters angenehmer Überraschung befand sich auch sein Vater unter den Gratulanten. In den letzten Jahren war wiederum ein loser, freundschaftlicher Kontakt entstanden, und deshalb sah Peter es als Pflicht, ihn zu seiner Hochzeit einzuladen.

Beide Schwestern waren in den Vereinigten Staaten angesiedelt. Während der Besatzungszeit lernten sie in Wien amerikanische Soldaten kennen, mit denen sie nach deren Abzug nach Amerika gingen und später heirateten. Peter besuchte sie ein einziges Mal, musste aber feststellen, dass keine geschwisterliche Beziehung mehr zwischen ihnen bestand und eine neuerliche Annäherung sinnlos wäre. Deshalb brach er die Verbindung ab und es blieb ihm, als einziges Bindeglied in der Familie, sein Vater.

Die letzten Gäste verabschiedeten sich und auch für das Ehepaar sollte endlich der Einzug ins traute Heim folgen. Peter spürte den reichlich genossenen Alkohol, der sich in den vielen Stunden angesammelt hatte. Trotzdem ließ er es sich nicht nehmen, nach altem Brauch, Martha über die Türschwelle zu tragen.

Anschließend küsste er sie, und schon etwas langsam sprechend versprach er Martha: „Voilà, Madame, ich werde mich stets bemühen, dir ein erotischer und aufmerksamer Ehemann zu sein, so, wie du es dir wünschst, meine Prinzessin."

Mehr konnte sie an diesem Abend von ihrem Gatten nicht verlangen. Kaum seine Zusicherung kundgetan, warf er sich vollkommen bekleidet aufs Bett und war in Sekundenschnelle eingeschlafen.

Der Alltag war für das junge Paar eingekehrt, Monate des ruhigen seelischen Gleichgewichts, bis eines Tages ein Satz von Martha Peter aufjubeln ließ. Sie überraschte ihn mit der frohen Botschaft, dass ihr Herzenswunsch in Erfüllung gegangen war und sie endlich in anderen Umständen sei.

Nach einem Kurzurlaub im Süden bereitete sich Martha auf ihre Schwangerschaft vor und bemühte sich emsig um die Gestaltung des Kinderzimmers.

Marthas Glück wurde getrübt, als sie an einer Infektion schwer erkrankte, und es lange dauerte, bis sie wieder gesund war. Immer wieder musste ihr der Arzt versichern, dass durch ihre Krankheit die Schwangerschaft nicht gefährdet wurde. Dennoch sollte sich die Entbindung als sehr schwierig gestalten. Martha hatte ein zu enges Becken und die Lage des Kindes war nicht ideal für eine normale Geburt.

Plötzlich setzten während der Endphase der Austreibungsperiode die Wehen aus. Der Gynäkologe entschloss sich, um das Leben von Mutter und Kind nicht zu gefährden, zu einer Zangengeburt. Endlich kam es zur Geburt und alle atmeten auf, als der erste Schrei und das Strampeln der Gliedmaße des Buben ankündigte. Seine Besorgnis, dass das Kind eventuell einen Gehirnschaden erlitt, behielt der Arzt für sich, denn er wollte das junge Mutterglück in dieser schweren Stunde keinesfalls zerstören.

Aber seine Befürchtungen wurden zur traurigen Wahrheit. Bei späteren Untersuchungen stellten mehrere Spezialisten auf diesem Gebiet fest, dass der Junge, man taufte ihn Markus, leicht geistig behindert war. Wie weit sich dies in weiteren Jahren auswirken würde, konnte man noch nicht voraussehen.

Ein furchtbarer Schock für die ganze Familie. Martha geriet in eine schwere, nervliche Krise, die einer intensiven ärztlichen Behandlung bedurfte. Auch Peter litt sehr darunter, auch wenn er es sich äußerlich nicht anmerken ließ. Manchmal, wenn er darüber nachzudenken begann, glaubte er einem Zusammenbruch nahe zu sein und musste seine ganze Kraft aufwenden, um nicht aufzugeben.

Mit den Jahren erholte sich Martha, aber aus ihr war ein anderer Mensch geworden. Von einem zweiten Kind wollte sie nichts wissen, zu sehr steckte die Angst in ihr, auch dieses könnte nicht gesund auf die Welt kommen. Peter gegenüber wurde sie wortkarg und gleichgültig. Sie wusste, dass er sich wegen Markus nie von ihr trennen würde, aber innerlich baute sie ihr eigenes Leben auf. Sie überließ die Pflege des Kindes hauptsächlich Isabelle, dem Kindermädchen. Sie selbst beschäftigte sich viel lieber mit ihrer Anzahl von Freundinnen, die immer wieder bei ihr zu Gast waren. Während der nachmittäglichen Teepartys und Bridgepartien wurde der Gesellschaftsklatsch gepflegt, bei dem alles im Detail besprochen und kritisiert wurde.

Anfangs gesellte sich Peter, wenn er frühzeitig von der Firma nach Hause kam, dazu, um seine Geste als Hausherr und Ehemann zu zeigen. Später vermied er es mehr und mehr und machte einen großen Bogen um den Salon. Er konnte einfach diesen sinnlosen Tratsch und das hysterische Gekicher der Damen nicht mehr hören.

So schlich er ins Kinderzimmer, wo Isabelle mit Markus spielte. Um mit seinem Sohn allein sein zu können, bat er das Mädchen, den Raum zu verlassen. Traurig beobachtete er den Buben, wie dieser versuchte, mit seinen Fingerchen etwas zu halten oder Laute zu Worten zu formen. Alles ging nur sehr langsam und zögernd voran. Peter war jedoch über jeden kleinsten Fortschritt glücklich.

Das gestörte Verhältnis mit Martha blieb aufrecht. Nur mit Widerwillen kam sie ihren ehelichen Pflichten nach. Beide Eheleute versuchten auch gar nicht, diesem Problem auf den Grund zu gehen.

Nach außen hin stellten sie ihre „perfekte Ehe" zur Schau und glänzten in der Gesellschaft.

Martha behielt weiterhin alle Zügel in der Hand. Sie bestimmte und teilte ein, egal, ob es sich dabei um den Besuch einer Opern- oder Theatervorstellung handelte oder um das Dabeisein anlässlich einer Party.

Martha befand sich auf einer Abendmodenschau. Peter kam, wie jeden Tag, in Markus Zimmer um nach seinem Sohn zu sehen. Es war später wie üblich, aber ein Ferngespräch mit einem Lieferanten der Firma musste noch durchgeführt werden, weswegen er im Büro länger aufgehalten wurde.

Isabelle informierte ihn, dass der Kleine schon schlief. Sie hatten den ganzen Nachmittag im Tiergarten Schönbrunn verbracht, und von den vielen neuen Eindrücken total in Erregung versetzt, war der Bub so müde geworden, dass er sofort nach dem Essen ins Bett ging und einschlief. Peter bedauerte einerseits, dass sein Sohn ihn nicht mehr zu Gesicht bekam, andererseits war er selbst abgespannt und froh, eine Stunde allein sein zu können. Im Wohnsalon schaltete er den Fernseher an, aber das, was auf dem Bildschirm erstrahlte, befriedigte ihn keineswegs. Irgendwie schien er unruhig. Isabelle trat ins Zimmer um zu fragen, ob er sie noch benötige. Wie sie so vor ihm stand, jung, schlank, herausfordernd, überkam ihn eine plötzliche Einsamkeit und er lud das Mädchen auf ein Glas Wein ein.

Er konnte nicht ahnen, dass Isabelle die längste Zeit schon etwas verliebt in ihren Dienstgeber war. Sie spürte die Spannung, die zwischen den Eheleuten herrschte. Peter tat ihr Leid und sie wollte ihm Gutes tun, ihn verwöhnen und lieb zu ihm sein. Sie verführte ihn auf eine ganz einfache, direkte Weise und Peter ließ es nur zu gerne zu, sein Körper verlangte nach Sex, wie schon lange nicht mehr. Er liebte Isabelle am seidig-weichen Teppich im Wohnsalon über eine Stunde lang, er war so besessen, dass es ihm egal gewesen wäre, wenn plötzlich Martha vor ihm gestanden hätte.

Als sie sich endlich voneinander trennten, begab sich Peter ohne jegliches Schamgefühl oder schlechtes Gewissen in das

Schlafgemach, um sich zur Ruhe zu begeben. Er schlief auch in jener Nacht so ausgeglichen und gelöst wie schon lange nicht mehr.

Einige Wochen dauerte dieses Verhältnis. Die beiden fanden stets eine Chance, schnell einen Liebesakt zu vollziehen.

Aber irgendwann schien die Grenze der Möglichkeiten überschritten.

Von einer längeren Geschäftsreise zurückgekehrt, war er nicht wenig überrascht, als ihm statt Isabelle eine ältere Frau entgegenkam, die sich ihm als neues Kindermädchen vorstellte. Gleichzeitig tauchte Martha auf und in eisiger Ruhe forderte sie ihn auf, ihr in den Salon zu folgen.

Nichts Gutes ahnend, setzte er sich ihr gegenüber. Martha herrschte ihn, ohne irgendeine Vorrede, an:

„Mein Lieber, wenn du schon Sex brauchst und dir das Eheleben mit mir nicht mehr behagt, dann habe wenigstens die Anständigkeit, deinem Trieb nicht in unserer Wohnung nachzugehen. Ich bin dir auf die Schliche gekommen, ich weiß von der Affäre mit Isabelle. Selbstverständlich habe ich dieses Luder sofort hinausgeworfen und ich kann dir versichern, dass sie nicht mehr interessiert sein wird, dich wieder zu sehen. Ich glaube, wir haben uns verstanden."

Nun saß er da, wie ein Beschuldigter auf der Anklagebank. Sollte er sich verteidigen? Ihr ins Gesicht schleudern, sie sollte selbst darüber nachdenken, über ihre Fehler, ihre Nachlässigkeit dem Ehemann gegenüber. Sich aussprechen, versuchen eine Lösung zu finden, sie um Verzeihung bitten? Nein, er wollte keinen dieser Gedanken in Erwägung ziehen. Er war müde geworden, müde von sich selbst und müde von dieser Ehe, aus der es kein Entrinnen gab.

Resigniert antwortete er deshalb nur:

„Ich habe dich verstanden."

Die nächsten Tage mieden sie, einander zu oft zu begegnen. Peter ging schon zeitig aus dem Haus, um ins Büro zu kommen, und kehrte spät zurück. Zu seinen privaten Problemen gesellten sich nunmehr auch geschäftliche dazu.

Seitdem Peter die Prokura besaß, hatte er völlige Einsicht in die finanzielle Lage des Betriebes und sah nun diverse Missstände, die zu beheben raschest notwendig wäre. Seinen Schwiegervater konnte er nicht dazu bewegen, Neuerungen und Rationalisierungen durchzuführen, damit das Unternehmen modernisiert und innovativ dem Druck der Konkurrenz standhielt.

Alle Wunden heilen und mit der Zeit schloss das Ehepaar Frieden, das heißt, vor allem Martha wurde zugänglicher, sie sonderte sich von ihren Freundinnen ab, kümmerte sich um Markus und es gab Wochenenden, wo die drei ein wirklich harmonisches Familienleben führten. Sie machten gemeinsame Ausflüge und versuchten sich aufeinander einzustellen. Markus fühlte sich besonders glücklich, seine Eltern einen ganzen Tag für sich alleine zu haben und umso mehr hing er an ihnen.

Durch einen nicht erklärbaren Umstand fiel Martha wiederum in eine psychische Krise. Sie musste auf ärztliches Anraten medikamentöse Behandlungen über sich ergehen lassen, die sie meist in einen traumartigen Gemütszustand versetzten.

Als es ihr besser ging, unternahm Peter eine Reise mit ihr, wobei sie sich blendend erholte.

Kaum waren die beiden in Wien und Peter beschäftigte sich wieder intensiv mit seiner Firma, fing auch Martha ihr früheres, gewohntes Leben an. Ihre Freundinnen gaben sich ein Stelldichein im Hause Schneider und Martha wendete sich mehr und mehr von ihrem Gemahl ab.

Peter führte eine ernste Konferenz mit seinem Schwiegervater. Er war nahe daran, auszusteigen und seine eigenen geschäftlichen Wege zu gehen. Er sah keinen Sinn mehr an dem Aufwand seiner Arbeitsleistung und dem geringen Echo, das ihm entgegenkam. Kommerzialrat Steinlechner war eigenwillig, seine Ideen veraltert und Peters Vorschläge nannte er spleenig.

Das machte den jungen Unternehmer missmutig.

Bei der Unterredung ging es hart auf hart. Peter war zum Äußersten bereit, und knallhart schleuderte er seinem Schwiegervater die Wahrheit ins Gesicht. Der alte Herr musste zu guter Letzt einsehen, dass sein Imperium einer Auffrischung bedurfte. Schlussendlich einigten sie sich friedlich. Peter sollte, bis auf Marthas Anteile, das Geschäft voll übernehmen.

Für Peter begannen arbeitsintensive Monate, aber es glückten ihm einige Transaktionen, die die Finanzen des Unternehmens rasch in die Höhe brachten. Es war auch notwendig, denn der Lebensstandard im Hause Schneider war hoch und aufwendig.

Mit den Jahren hielt Peter sein Unternehmen weiterhin an der Spitze, die Geschäfte florierten und in der Wiener Gesellschaft gab es genug Leute, die ihn und Martha zum elitären Freundschafts- und Bekanntenkreis wählten.

Ein- und Verkaufsgespräche in verschiedenen Städten des In- und Auslandes gehörten zu Peters Tätigkeiten, und so hatte er es in Frankfurt wieder einmal geschafft, die Generalvertretung für ein neues Produkt in Österreich zu übernehmen.

Er erwartete sich einiges von diesem Artikel, und bestens gelaunt überlegte er, den nächsten Morgen von Frankfurt nach München zu fahren, um sich einen vergnügten Tag zu machen.

In München war er schon lange nicht mehr gewesen, zuletzt während seiner Journalistenzeit, und dabei erinnerte er sich an eine heiße Nacht in Schwabing mit einer kühlen Blonden. Er schmunzelte bei den Gedanken, welch ein Aufwand notwendig war, die ins Bett zu bekommen.

Einen Abstecher nach München würde er machen, mit Bier und Weißwurst im Hofbräuhaus, einen Bummel durch die Stadt und abends auf einen Trip durch Schwabings Lokale.

Von Frankfurt aus telefonierte er zwecks Reservierung eines Hotels, das ihm zu guter Letzt noch gelang. Auf Grund der Münchner Damenmodenwoche schienen sämtliche Hotels ausgebucht, aber eine soeben erfolgte Stornierung kam ihm zugute und so hatte er für die eine Nacht ein Zimmer. Mit dem Frühzug fuhr er kommenden Tag von Frankfurt nach München. Bald nach Abfahrt des Zuges setzte er sich in den Speisewagon, um bei einem Glas Orangensaft die „Frankfurter Allgemeine" zu lesen.

Viktorias Entscheidung

In stillen Stunden, wenn sie zurückgezogen in irgendeiner Stadt von einem Tag auf den anderen verweilte, setzte sich Viktoria mit dem Taumel ihrer Gefühle auseinander.

Selbstkritisch urteilte sie über sich selbst, aber sie fand auf viele Fragen keine Lösung.

Sie lächelte bei dem Gedanken an Daniel und ließ ihre Gedanken in die Ferne schweifen.

Sie mochte seine Unbeschwertheit, seinen fröhlichen Charakter und gleichzeitig seine Zurückhaltung.

Das Miteinander, das gemeinsame Hören von Musik, die Gespräche mit ihm, das Erleben von Stille und das Genießen der Natur machten Viktoria glücklich und stärkten sie.

Ja, mit Daniel verband sie Zuneigung und Kameradschaft. Die sexuelle Liebe war für beide oftmals nicht so wichtig. Auch wenn sie die ganze Nacht beisammen waren, ohne sich zu berühren, hatten sie das Gefühl der Zusammengehörigkeit. Niemals hätte sie geglaubt, dass sie ihm einmal so zugetan sein würde. Ihre erste Begegnung war doch nur ein Spiel gewesen, aus einer momentanen Laune heraus geboren.

Ihre weiteren Mallorca-Urlaube waren anders. Sie nützten jede Möglichkeit aus, um allein zu sein.

Für Viktoria war es schwer zu entscheiden, zu wem sie sich mehr hingezogen fühlte. So sehr sie Daniel in den Vordergrund stellte – die sexuelle Erfüllung fand sie wiederum bei Peter.

Er war der perfekte Liebhaber, ging auf alle Wünsche ein, trieb sie zur Ekstase, er zeigte aber auch Wärme und viel Gefühl.

Wenn sie eine Nacht bei ihm verbrachte – das war so manches Mal der Fall – und sie durch irgendwelche Einflüsse nicht einschlafen konnte, nahm er sie einfühlsam in seine Arme, streichelte ihren Kopf und ihre Haare, erzählte mit leiser, beruhigender Stimme eine Geschichte aus dem Reich seiner Fantasiewelt. Viktoria hörte ihm so gerne zu, auch wenn sie hie und da den Schluss nicht mehr mitbekam, da sie im Land der Träume gelandet war. Sie brauchte sich am nächsten Morgen bei Peter deswegen nicht zu entschuldigen, er war glücklich darüber, dass er sie wieder einmal in den Schlaf wiegen konnte.

Die Freundschaft mit Peter erschien ihr wie ein kostbares Geschenk, und sie wollte und konnte sie nicht beenden:

Im Grunde genommen fühlte Viktoria sich einsam. Gehörte sie wirklich zu jemandem? War nicht sie die ständig Suchende?

Sicher, sie liebte die Freiheit, gleichzeitig quälte sie das oftmalige Alleinsein. Es machte sie traurig, immer wieder von beiden Geliebten getrennt zu sein. Sie konnte jedoch keine Entscheidung treffen, bei wem sie wirklich bleiben wollte.

Um ihre depressiven Gefühle zu bekämpfen, spielte Viktoria mit dem Feuer. Ihre Angst, dass sie sich dabei die Finger verbrennen könnte, unterdrückte sie. Denn wenn sich die Situation zu sehr zuspitzte, nahm sie wahllos den einen oder den anderen Liebhaber. Doch kaum hatte sie ihn ausgekostet, verließ sie ihn wieder. Sie legte ihn ab, benützt und verbraucht.

Hatte Viktoria Gewissensbisse, wenn sie dabei an Daniel oder Peter dachte? O ja, aber eine innere Stimme sagte ihr immer wieder: Viktoria, lebe dein Leben. Wem gehörte wohl diese Stimme?

Wie sollte ihr Leben weitergehen? Trotz aller Liebenswürdigkeit, Sympathie, die ihr die Menschen entgegenbrachten, und die sie wieder zurückgab, war sie unausgeglichen. Mit dem Auf und Ab ihrer Gefühle machte sie sich oft das Leben schwer. War der Profit wirklich so hoch? Es war ihr widerlich, ständig herausgefordert zu werden. Aber war nicht sie diejenige, die Menschen herausforderte und gebrauchte? Wusste sie überhaupt, was sie wollte?

Es gab Zeiten, in denen sie ernsthaft daran dachte, kürzer zu treten, die „Notbremse“ zu ziehen.

Was sollte sie wirklich tun? Nach Wien übersiedeln, als Geliebte von Peter leben, bis dieser genug hatte und ihr eines Tages den Laufpass gab?

Aber das konnte sie sich nicht vorstellen. Andererseits dachte Viktoria an seine Familie. Einmal würde das Verhältnis doch auffliegen. Wollte sie nicht eine Agentur eröffnen? Selbstständig sein? War es nicht ihr Wunschtraum? Oder sollte sie zu Daniel ziehen? Bei ihm war sie auch nicht sicher, ob er nicht doch einmal, trotz der echten Freundschaft, die beide verband, ein junges Modell zu seiner Freundin auserkor.

Am Ende ihrer Selbstgespräche war Viktoria sich im Klaren, dass es doch so kommt, wie es kommen muss.

Den Sommer über zog es Viktoria nach Mallorca, und der Sommer gehörte Daniel.

Seit ihrem letzten Treffen hatte sich die Beziehung der beiden sehr vertieft.

Viktoria dachte freudig an die schönen Erinnerungen, und wenn sie im Album blätterte und die Bilder betrachtete, entschwand Peter vollkommen aus ihrem Gedächtnis, sie sah nur Daniel vor sich.

Ein Brief kam von ihrem Großvater, der ihr mitteilte, dass er diesmal den Sommer mit Karin in Deutschland verbringen werde. In erster Linie wollten sie in Hamburg verbleiben, wobei Wilhelm aber in Karins Wohnung zog.

Das Haus in Mallorca stünde somit ihr zur Verfügung. Bei der Gelegenheit deutete ihr Großvater an, dass sich ihre Wege kreuzten, da er mit Karin vorher nach London fliegen würde.

Viktoria bedauerte es, dass kein Wiedersehen zu erhoffen sei, zu sehr erwartete sie ein Plauderstündchen mit ihm.

Verärgert registrierte sie durch das lange Klingeln das Ende ihres Alleinseins. Es war die Haushälterin Beata. Sie entschuldigte sich vielmals, als Viktoria sie in die Wohnung ließ. Schuldbewusst erzählte Beata, dass sie den Schlüssel vergessen hätte, den ihr Viktoria anvertraut hatte, damit sie auch während ihrer Abwesenheit hineinkonnte. Viktoria war sehr bedacht darauf, dass die Räume stets sauber waren, und dies besorgte ihre Haushilfe sehr gründlich. Es war Verlass auf sie, wie gut, dass ihr Großvater sie weiter engagiert hatte.

Beata betrachtete Viktoria eine Weile, dann kritisierte sie: „Sie haben bestimmt ein paar Pfund abgenommen, und Sie sehen sehr abgespannt aus, treiben Sie kein Schindluder mit ihrem Körper!“

„Aber Beata, was glauben Sie denn, ich esse regelmäßig, manchmal mehr, manchmal weniger, die letzten Wochen waren halt sehr anstrengend. Aber nächste Woche gehe ich auf Urlaub. Und da werde ich richtig Erholung finden."

„Fliegen Sie wieder nach Mallorca, werden Sie Ihren Großvater sehen? Wenn ja, dann schöne Grüße von mir, und sagen Sie ihm, dass ich schon aufpasse auf Sie."

Beata wollte eigentlich schon am nächsten Tag mit dem Hausputz beginnen, verschob ihn jedoch, als sie von Viktoria hörte, dass es ihr lieber sei, wenn sie erst nach ihrer Abreise beginnt. Viktoria wusste, wie es da rundging, wenn Beata in ihrer Arbeitswut war.

Die restlichen Tage vor ihrem Abflug hatte Viktoria noch eine Menge zu tun. Sie brauchte neue Badebekleidung, wählte lange, ehe sie den richtigen Badeanzug fand.

Mit ihren Auftraggebern führte sie einige Termingespräche und fixierte die nächsten Auftritte gewissenhaft, damit sie nach der Rückkehr keine unangenehmen Überraschungen erlebte. Nichts fürchtete sie mehr als Konventionalstrafen.

Am letzten Abend überlegte sie, ob sie versuchen sollte, eine telefonische Verbindung mit Peter herzustellen.

Mehrmals griff sie zum Hörer, legte ihn aber jedes Mal wieder auf. Sie konnte sich nicht dazu entschließen.

Der Abflug verzögerte sich um gut zwei Stunden, warum, konnte Viktoria nicht erfahren.

Sie hasste Verspätungen, da war sie die Ungeduld in Person. Das Blättern in den Illustrierten brachte genauso wenig wie eine weitere Zigarette, die sie bald wieder abdämpfte. Sie stand auf, ging auf und ab, um sich schließlich wieder niederzusetzen.

Das musste ja auffallen.

Zumindest ein junger Mann beobachtete sie schon die ganze Weile. Er wollte lustig wirken, als er Viktoria ansprach.

„Fräulein, darf ich Ihnen eine Beruhigungstablette anbieten, sie soll hundertprozentig wirken. So hat es zumindest der Apotheker gesagt. Übrigens weiß ich einen neuen Witz. Äh – jetzt habe ich vergessen, wie er beginnt ..."

Nein, nicht schon wieder einer, kann ich nicht einmal in Ruhe gelassen werden. Wo ich hinkomme, immer das blöde Anquatschen, dachte sich Viktoria und hatte bereits die passenden Worte bereit.

„Wissen Sie was, nehmen Sie möglichst viele von diesen Tabletten, vielleicht wirken sie bei Ihnen. Aber schlafen Sie nicht ein, sonst verpassen Sie die Maschine. Verschonen Sie mich mit Ihrer Quasselei.“

Verärgert wandte sie sich von ihm ab, hörte zu ihrem Glück nicht, wie der Mann „eingebildete Gans“ murmelte.

Endlich war es so weit, dass die Passagiere zur Maschine gebracht wurden. Viktoria war eine der letzten, sie hatte beim Einchecken um einen Platz im Raucherabteil gebeten.

„Mir bleibt doch nichts erspart“, entkam ihr unwillkürlich – ihr Sitznachbar war niemand anderer als der Herr von vorher, den sie abgewimmelt hatte.

Er grinste und zeigte dabei sein strahlend weißes Gebiss. Sein kleines, exakt zugestutztes Bärtchen passt ihm gut, musste Viktoria zugeben.

„So sieht man sich wieder, darf ich Ihnen meinen Fensterplatz anbieten?“

Viktoria wollte zuerst gar nicht darauf eingehen, aber dann nahm sie dankend an, denn sie liebte es, aus der kleinen Luke rauszuschauen. Es machte ihr nichts aus, wenn sie manchmal nur die Wolken erblickte. Auch das hatte seine Reize. Aber für heute war ein sonnenklarer Tag angekündigt, und so würde sie einen herrlichen Blick nach unten haben.

Nun war es an der Zeit, sich für ihr schroffes Verhalten zu entschuldigen, denn der Herr zeigte doch ein gutes Benehmen, wie sich bald herausstellte. Nachdem er als seinen Beruf Werbekonsulent bekannt gegeben hatte, redete er frei weg über seine Branche. Viktoria fand seine Erzählungen nicht uninteressant, obwohl ihre Gedanken schon mehr auf Mallorca waren – bei Daniel.

„Bis Barcelona müssen Sie mich aushalten, Sie hätten sich gar nicht entschuldigen müssen, es war ja von mir nicht sehr anständig, dass ich Sie plump anredete. Sie müssen von mir keine gute Meinung haben, Sie werden sicherlich meinen, dass ich ein ‚Anpumperer‘ bin. Übrigens, dieses Wort hörte ich einmal in Wien.“

Jetzt musste Viktoria auflachen, über das Wort „Anpumperer“.

„Ja, ja, Wien, Wien, nur du allein. Wissen Sie, ich bin verliebt in diese Stadt, mich zieht es immer wieder hin. Der Steffl, der

Prater, der Kahlenberg, die schönen Bauten, die Ringstraße, die gemütlichen Heurigen. Ich höre so gerne die Schrammeln spielen. Waren Sie auch schon in Wien?"

Viktoria bejahte und suchte in ihrer Tasche nach ihrem Zigarettenetui.

Der Werbekonsulent war schneller und bot ihr eine seiner Marke an. Das wäre gar nicht mehr notwendig gewesen, denn in diesem Moment kündigte die Leuchttafel an: „No smoking!" Sie waren im Anflug auf Barcelona. Viktoria guckte aus dem Fenster und sah auf der Erde das Häusermeer, das rasch näher kam. Wie oft erlebte sie dies in der letzten Zeit. Trotzdem verfolgte sie die Landung jedes Mal mit Interesse. Ein leichtes Poltern, und schon setzte die Maschine sicher auf.

Mit einem festen Händedruck verabschiedete Viktoria ihren Gesprächspartner.

„Vielleicht sehen wir uns irgendwo wieder, die Destinationen sind durch den Luftverkehr schnell erreichbar."

„Alles ist möglich, alles Gute, Sie Wien-Schwärmer!"

Viktoria sah dem Mann, der ihr nicht mehr so unsympathisch war, kurz nach, dann beeilte sie sich, die Anschlussmaschine nach Mallorca zu erreichen, denn viel Zeit blieb ihr nicht.

„Mallorca und Daniel haben mich wieder", jubelte Viktoria, als sie in Palma durch die Passkontrolle ging. Endlich kamen ihre Koffer angerollt, dann noch der Zoll. Alles kam ihr so schleppend vor. Ausgerechnet jetzt auch noch ein nicht-enden-wollender Zwist zweier Taxifahrer, die sich nicht einigen konnten, wem die nächste Fuhre zustehe. Sie ließ die Streithähne stehen und winkte einem gerade eintreffenden Wagen zu. Halb englisch, halb deutsch sprach sie den Fahrer an.

„Sie reden deutsch, ich gut verstehen, war schon in Deutschland."

Viktoria wollte ihm erklären, wie sie am besten zu ihrem Ziel käme.

„Sie brauchen nicht erklären, ich kenne alle Straßen auf der Insel. Wo wollen Sie hin?"

Viktoria nannte den Namen der Bucht.

„Kein Problem, kenne das schöne Haus, war schon dort."

„Was kennen Sie eigentlich nicht", scherzte Viktoria.

„Eine schöne Frau für mich."

Mehr wollte Viktoria nicht mehr wissen und hörte nur halb hin, was der Fahrer, manchmal recht temperamentvoll, daherplapperte. Anscheinend Frauengeschichten, denn gar so gut waren seine Deutschkenntnisse wieder nicht. Sie war echt froh, als sie ihr Ziel erreichte. Der Chauffeur, angespornt durch das Trinkgeld, wollte ihre Koffer noch in das Haus tragen.

„Nur das nicht", überlegte sie in Blitzeseile, wer weiß, wann ich dann diesen Dampfplauderer loswerde. Höflich, aber bestimmt, fertigte sie ihn ab.

Alles hätte Viktoria erwartet, aber dass die Señora, die Haushälterin von Wilhelm und Karin, plötzlich aufkreuzte, darüber war sie echt erstaunt. Diese hatte an Leibesfülle nichts eingebüßt und freute sich riesig, Viktoria wieder zu sehen.

„Ihr Großvater hatte mir aufgetragen, gut für Sie zu sorgen – ich soll Ihnen alle Wünsche von den Augen ablesen. Habe ich das schön gesagt?"

Die Señora ließ es sich nicht nehmen, Viktoria beim Einräumen zu helfen, und staunte über die Garderobe feinster Art.

„Ich habe viel zu viel mitgenommen, weiß gar nicht, wann ich diese Kleider anziehen soll. Ich werde bestimmt die meiste Zeit leger herumlaufen."

Die treue Seele nickte nur, konnte aber nicht umhin, das eine oder andere Stück zu betasten. Endlich riss sie sich los.

„Der Kühlschrank ist voll. Sie wissen, ohnedies Hausbrauch, und wenn Sie einen Wunsch haben, Anruf genügt. Dafür habe ich Telefon."

Und draußen war sie, um bald darauf ihr Fahrrad das steile Wegstück hinaufzuschieben.

Viktoria glaubte, ihr Schnaufen bis hierher zu hören.

Nun war es an der Zeit, mit Daniel Kontakt aufzunehmen. Sie versuchte es zuerst in der Taverne. Die Leitung war tot. Was sollte das bedeuten? Hatte man sie aufgegeben? Sie rief in Daniels Wohnung an. Wieder erfolglos. Ihre Unruhe wurde immer größer. Daniel wird doch nicht fortgezogen sein? Eigenartig kam ihr alles vor.

Sie versuchte sich abzulenken und beschloss, nachdem die Sonne noch so kraftvoll herniederschien, obwohl es schon spät am Nachmittag war, zum Strand zu gehen. Weit und breit war keine Menschenseele. Sie streifte ihr Kleid und ihr Höschen ab, mehr hatte sie ohnedies nicht an, und sprang nackt ins Wasser. Ach, wie gut tat das kühle Nass.

Sie schwamm weit hinaus, ließ sich, auf dem Rücken liegend, von den Wellen tragen und kehrte erst nach einer Weile zurück.

Kaum war sie im Haus, überfiel sie dieselbe Unruhe. Hastig griff sie zum Telefon. Der Ruf ging wohl hin, aber kein Daniel meldete sich. Missmutig ergriff Viktoria ein Buch, überflog die Seiten und erfasste gar nicht den Inhalt, weil sie zu abwesend war. Die alte Pendeluhr zeigte Mitternacht an.

Viktoria fühlte überhaupt keinen Schlaf, trotzdem der Tag durch die lange Reise für sie sehr strapaziös gewesen war. Sie musste Gewissheit haben, was mit Daniel los war. Schnell wählte sie noch einmal seine Nummer. Viermal erklang der Ton, bis eine verschlafene Stimme sie erfreut aufhorchen ließ.

„Hallo, wer stört mich zu so nächtlicher Stunde?"

Die Stimme, nicht verärgert, eher ein wenig fröhlich, gehörte Daniel.

Viktorias Nervosität war wie weggeblasen und mit eiliger Stimme gab sie sich zu erkennen.

„Du bist schon eingetroffen, Mamma mia, hab ich eine Freude. Ich erwartete dich erst in den nächsten Tagen. Du hast mir auch nicht geschrieben, wann du von Hamburg abfliegst, na Hauptsache, du bist jetzt da. Es hat sich seit Ostern so viel ereignet."

Es schien, als ob Daniel sofort seine Berichte loswerden wollte, aber Viktoria meinte: „Ich werde dich mit einem guten Frühstück verwöhnen – und nun einen lieben Kuss bis morgen, schlaf gut."

Jetzt hatte Viktoria nichts Eiligeres zu tun, als beruhigt ins Bett zu gehen.

Die Sonne stand hoch am Himmel und Viktoria hörte das Knattern eines Motorrads, das dann jäh abstarb. Im Laufschritt kam Daniel daher und stolperte fast in ihre ausgebreiteten Arme.

„Mein Liebling, nur wer die Sehnsucht kennt, weiß, was ich litt."

Viktoria konnte sich seiner zärtlichen Küsse kaum erwehren, erwiderte sie ebenso herzlich.

Sie hatte den Tisch auf der Veranda bereits reichlich gedeckt, und Daniel langte kräftig zu, als hätte er schon lange kein ordentliches Essen zu sich genommen.

Schon wollte er zur Berichterstattung übergehen, da unterbrach ihn Viktoria, der nicht entgangen war, dass seine Augen unruhig leuchteten. Er musste etwas loswerden, davon war sie überzeugt.

„Ich mache dir einen Vorschlag. Wir gehen gleich zum Strand. Es wird heute ein heißer Tag. Ein kühles Bad erfrischt uns, und dann haben wir viel Zeit."

„Ich bin mit allem einverstanden und glücklich, dass du wieder in meiner Nähe bist."

Wie Kinder tummelten sie sich im Meer, schwammen um die Wette, lachten und scherzten. Als sie endlich genug davon hatten, legten sich beide in den warmen Sand. Sie beobachteten die Seemöwen, die kreischend über dem Wasser kreisten und dann blitzschnell hinabstießen, um mit einem Fisch im Schnabel wieder in die Höhe zu fliegen.

Viktoria setzte sich auf und ließ spielend einige Muscheln durch ihre Finger gleiten. Sie wusste nicht, wie sie das momentane Schweigen Daniels brechen könnte. Er wollte doch so viel erzählen, warum begann er nicht? Bald raffte sie sich doch dazu auf.

„Ich hatte gestern gleich nach meiner Ankunft versucht, dich in der Taverne zu erreichen. Aber die Leitung war tot."

Nun rückte Daniel ganz nahe an Viktoria heran, er spürte ihre Körpernähe. Wie gut das tat. Er wollte alles erzählen und nichts verschweigen. Er war Viktoria das schuldig.

„Das ist eine lange und keine schöne Geschichte, die Taverne gibt es nicht mehr."

„Ich hatte das erwartet, was ist passiert?", rief Viktoria erschrocken aus.

„Ich habe dir zu Ostern, als du in der Taverne warst, Patrizia und Tom vorgestellt. Kannst du dich noch an sie erinnern?"

„Ja, das kleine, zarte Mädchen mit den lustigen Augen. Und Tom war ihr Freund. Von ihm hatte ich keinen guten Eindruck.

Er kam mir wie ein Gewaltmensch vor. Und seine Ausdrucksweise, so überheblich, manchmal nahezu brutal."

„Du hast ihn richtig eingeschätzt. Er hatte Patrizia einen erlebnisreichen Urlaub auf Mallorca versprochen."

„Wann waren sie wieder da?"

„Vor zwei Monaten. Sie hatten sich nicht weit von der Taverne entfernt privat einquartiert und waren fast jeden Abend bei uns. Tom konsumierte stets reichlich viel Alkohol. Wenn er zu betrunken war, wurde er ausfällig. Patrizia litt darunter und ich fragte mich, was sie an ihm fand. Sie hing wie eine Klette an Tom, auch wenn er sie manchmal ohrfeigte. Er hatte sie in der Hand. Wie ein Zuhälter kam er mir vor. Aber ich konnte mir Patrizia nicht als leichtes Mädchen vorstellen, nein, wirklich nicht."

„Bitte mach es nicht so spannend, was ist mit der Taverne?"

„An jenem verhängnisvollen Abend war mein Freund und Partner Alfons nach Barcelona geflogen. Er erzählte mir von einer wichtigen geschäftlichen Besprechung, über die er im Voraus nicht erzählen wollte. Insgeheim war mir bewusst, dass es sich eher um Spekulationen bezüglich des Kaufes eines neuen Rennbootes handelte. Seine Leidenschaft hierfür war mir mehr als bekannt. Zu später Stunde trafen Tom und Patrizia ein. In ihrer Gesellschaft waren noch zwei Burschen mit ihren Mädchen. Tom wirkte zunächst friedlich und bestellte alle möglichen Getränke. Mir war es egal, denn Geschäft ist Geschäft. Hätte ich eine Vorahnung gehabt, wäre ich vorsichtiger gewesen. Man trank also alles durcheinander und die Folgen zeigten sich bald. Es wurde nur noch gegrölt und wüst herumgetanzt. Am ärgsten trieb es Tom."

„Und du konntest dem Treiben nicht Einhalt gebieten?"

„Wo denkst du hin. Ja, ich versuchte es, aber Tom schrie mich nieder und meinte, dass er so viel Geld habe, dass er spielend die Taverne kaufen könnte. Dann wurde er den Mädchen gegenüber ausfällig, beschimpfte und zog sie bei den Haaren zu sich, um sie zu küssen, ja griff ihnen sogar zwischen die Beine."

„Und Patrizia?"

„Sie saß in einer Ecke und wagte nicht, auf ihren Freund einzureden."

„Konntest du nicht die Polizei verständigen?"

„Nein, in dem Moment wo ich es vorhatte, riss Tom mir das Telefonkabel aus der Wand."

„Die anderen Burschen, griffen die nicht ein?"

„Die waren selbst zu betrunken, bekamen gar nicht mit, dass Tom begann, die Flaschen und Gläser zu zertrümmern. Der große Spiegel an der Theke war zerschlagen, Fensterscheiben klirrten. Das war das Letzte, was ich wahrnahm. Ein harter Faustschlag raubte mir die Besinnung."

„Das ist ja furchtbar, wie ging es weiter?"

„Langsam kam ich zu mir. Vielmehr dadurch, dass Patrizia auf mich eintrommelte und schrie: ‚Daniel, es brennt!' Die Vorhänge standen in Flammen und das Feuer hatte zum Teil auf die Fensterrahmen übergegriffen. Zum Glück waren im Lokal mehrere Feuerlöschgeräte. So konnten Patrizia und ich eine Ausweitung des Brandes auf das ganze Haus verhindern."

„Das war ja ein richtiges Verbrechen. Was erzählte dir Patrizia über den Vorgang, während du bewusstlos warst?"

„Ihrer Schilderung nach hatte Tom mit den anderen die Taverne verlassen. Patrizia folgte ihnen und sie gingen zu einem weiter weg parkenden Auto. Tom war nochmals in die Taverne zurückgekehrt, kam aber bald wieder heraus. Patrizia versuchte mit ins Auto zu steigen, doch Tom schleuderte sie weg und fuhr mit den anderen fort. Da sah Patrizia den Feuerschein und rannte zur Taverne zurück. Sie versuchte mit dem Kübel Wasser zu löschen, doch zwecklos. Und was dann weiter geschah, habe ich dir erzählt."

„Was ist aus Patrizia geworden?"

„Ich bot ihr an, die Nacht in meinem Haus zu bleiben. Am nächsten Tag musste sie in ihrem Urlaubsquartier feststellen, dass Toms Reisetaschen fehlten. Er war abgehauen ohne eine Nachricht zu hinterlassen. Patrizia war froh, bei mir Zuflucht nehmen zu können. Sie sollte in Ruhe überlegen, wie es mit ihr weitergehen würde."

Nach einer kurzen Gedankenpause setzte Daniel seine Geschichte fort. Viktoria spürte, dass er etwas am Herzen hatte, das er loswerden wollte. „Mir tat das Mädchen in seiner Hilflosigkeit leid, ich wandte all meinen Scharm an, um sie aufzuheitern, und es gelang mir, dass Patrizia fröhlicher wurde. Sie sah in mir einen wahren Freund und wollte mir ihren Dank in ihrer Art abstatten, was ich nie akzeptieren hätte dürfen. Es war an einem der nächsten Abende." Daniel atmete tief durch.

„Ich ging mit Patrizia ins Bett. Ich widerstand der Versuchung nicht. Weiß der Teufel, was mich dazu getrieben hatte. Ich war unglücklich und traurig, als ich wieder zur Vernunft kam. Verzeih mir, ich musste es dir erzählen, damit Klarheit herrscht zwischen uns beiden."

Viktoria war über diese Aufrichtigkeit gerührt. Daniel war so ein lieber, ehrlicher Mensch, sie umarmte ihn und streichelte sein Gesicht. Hatte er einmal gefragt, was sie in der Zeit trieb, in der sie fern von ihm war? Nie. Er hatte es auch nicht wissen wollen.

Sie lenkte Daniel ab und fragte, wie hoch der Schaden in der Taverne sei.

Aber das Ablenkungsmanöver gelang ihr nicht. So hörte sie geduldig Daniel weiter zu.

„Patrizia war ein eigenartiges Mädchen. Trotz der Demütigung durch Tom hing sie an ihm. Sie verteidigte ihn, indem sie meinte, er hätte bestimmt nicht absichtlich das Feuer gelegt, vielleicht hatte Tom, als er nochmals in die Bar zurückging, einen Gegenstand auf die brennenden Kerzen geworfen, die auf den Tischen vor den Fenstern standen. Ich musste Patrizia in diesem Glauben lassen, denn zu diesem Zeitpunkt war ich bewusstlos. Die Verwüstung des Lokals machte mir große Sorgen. An eine Wiederinstandsetzung konnte ich gar nicht denken, denn weder mein Partner noch ich hatten das entsprechende Geld dazu. Deshalb wartete ich mit Ungeduld auf seine Rückkehr."

„Das muss ein gehöriger Schock gewesen sein, die Taverne war doch sein Ein und Alles."

„Darauf komme ich noch. Zuerst etwas anderes. Vier Tage später kam ich am Abend aus Ibiza zurück. Das Haustor war abgeschlossen. Der Schlüssel lag unter dem Fußabstreifer. Patrizia war weg. Auf dem Tisch lag ein Brief. Sie dankte mir mit überschwänglichen Worten und bat mich, alles zu vergessen. Sie könne nicht anders und es sei zwecklos, nach ihr und Tom zu forschen. Wenn ich diese Zeilen lese, wären sie bereits weg. Also musste Tom von meiner Abwesenheit gewusst haben. Wahrscheinlich flogen sie mit der nächstbesten Maschine weg. Ein abgekartetes Spiel. Irgendwie war ich im Glauben, dass Tom mithilfe von Patrizia später zur Bekenntnis kommt, einsieht, was er angerichtet hatte und mir wenigstens einen Teil des Schadens zurückerstattet."

„Den Rest deines Erlebnisses und wie es dir weiter ergangen ist, erzählst du mir anschließend", forderte Viktoria Daniel auf. „Ich habe Hunger, komm, wir gehen ins Haus."

Viktoria briet ein paar saftige Fleischstücke, dazu gab es Pommes frites und einen gemischten Salat. Daniel hatte inzwischen auf der Veranda den Tisch gedeckt.

„Du bist eine richtige Hausfrau", lobte er sie.

„Wenn man so oft in Restaurants essen muss wie ich, dann bin ich froh, mal selbst zu kochen und so, dass es auch anderen schmeckt."

Bei einer Tasse Kaffee bekam Daniel Gelegenheit, seine Geschichte zu beenden.

„Alfons war schwer betroffen, als ich ihm den Vorfall berichtete und er die demolierte Taverne sah. Traurig nahmen wir beide zur Kenntnis, dass die einzige Möglichkeit übrig bliebe, das Lokal aufzulassen. Wir verfügten über kein Geld, einen Käufer zu finden schien sinnlos.

Eine Anzeige zu erstatten, wäre von vornherein aussichtslos gewesen, da ich weder die richtigen Namen von Tom und Patrizia noch die genaue Adresse wusste, woher sie stammten.

Alfons beichtete mir über den tatsächlichen Aufenthalt in Barcelona. Er hatte sich ein neues Rennboot gekauft. Also war meine Vermutung richtig gewesen. Somit steckte er finanziell in größter Bedrängnis. Aus diesem Grund nahm Alfons vor einem Monat eine lohnende Beschäftigung in Barcelona an. Seinen Plan, sich an den nächsten internationalen Motorboot-Rennen zu beteiligen, will er unbedingt in die Tat umsetzen.

Allein gelassen, wusste ich weder ein noch aus, um mich herum sah ich nur das totale Chaos. In meinem Kummer rauchte und trank ich von früh bis spät, ich war unfähig dir zu schreiben.

Eines Tages fand mich in dieser trostlosen Stimmung ein älterer Herr in einer Bar in Palma, dessen grau melierte Haarmähne, sein markantes Gesicht, sein bunter Schal und sein eigenwillig gestreiftes Hemd in mir die Vermutung aufkommen ließen, das müsse ein Künstler sein. Vielleicht auch ein Maler, überlegte ich und vertraute ihm in meinem alkoholisierten Zustand den Grund dieser Depression an. Aber er wollte auch über mich Bescheid wissen und so erzählte ich diesem Fremden meine ganze Lebensgeschichte."

Viktoria erinnerte sich, wie Daniel ihr aus seinem Leben erzählt hatte. Das Studium an der Akademie für bildende Künste beendete er mit Diplom und konnte ohne weiteres zu den ernst zu nehmenden Künstlern eingegliedert werden. Daniel schloss sich einer Gruppe junger Maler an und folgte ihr auf einen Trip quer durch Europa. Sein Ziel war, die Natur, ob im Norden oder im Süden, hautnah zu erleben. Er lernte die Begegnung und die Auseinandersetzung mit den Schönheiten im Freien kennen und lenkte den Blick auf kleine, oft unbedeutende Dinge, die dadurch auch vonseiten der Betrachter interessiert aufgenommen werden konnten.

Daniel unterlag der Faszination der spanischen Landschaft, und so blieb er hauptsächlich in Andalusien. Hier konnte er seine Impressionen voll entfalten.

Sonnendurchflutete Szenen, das flüchtige Vergnügen eines Tages oder ausgelassene Stimmung in der freien Natur, alles bannte er auf die Leinwand.

Im vorigen Sommer bat Daniel, sie malen zu dürfen. Sie kam gerne seiner Bitte nach. Sie fanden eine stille Bucht, abseits der mannigfaltigen Kulisse der Insel und der lauten Umgebung. Es war traumhaft schön und sie kehrten immer wieder dorthin zurück. Daniel war in seinem Element, inspiriert auch von Viktorias Ausstrahlung. Und so entstanden mehrere Bilder von ihr, die er liebevoll in seine Sammlung einreihte.

Viktoria war damals überrascht über die Vielfältigkeit der Werke, die Daniel schon geschaffen hatte. Seine Frauengestalten – die zur Farbe gehaltene Vision, die gekonnte Linienführung, sublime Ausdrucksweise, formvollendete Kompositionen – einfach großartig. Gerne hätte sie ihm eines der Ölgemälde abgekauft, aber da wurde er fast böse und sie hatte noch seine Worte im Gehör: „Viktoria, ich kann doch von dir kein Geld annehmen, was glaubst du von mir? Ich schenke dir eines, bitte suche dir das beste aus …“

Viktoria musste sich von ihren Gedanken trennen, denn Daniel erzählte weiter:

„Ich habe diesen Herrn zu mir nach Hause geladen und ihm meine Bilder gezeigt. Es war mir klar, dass er was von Kunst verstand. Immer wieder fiel sein Blick auf die Bilder, die ich von dir malte. Schließlich machte er mir wohlwollend den Vorschlag, in Marbella, im andalusischen Städtchen, in dem die Reichen thronen, mein Glück zu versuchen. Er gab mir die Anschrift eines Galeriebesitzers, der noch dazu sein Bruder wäre. Aufgebaut durch die Anerkennung dieses Herrn, wurde mir schlagartig bewusst, ich lebe für die Kunst, hierfür bin ich befähigt. Ich flog nach Marbella, mit dabei die schönsten Bilder zur Auswahl. Die Besprechung mit dem Galeriebesitzer war sehr aussichtsreich, er fand die Bilder hervorragend, wir vereinbarten die Preise, und jetzt sitze ich hier und warte jeden Tag auf weitere Nachricht.“

Drei Wochen war Viktoria schon hier im Haus am Meer. Mit Daniel unternahm sie wunderbare Ausflüge. Er zeigte ihr die Insel Ibiza. Auf den mit uralten Pflastersteinen versehenen, holprigen und engen Gässchen wanderten sie hinauf zur Kathedrale aus dem 17. Jahrhundert, von wo das Pärchen einen herrlichen Rundblick hatte. In einem der vielen kleinen Restaurants nahmen sie köstliche Fischspeisen zu sich, und ein paar Gläser Rotwein brachten die beiden in gehobene Stimmung. Glücklich über diesen schönen Tag bestiegen sie im kleinen Hafen das Schiff, das sie wieder nach Palma zurückbrachte.

Daniel übernachtete öfters bei Viktoria und sie genossen die Stunden des Glücks. Als Daniel wieder einmal zu sich nach Hause fuhr, um nachzusehen ob Post für ihn da sei, hatte Viktoria das Bedürfnis, mit ihrem Großvater zu sprechen. Sie rief bei Karin in Hamburg an und hatte Glück.

Karin meldete sich freudigst überrascht, und dann hörte sie die liebe, ruhige Stimme ihres Großvaters. Man plauderte über so manches und war beiderseits beruhigt, dass alles in Ordnung war.

Heiß brannte die Sonne hernieder, als sie am nächsten Tag wieder zu ihrem Lieblingsplätzchen am Strand spazierte. Sie ließ sich Zeit, machte sich auch keine Gedanken, dass Daniel noch nicht aufgekreuzt war. Mit Genugtuung stellte Viktoria, als sie sich entkleidete, fest, dass sie bereits am ganzen Körper braun gebrannt war. Froh war sie darüber, dass sie mit den Bekannten von Karin und ihrem Großvater keinen Kontakt unterhielt. So hatte sie sich ihren Urlaub vorgestellt. Ungezwungen, keine Partys und allein mit Daniel. Übermütig sprang sie vollkommen entblößt ins Wasser. Sie konnte dies ohne weiteres tun, weil wie immer kein Mensch zu sehen war. Außerdem war es – mehr oder weniger – ein Privatgrund.

Nachdem sie ihren Körper genügend abgekühlt hatte, legte sie sich unter einen Schatten spendenden Olivenbaum und hing ihren Träumen nach. Doch die Ruhe währte nicht lange. „Viktoria", und noch einmal lang gezogen, „Viktoria", hörte sie. Die Stimme war ihr wohl vertraut. Und schon kam Daniel, mehr laufend als gehend, auf sie zu. Er schnappte nach Luft und hustete. Viktoria klopfte ihm fürsorglich auf die Schulter. „Jetzt verschnauf einmal!" Dann drückte sie ihm einen Kuss auf die Wange, in der Erwartung, dass er sie gleich mit einer frohen Nachricht überraschen werde.

„Viktoria, ich habe wieder Geld, ich brauche es nur abzuholen. Ich muss nach Marbella."

Er holte einen Brief hervor, den er vom Galeriebesitzer erhielt. Darin stand, dass beinahe alle Bilder verkauft waren, große Nachfrage weiterhin bestünde und er so rasch als möglich die nächsten Bilder bringen solle.

„Du hast mir Glück gebracht, Viktoria! Du gabst mir die Inspiration, als du mir Modell standest. Überhaupt, durch dich habe ich meine Schaffenskraft wieder gefunden. Fast wäre ich versumpft, denn durch das gesellige Leben in der Taverne vergaß ich beinahe, wozu ich berufen wurde. Ich hatte oft das Gefühl, ich lebte ohne zu wissen, wofür."

„Jetzt hörst du aber auf mit deinen Selbstvorwürfen. Gut, ich habe dich inspiriert – aber geschaffen hast du deine Werke ganz allein. Nur du! Und was ich dir jetzt sage, musst du dir ganz fest einprägen: Lösche das unangenehme Abenteuer aus deinem Gedächtnis. Du hast einen Auftraggeber gefunden, du bist ein großartiger Maler und die Chancen, deine Werke einem zahlungskräftigen Publikum, das noch dazu Freude an den schönen Gemälden zeigt, anzubieten, sind vorhanden. Dem Erfolg steht nichts mehr im Wege, nütze ihn!"

Viktoria war sich bewusst, dass Daniel zu stolz wäre zu sagen, dass er knapp bei Kassa sei. Das Geld, das er durch die Taverne verdiente, gab es nicht mehr und sie wusste nicht, wie viel Ersparnisse überhaupt vorhanden waren.

Daher sagte sie bestimmt: „Daniel, ich schlage vor, du fliegst mit der nächstbesten Maschine. Zeit ist Geld. Ich strecke dir gerne einen gewissen Betrag vor. Du kannst ihn mir, wann immer du willst, zurückgeben." Sie ließ ihn erst gar nicht zu Wort kommen, sagte nur kurz „o. k.?" und drückte ihm einen raschen Kuss auf den Mund.

Am liebsten wäre Viktoria mitgeflogen, aber sie war clever genug zu wissen, dass sie in einem solchen Fall eventuell störend wirken könnte.

Langeweile hatte Viktoria während Daniels Abwesenheit keine. Sie bestellte ein Taxi für eine Fahrt nach Palma. Als Fahrer erkannte sie denselben Mann wieder, den sie nach ihrer Ankunft in Mallorca angeheuert hatte.

Natürlich präsentierte er wieder seine „prächtigen Deutschkenntnisse", und seine neuesten Frauengeschichten nahm sie diesmal mit Belustigung entgegen. Sie erfuhr, mit viel ausschweifenden Worten, die Ursache der Beule am Kopf, nämlich, seine Señora war in Rage geraten, weil er zu spät nach Hause gekommen und dadurch das Essen verbrannt war. Mit Schwung hatte sie die Pfanne nach ihm geworfen. „Sie hat so viel Temperament, aber als sie sah, was mit meinem Kopf geschehen war, hat sie mir viel Liebe gegeben", erzählte er weiter.

„Also Ende gut, alles gut, und basta", stoppte Viktoria den Fahrer, sie hatte genug gehört. Dem Fahrer wäre zuzutrauen, dass er das Liebesspiel mit seiner Señora noch bis ins Detail zergliederte.

Sie nannte ihm einen markanten Treffpunkt nächst der Kathedrale. „Pünktlich 17 Uhr!"

„Ich habe Sie verstanden, Madame, keine Minute später."

Die Modegeschäfte übten auf Viktoria eine besondere Anziehungskraft aus. Da und dort entdeckte ihr Kennerblick etwas Ausgefallenes. Man könnte noch viel mehr bieten, aber anscheinend ist die Nachfrage für besonders exklusive Mode hier nicht so groß, zerstreute sie ihre Bedenken. Öfter blieb sie bei den Auslagen der Juweliergeschäfte stehen, als wäre sie auf der Suche nach einem Schmuckstück. Aber sie entschloss sich zu keinem Kauf. Längere Zeit saß sie in der gotischen Kathedrale und war beeindruckt von einem Chorgesang. Wahrscheinlich eine Probe für den Gottesdienst, konstatierte sie.

Sie schlenderte anschließend hinunter zum Kai und dann die Palmenallee entlang. In der Nähe des Jachthafens hockte sie auf der Kaimauer und sah belustigt den Buben beim Fischen zu, die plötzlich in Streit gerieten, der beinahe zu einer wilden Rangelei ausgeartet wäre.

Der Kleinste von ihnen holte schließlich mit der Hand einen mittelgroßen Fisch aus dem Wasser. Ein anderer wollte ihm sein „Prachtstück" entreißen. Der Fisch nutzte diese Gelegenheit und landete wieder im Wasser. Nun ging das Geschrei von neuem los. Viktoria versuchte ein paar Brocken aufzunehmen, aber sie verstand praktisch gar nichts. Da wurde ihr bewusst, dass sie noch viel mehr die spanische Sprache üben sollte. Aber es kam ihr zur Besinnung, dass die Buben einen Dialekt sprachen und den zu erlernen man Einheimischer sein müsste.

Nun war es dem kleinen Fischfänger doch zu dumm geworden. Er nahm sein Angelzeug und den Kübel und lief davon. Die Zurückgebliebenen schimpften ihm nach, anscheinend besaß nur er eine Angel.

Da Viktoria viel Zeit hatte, sah sie sich beim Jachthafen um. Bei einigen großen Booten brauchte sie nicht rätseln, wem sie gehören könnten. Natürlich nur Leuten mit Vermögen. Ein im Haupthafen verankertes, riesiges Schiff ließ in ihr die Sehnsucht nach einer Mittelmeerreise aufkommen. Am nächsten Tag würde es in See stechen.

„Alles kann man nicht haben", schalt sich Viktoria selbst halblaut und machte sich auf den Rückweg. Der Taxifahrer war pünktlich zur Stelle. Sie war froh, dass er sich bei der Heimfahrt in Schweigen hüllte. Wahrscheinlich hatte er in der Zwischenzeit nichts Besonderes erlebt oder wollte nicht ihren Unwillen durch sein Blabla hervorrufen.

Daniel hatte sich neu eingekleidet, als er zwei Tage später aufkreuzte. Er war sichtlich bei bester Laune und gab Viktoria einen festen Wiedersehens-Kuss. Den farbenfrohen Blumenstrauß nahm sie wohlgefällig entgegen, sie war schon voll Erwartung, was er in Marbella alles erlebt und für ihn Interessantes erfahren hatte. Es konnte nur Erfreuliches sein, das sah sie seinen leuchtenden Augen an.

„Schieß schon los, Daniel, sonst zerplatze ich noch vor Neugierde."

„Wo soll ich beginnen? Also, dieser Kunsthändler ist ein sehr seriöser und reicher Herr. Ihm gehören einige Häuser und er hat weit reichende Verbindungen. So war es möglich, dass er meine Bilder so rasch zu besten Bedingungen verkaufte."

„Und hat er auch die weiteren übernommen?"

„Ja, und nun kommt der springende Punkt. Ich soll nach Marbella ziehen, seine Galerie übernehmen. Er würde mir diese und weitere leer stehende Räume in dem Haus zur Verfügung stellen. Als Businessman hat er zurzeit andere Profit bringende Objekte in Aussicht, daher könnte er sich nicht mit Vernissagen und dem Absatz der Bilder beschäftigen. Er reist viel in der Welt herum, das Kaufen von Kunstwerken gehört zu seinem Hobby und auch hier würden wir eine Vereinbarung arrangieren mit dem Ein- und Verkauf seiner Gemälde. Er ist von meinem Können beeindruckt, vertraut mir und meinte, ich soll die Chance wahrnehmen.

Ich werde einsteigen, Viktoria. Ich habe Mut gefasst und Fortuna wird mir weiter beistehen und ich werde noch viele schöne Bilder malen, mithilfe von dir, denn du bist mein guter Stern. Ich liebe dich und könnte mir ein Leben ohne dich nicht mehr vorstellen."

Viktoria schmiegte sich ganz zärtlich an ihn und ließ seine Liebkosungen gerne über sich ergehen. Nun stand Daniel auf, ging ein paar Schritte hin und her und wusste nicht recht, wie er eine entscheidende Frage an sie stellen sollte.

„Mir fehlen die Worte", begann er ganz vorsichtig, „und verzeih mir, wenn ich sie vielleicht etwas ungeschickt hervorbringe. Glaube nicht, dass ich deine Gutmütigkeit ausnütze, nein, niemals, ich möchte dich für immer gewinnen und mit dir eine neue Zukunft aufbauen. Ich frage dich, mein Liebling, ob du dich ganz für mich entscheiden und mit mir nach Marbella ziehen könntest. Ich weiß, es wäre für dich ein Schritt in eine vollkommen andere Richtung. Aber unsere Liebe ist mehr als eine gute Freundschaft. Wir sind zwei Menschen, die sich aufeinander abgestimmt haben. Wir lieben das Intimleben, aber wir wissen auch, dass dies allein nicht maßgebend ist. Wir lieben die Kunst, du in deiner Art und ich in meiner Art. Und doch sind wir uns eins. Ich bin überzeugt, wir könnten es schaffen, gute Partner zu werden."

Nun war Viktoria an der Reihe, aber sie ließ sich Zeit. Daniel hatte ihr eine Schicksalsfrage gestellt. Sie ging zum großen Fenster, von dem sie den Blick auf das Meer hatte.

Ja, sie liebte Daniel, sie würde mit ihm durch dick und dünn gehen. Und Peter? Fühlte sie sich nicht auch zu ihm hingezogen? Zwei Männer, die sie vergötterten und ihr bisher – jeder auf seine Art – viele schöne Stunden des Glücks geschenkt hatten und die auch von ihr alles bekamen, was ihr Herz begehrte.

Doch Peter war gebunden, wer weiß, ob er jemals für sie ganz da sein würde. War es fair, Daniel, der sein ganzes Vertrauen in sie setzte, zu betrügen? Ihm heute das Blaue vom Himmel zu versprechen, was sie möglicherweise gar nicht einhalten könnte? Nein, wenn sie heute ein Versprechen abgibt, dann müsste sie einen Schlussstrich ziehen und mit Peter Schluss machen.

Sie fuhr sich mit der Hand über die Augen, als wollte sie Vergangenes verwischen, das in wenigen Minuten an ihr vorübergezogen war. Sie wandte sich Daniel zu, der geduldig abwartend auf der Couch saß.

„Wir fahren morgen oder übermorgen nach Marbella."

Daniel war aufgesprungen und nahm sie in seine Arme.

„Du würdest alles aufgeben und mit mir neu beginnen?"

„Ja."

Viktoria war noch nie in Malaga, der Hauptstadt der gleichnamigen Provinz, gewesen und hatte, als sie landeten, den Wunsch, vor der Weiterfahrt hier ein paar Stunden zu verbleiben.

Daniel war ein perfekter Reiseführer und erzählte, dass die Stadt als Malaca von den Phönikern gegründet wurde und einmal ein bedeutender Handelsplatz der Antike war. Die Stadt hatte eine wechselhafte Geschichte. So wurde sie 571 von den Westgoten, 711 von den Arabern und 1487 von den Spaniern erobert. Daniel führte sie in die Renaissancekathedrale und zu den Ruinen der einstigen Maurenburg Alcazeba. Natürlich wurde unterwegs der weltbekannte Malagawein verkostet, bevor sie mit einem Taxi ihrem Endziel zustrebten.

Der erste Weg in Marbella führte die beiden zu dem Galeriebesitzer, den Daniel von seinem Kommen telefonisch von Malaga aus verständigt hatte. Dieser war überrascht, dass Daniel in Damenbegleitung war. Er küsste Viktoria galant die Hand. Aha, alte Schule – ein scharmanter, älterer Herr, war ihr erster Eindruck.

„Wenn Sie Lust haben, könnten wir gleich das Haus besichtigen. Wenn Sie Gefallen daran finden, werden wir sicherlich zu einem günstigen Abschluss kommen."

Viktoria hatte Daniel noch nicht gesagt, welche Idee ihr gekommen war, sie wollte vorerst die Besichtigung abwarten.

Die Lage des Hauses war ideal, mitten im Zentrum, und die ebenerdigen Räume würden viele Möglichkeiten ergeben. Der Hausherr erwähnte beiläufig, dass das ganze Haus in Kürze zur Alleinverfügung freistünde.

„Im ersten Stock ist reichlich Platz für gemütliche Wohnräume. Die Küche erfüllt – so klein sie ist – ihren Zweck. Im Dachgeschoß kann ein Atelier eingerichtet werden. Ein großes Fenster, das den Raum hell gestaltet, bringt das nötige Licht zum Arbeiten", offerierte er.

Das junge Paar war begeistert. Und dann platzte Viktoria mit ihrer Neuigkeit heraus.

„Ich möchte vom Erdgeschoß drei Räume, denn meine Idee ist, parallel zu deiner Galerie eine Boutique zu eröffnen. Vorausgesetzt, du bist damit einverstanden."

Daniel war verblüfft über diesen großartigen Vorschlag. Dennoch hatte er Bedenken.

„Also ich kann nur staunen über dich und deinen Einfall, aber hast du dir auch Gedanken über die Finanzierung gemacht?"

„Natürlich, aber das lass nur meine Sorge sein. Du kennst mich ja. Wenn ich etwas anpacke, dann ordentlich."

Mit dem Besitzer einigten sich die zwei schnell und mit einer sehr günstigen Miete, denn auch er erfreute sich an den ideenreichen Erneuerungen, die beide anstrebten. Er sicherte ihnen mehrmals seine weitestgehende Unterstützung zu, da er sich bewusst war, dass jeder Neuanfang schwer war und Verbindungen bedurfte. Und die hatte er.

Während des Heimfluges führte in erster Linie Viktoria das Wort.

„Kunst und Mode, Inbegriff und Frage des Geschmacks, brachten mich, als du mich fragtest, ob ich mit dir nach Marbella kommen würde, auf den Gedanken, die Räumlichkeiten so auszubauen, dass nicht nur deine Galerie, sondern auch eine Boutique etabliert ist. Deine Bilder müssen den Vorrang haben, als Background soll die Boutique dienen, in der ich ausgefallene Mode kreiere. Ich bin überzeugt, es wird einschlagen."

Daniel konnte dem nichts entgegensetzen, zu ideal waren Viktorias Pläne.

„Wenn es nur schon so weit wäre, dass wir einziehen könnten."

„Ja, auf dich kommt viel Arbeit zu. Nächste Woche ist mein Urlaub zu Ende, ich muss meine Verträge einhalten. Während dieser Zeit bist du ganz auf dich alleine angewiesen. Du musst die Lokale einrichten, darauf achten, dass alles nach deinem Geschmack gestaltet wird. Auch die Auswahl der Möbel für die Wohnung überlasse ich dir. Verpacke deine Bilder gut, wenn du sie nach Marbella transportieren lässt. Denke daran, dass das dein Kapital ist.

Und gib mir gleich eine Bank in Marbella bekannt, dass ich dir reichlich Geld überweisen kann." Mehr wollte sie vorläufig nicht anordnen, sonst würde sich Daniel überfordert fühlen.

Die restlichen Urlaubstage vergingen wie im Fluge – immer wieder gab es mit Daniel etliches zu besprechen, damit ja nichts vergessen wurde. Es musste alles seine Ordnung bekommen und Daniel war manchmal zu sehr Künstler und zu wenig Kaufmann.

Es war ihm peinlich, dass Viktoria anfangs alle Kosten übernehmen wollte. Aber sie überspielte es in ihrer liebenswürdigen

Art und deutete an: „Was mein ist, ist nun auch dein!" Damit musste er sich geschlagen geben.

Viktoria war glücklich, dass Karin und ihr Großvater noch vor ihrem Abflug eingetroffen waren. Sie schilderte, was sich inzwischen ereignet hatte und zu welchem Entschluss sie gekommen war.

Sie machte kein Hehl daraus, dass zwischen ihr und Daniel nunmehr eine feste Verbindung bestand. Beide fanden ihn als liebenswürdigen Menschen. Auch seine künstlerischen Fähigkeiten schätzten sie – immerhin kannten sie ihn nun schon eine Weile.

„Werdet ihr heiraten?" Wilhelms Stimme klang sowohl neugierig als auch etwas besorgt.

„Lieber Opa", schmeichelte sie, „das ist im Moment noch Zukunftsmusik. Zunächst gibt es viel, viel Arbeit, damit die Geschäfte bald florieren." Und schmunzelnd fügte sie hinzu: „Ich habe da einen Standpunkt: Wenn ich jetzt das Geld in vollen Zügen ausgebe, dann muss es raschest wieder bei der Tür reinkommen. Aber nun muss ich packen. Ich fliege morgen mit der ersten Maschine."

„Wir werden dich zum Flughafen bringen", rief ihr Karin noch nach. Viktoria telefonierte später mit Daniel. Auch er wollte zum Flughafen mitkommen, aber sie bat ihn, dies nicht zu tun.

„Weißt du, bei Abschiedsszenen heule ich gerne – ich liebe dich", flüsterte sie in den Hörer. Und dann war sie wieder ganz Geschäftsfrau.

„Berichte mir bitte über den Verlauf der Arbeiten. Ich komme, sobald ich frei bin."

Auch mit ihrem Großvater hatte Viktoria am Abend eine kleine Aussprache. Nein, sie werde die Wohnung in Hamburg nicht aufgeben, war ihre Entscheidung, als er sie danach fragte. Und dies fand Wilhelm sehr vernünftig.

Zeitig am Morgen nahm Viktoria Abschied vom Haus am Meer. Noch einmal war sie zum Strand gegangen, atmete die frische Meerluft so tief ein, als wollte sie möglichst viel davon mitnehmen.

„Nur nicht sentimental werden, die Pflicht ruft", sprach sie sich selbst Mut zu. Sie dachte an die nächsten, anstrengenden

Wochen, aber auch an eine notwendige Aussprache mit Peter und an ihre Zukunft mit Daniel.

Karin fuhr zügig nach Palma zum Flughafen. Zwischen Viktoria und ihrem Großvater wollte kein richtiges Gespräch zu Stande kommen. Jeder hing seinen Gedanken nach.

„Ich kann euch nur aus ganzem Herzen danken für alles und dass ich in eurem Haus wieder so einen fantastischen Urlaub verbringen durfte."

Fast gleichzeitig kam es dann Karin und Wilhelm über die Lippen: „Viel Glück, Viktoria, und auf Wiedersehen in Marbella. Wir kommen bestimmt einmal."

Es war Spätherbst geworden. Viktoria war mit viel Elan bei den Modeschauen tätig, wofür sie vertraglich noch verpflichtet war. Sie erneuerte jedoch keine Verträge mehr. Ihre Auftraggeber hatten dafür kein Einsehen, versuchten sie aufs Neue zu engagieren und lockten mit großartigen Gagen. Schlussendlich mussten sie aber erkennen, dass ihr Bemühen umsonst war. Viktoria blieb hart.

Aus Daniels telefonischen und schriftlichen Berichten konnte sie ersehen, dass er voll seinen Mann stellte und die Arbeiten zügig vorangingen. Es war Verlass auf ihn, und sie wusste, dass er ihr überwiesenes Geld zweckentsprechend ausgab und alles genauestens berechnete.

Wieder zuhause erhielt sie überraschend von Peter einen Anruf, dass er ganz kurz in Hamburg sei. Sie fand dies treffend, denn sie war es ihm schuldig, ihn über ihr Vorhaben aufzuklären. In ihre Wohnung wollte sie ihn nicht einladen, also traf man sich in einem Café.

Sie hatte nichts verschwiegen in ihrem Bericht. Peter sah sehr abgespannt aus und seine Miene verfinsterte sich, oder war es Traurigkeit? Viktoria wurde nicht klug daraus.

Peter wusste, dass er keinerlei Rechte hatte, dagegen zu sprechen. War doch diese Beziehung auf Loyalität und Kompromissbereitschaft aufgebaut. Er brauchte lange, bis er sich gesammelt hatte. Viktorias Entschluss traf ihn wie tausende Nadelstiche. Als er sich endlich aufraffte, überhaupt etwas zu sagen, klang seine Stimme gebrochen: „Ich kann dir nur alles Gute wünschen, und eines sollst du dir bitte im Gedächtnis behalten. Wann immer du einmal Hilfe brauchst, rufe mich, ich werde zur Stelle sein, was es auch sei."

Mehr konnte Peter nicht entgegnen, schon diese wenigen Worte waren ihm zur Qual geworden. Er gab Viktoria einen Kuss auf die Stirn, ergriff ihre Hand und hielt sie so fest, als wollte er sie nicht mehr loslassen. Dann riss er sich los und ging hoch erhobenen Hauptes, ohne sich noch einmal umzudrehen, aus dem Kaffeehaus.

Viktoria hatte ihre letzte Modeschau in Frankfurt. Sie ließ sich nicht anmerken, als sie in einem eleganten Abendkleid über den Steg schritt, dass es das letzte Mal war. Sie entzückte wie immer mit ihrem bezaubernden Lächeln die Damen und Herren und konnte deren bewundernde Worte vernehmen.

Dann eilte sie in die Garderobe, um sich für die Abschiedsparty umzuziehen. Bei dieser war sie selbstverständlich die Hauptperson. Man ließ sie hochleben, und es folgten einige Toasts, die sie gerührt entgegennahm. Es kam ihr wieder zu Bewusstsein, wie sehr man sie verehrte, und nun verließ sie diese Welt der Mode, diese Traumfabrik, die ihr so viel bedeutet hatte.

Ein Blick auf ihre Uhr ließ sie aufschrecken – es war höchste Zeit zum Flugplatz zu fahren, denn sie hatte die Nachtmaschine nach Hamburg gebucht. Viktoria klopfte an ihr Sektglas und bat um Silentium.

„Meine lieben Freunde, die Zeit lässt nicht zu, eine lange Rede zu halten, daher ganz kurz: Ihr wart mir immer gute Freunde, ich danke euch. Ich liebe euch alle!"

Applaus folgte, als sie den Saal verließ. Hatte sie Tränen in den Augen? – Tatsächlich. Schnell wischte sie sie mit ihrem Taschentuch weg. Nur nichts anmerken lassen.

Mitten beim Kofferpacken tauchte die Haushälterin Beata auf, diesmal hatte sie den Schlüssel für Viktorias Wohnung nicht vergessen. Viktoria war erschrocken, als sie bei der Tür hereinkam. Diese wiederum staunte über die vielen Koffer.

„Gehen Sie auf eine längere Tournee?"

Nun musste Viktoria Farbe bekennen.

„Ja, liebe Beata, ich werde viele Monate wegbleiben." Für immer traute sie sich nicht zu sagen.

„Sie werden mich nicht mehr brauchen?“

„Ich weiß es noch nicht. Mein Großvater hat sie bis Ende Dezember ausbezahlt. Das stimmt doch?“

„Ja, so ist es. Geben Sie die Wohnung auf?“

„Nein, auf keinen Fall.“

Viktoria überlegte, ob es nicht doch gut wäre, wenn jemand ein- oder zwei Mal im Monat nach der Wohnung sehe, und auch der Postkasten müsste anfangs entleert werden. Es würde sicherlich noch Post einlangen. Und von Beata wusste sie, dass man ihr vertrauen konnte.

„Ich mache Ihnen einen Vorschlag: Wollen sie Hüterin meines Heimes sein? Dann und wann werde ich schon nachsehen kommen.“

Beate war heilfroh darüber. Schon des Geldes wegen. Viktoria war beim Ausstellen des Schecks nicht kleinlich. So war sie für ein Jahr lang auch diese Sorge los – was danach geschieht, steht in den Sternen, war die Antwort, die sie sich selbst gab.

Wieder waren einige Monate vergangen – alles war planmäßig verlaufen, einem Uhrwerk gleich.

Trotz Hektik und Stress führten Viktoria und Daniel ein harmonisches Leben. Sie hatten eine großartige Leistung vollbracht und waren stolz darauf.

Durch den Fremdenverkehr und die wohlhabende und reiche Gesellschaft, die Marbella beherbergte, hatte Daniel ständig Besucher und Käufer in seiner Galerie. Auch Viktorias Boutique war von Erfolg gekrönt. Die Damen der High Society liebten es bei ihr ein und aus zu gehen, anerkannten Viktorias guten Geschmack und Beratung und es war en vogue bei ihr das neueste Einzelstück zu erstehen. Bald schaffte Viktoria es nicht mehr allein und sie nahm sich eine tüchtige Verkäuferin. Ihre früheren Verbindungen zu führenden Modehäusern waren nunmehr von Nutzen, um zu besten Konditionen einzukaufen.

Viktoria hatte bald erkannt, dass die Nachfrage für französische und italienische Modelle immer größer wurde. So war sie öfter auf Reisen und wagte so manches Designermodell zu ordern, da sie hierfür bereits ihre Abnehmerin wusste.

Wenn Daniel an einem neuen Bild arbeitete, sah sie ihn oft tagelang nicht. Er brauchte diese Ruhe, um sich voll auf sein

Werk zu konzentrieren. Sie erkannte zu gut, wie sensibel und in sich gekehrt er manchmal war, aber sie fand meist die richtigen Worte, ihn umzustimmen.

Viktoria dachte an einem Abend, als sie allein im Wohnzimmer saß, an die Eröffnungsfeier zurück. Alles, was Rang und Namen hatte, war eingeladen. Unter den Gästen befanden sich ebenso Karin und ihr Großvater. Sie sah ihren Großvater vor sich, wie er mit bewegten Worten ein Kuvert überreichte – darin war ein Scheck über einen Betrag, den sie sich nicht einmal in ihren kühnsten Träumen erwartet hätte.

„Ein Geschenk von Karin und mir", stand auf einer Karte geschrieben.

„Aber warum immer die Vergangenheit herbeiholen?", sagte sich Viktoria, „wenn die Zukunft so beglückend vor uns liegt."

Daniel war von seinem Atelier heruntergekommen, er sah zufrieden aus.

„Nur noch ein paar Pinselstriche und ich habe das in Auftrag gegebene Bild fertig. Aber nicht mehr heute – morgen kannst du dann dein Urteil abgeben. Und nun wollen wir es uns gemütlich machen."

Viktoria streckte ihre Hand nach ihm aus und zog ihn zu sich.

„Komm, lass uns ein bisschen träumen. Ich sehe eine Hochzeitskutsche vorfahren, wir steigen ein, winken den vielen Spalier stehenden Menschen zu, Kinder streuen vor uns Blumen, Nelken dürften es sein – aber ich kann keine bekannten Gesichter erkennen. Es sind alles fremde Menschen."

Sie machte eine eigenartige Handbewegung, als streiche sie etwas aus. „Daniel, vorbei ist der Spuk, wir sind wieder ganz alleine."

„Was plauderst du daher?"

„Du, das habe ich wirklich bildreich vor mir gesehen."

Daniel pflichtete ihr bei. „Es kommt schon vor, dass man in der Fantasie Bilder vorüberziehen lässt. Auch beim Malen habe ich diese Erscheinungen, die ich mir einpräge und dann erarbeite. Eigentlich ganz logisch. Apropos, welche Art von Hochzeitskleid hattest du angehabt?"

Viktoria fühlte sich etwas geneckt. „Das sage ich dir nicht, du Ekel."

„Frau Schatzmeisterin, wie stehen eigentlich unsere Finanzen?“, wollte Daniel überraschend wissen. Die Geldangelegenheiten überließ er nunmehr Viktoria.

„Mein lieber Partner, willst du einen ganz genauen Rechenschaftsbericht oder …“

„Nein, nein, meine liebe Partnerin – so ungefähr …“

„Nun, dann vernehme die frohe Kunde: Unser Kapital würde kein allzu großes Loch haben, wenn wir uns einen Urlaub leisteten, so etwa für drei Wochen. Zurzeit ist hier tote Saison, die Lieferungen der neuen Artikel erwarte ich nicht vor einem Monat und dies sollten wir jetzt ausnützen.“

„Ich bin sofort wieder da“, rief Daniel, und schon hastete er in sein Atelier hinauf. Er hörte nicht mehr, dass Viktoria ihm nachrief: „Was hast du denn jetzt wieder Närrisches vor?“

Nach einer Viertelstunde kam er auf leisen Sohlen ins Wohnzimmer, ein Plakat vor das Gesicht haltend. Darauf stand, mit Girlanden umrandet: „Wegen Urlaub drei Wochen geschlossen.“

„Und wohin soll es gehen?“

„Wenn meine Partnerin, die ich über alles liebe, einverstanden ist, quer durch die Vereinigten Staaten.“

„Deine dich ebenfalls über alles liebende Partnerin ist damit einverstanden.“

Die Nacht war kurz. Die beiden Glücklichen lagen lange munter im Bett und aufgeregt redeten sie über ihre Reisepläne.

„Was meinst du, sollte ich meinen Großvater von unserer Reise verständigen? Nein, weißt du was, wir überraschen ihn mit der schönsten Ansichtskarte, die wir finden.“

„So machen wir es, Viktoria, aber nun wird geschlafen.“

Schicksalhafte Wendungen.

Erlebnisreiche Tage hatten die beiden schon hinter sich, als sie am Ende ihrer Reise in Las Vegas eintrafen. Die Spielsalons interessierten sie weniger, ein anderes Ziel stand ihnen vor Augen: Sie wollten heiraten. So verrückt die Idee schien, kamen sie trotzdem zu diesem Ergebnis, jetzt oder nie. Beide waren sich einig, dass sie sich lange selbst geprüft hatten, ob sie für die Ehe reif genug seien. Und es war kein momentaner Gefühlsausbruch, sondern beider Wunsch, den sie sich hier in Las Vegas erfüllten.

Ohne viel Trubel wurden sie getraut und kehrten als Ehepaar nach Europa zurück.

Während eines kurzen Schlafes auf dem Heimflug bedrückte Viktoria ein Traum, der ihr etwas Unangenehmes andeutete.

Zuhause angekommen, wurde sie von Unruhe erfasst, als sie unter der Post ein Telegramm vorfand. Zitternd öffnete sie es und las: Bitte rufe mich sofort an, dein Großvater ist gestorben.

Daniel hatte gerade den Taxifahrer entlohnt, als er Viktorias Aufschrei hörte. Er eilte zu ihr. Sie übergab ihm die Depesche und stammelte: „Der Traum … mein Gott … warum hatte ich vor unserem Abflug nicht doch noch mit meinem Großvater gesprochen." Sie überschüttete sich mit Selbstvorwürfen.

Daniel hatte große Mühe, sie einigermaßen zu beruhigen, und ließ sie weinen, denn auch Tränen können einen Schmerz lindern.

Viktoria zögerte, sie wollte noch abwarten, aber dann wählte sie Karins Nummer. Es wurde ein langes, trauriges Gespräch.

Karin teilte ihr mit, dass Wilhelm schon seit 18 Tagen tot sei. Also musste er kurz nach ihrer Abreise gestorben sein. So wie er am Abend eingeschlafen war, lag er am nächsten Morgen mit einem zufriedenen Lächeln leblos im Bett. Er hatte einen friedlichen Tod gehabt. „Viktoria, ich konnte euch nicht erreichen, mehrmals versuchte ich es, dann hatte ich über die Polizei, die bei euch Nachschau hielt, erfahren, dass ihr auf Urlaub seid. Ich konnte mit der Beerdigung nicht so lange abwarten, bis ihr zurückkommt. Es war immer deines Großvaters Wunsch, hier auf Mallorca begraben zu werden. Ich erfüllte ihn – und so fand er in Palma seine letzte Ruhestätte. Glaube mir, der Abschied fiel mir unendlich schwer, denn ich liebte und schätzte Wilhelm sehr."

Viktoria stammelte nur: „Ich kann jetzt nicht sprechen, verzeih mir. Der Schmerz sitzt zu tief, ich muss erst darüber hinwegkommen. Ich werde in den nächsten Tagen zu dir fliegen und dich bitten, mit mir zum Grab meines Großvaters zu gehen."

Daniel war stumm neben Viktoria gestanden und sah nun besorgt in ihr blasses Gesicht. Sie konnte sich einfach nicht beruhigen und brach immer wieder in Tränen aus.

Daniel sprach so beruhigend wie möglich auf sie ein.

„Viktoria, du sollst dir keinen Vorwurf machen, der Tod ist unerbittlich, er hätte auch zugeschlagen, wenn wir hier gewesen wären. Die Uhr war abgelaufen, so traurig es ist, aber damit müssen wir alle einmal rechnen. Und er hatte einen schönen Tod und seinen Frieden hier im Süden, wie er sich's immer gewünscht hatte, gefunden."

Dankbar blickte Viktoria ihren Ehemann an.

„Ja, du hast Recht, ich muss vergessen, aber lass mir noch ein wenig Zeit."

Der Alltag kehrte wieder, und das war richtig, somit gab es keine Zeit über vieles nachzugrübeln.

Viktorias und Daniels Geschäfte gingen sehr gut und sie zeigten beide weiterhin ihren Enthusiasmus. Trotzdem war Daniel nicht entgangen, dass sich Viktoria seit einigen Wochen müde fühlte, und er merkte, dass sie stark abgenommen hatte. Als sie ihm klagte, dass sie Unterleibschmerzen und starke Zwischenblutungen habe, war er sich klar darüber, dass sie sich einer Spezialuntersuchung unterziehen müsse.

„Ich werde nach Hamburg zu meiner Frauenärztin fliegen. Zu ihr habe ich größtes Vertrauen. Bist du damit einverstanden?"

Daniel nickte.

„Meine Angestellte wird mich gut vertreten. Das Warenlager ist reichlich. Ich gebe ihr noch Anweisungen, wo sie bestellen soll, falls weiterer Bedarf besteht. Wenn sie Rat braucht, soll sie sich an dich wenden, du wirst ihr schon helfen können. Ich hoffe, dass ich bald wieder zurückkomme." Daniel sah sie aufmunternd an, obwohl er kein gutes Gefuhl verspürte.

„Warum sagst du nichts, Daniel?"

„Es wird bestimmt alles gut gehen, mein Liebling. Aber eines bitte ich dich, lass mich nicht im Ungewissen und gib mir gleich Nachricht."

In Hamburg angekommen, musste Viktoria erfahren, dass ihre Ärztin auf Urlaub weilte. Sie war der Verzweiflung nahe, wusste aber, dass rasches Handeln notwendig war und begab sich sogleich in das Städtische Krankenhaus.

Ihre Schmerzen und die Blutungen waren ärger geworden und so verordnete der leitende Arzt der Gynäkologischen Abteilung, dass sie im Spital zwecks weiterer Untersuchungen und Behandlung aufgenommen werden sollte.

Daniel wartete schon auf ihren Anruf. Erschrocken vernahm er ihre Mitteilung, sprach ihr aber Mut zu. Er wusste, dass sie dort in besten Händen war.

„Ich drücke dir ganz fest die Daumen, es wird alles wieder gut, schneller als du denkst bist du wieder bei mir, denn ich brauche dich, mein Liebling", sagte er ihr zum Abschied ins Telefon.

Viktoria wollte noch etwas Belustigendes sagen, aber Tränen erstickten ihre Stimme und so konnte sie nur ein gehauchtes „Auf Wiedersehen, Liebster" hineinflüstern.

Der histologische Befund war positiv und so entschied man eine rasche Operation. Diese war für den nächsten Tag angesetzt. Viktoria war mit ihren Nerven am Ende. Sollte sie dasselbe Schicksal wie ihre Großmutter erleiden? Sie sah diese zum Skelett abgemagerte Frau plötzlich vor sich, wie im Fieberwahn erinnerte sie sich daran, wie sie ihrer Großmutter die letzte Morphiuminjektion gab. Nein, so wollte sie nicht enden. Lieber gleich sterben. Die Ärzte und Schwestern hatten Verständnis für ihre seelische Pein und bemühten sich, sie durch entsprechende Beruhigungsmittel für die schwere Stunde vorzubereiten.

Der Eingriff verlief ohne weitere Komplikationen, Metastasen hatten sich nicht ausgebreitet, trotzdem entfernten sie sicherheitshalber die Gebärmutter.

Der Primarius selbst übermittelte ihr schonend die Nachricht: Sie werde keine Kinder bekommen können. Er wusste, dass sie jetzt viel Trost brauchte.

„So sehr habe ich mir ein Kind gewünscht, gerade in letzter Zeit war meine Sehnsucht danach groß. Und jetzt ist alles aus. Bin ich überhaupt noch eine Frau?", weinte sie.

„Sie brauchen keine Angst zu haben, Sie haben Glück gehabt, es ist alles in Ordnung. Und Sie werden noch viele Freuden als Frau in Ihrem Leben haben, das sage ich Ihnen aus Erfahrung. Auch wenn Ihnen ein Kind versagt bleibt, Sie werden die Schönheiten des Lebens genießen können."

Eine Schwester war ins Zimmer getreten und flüsterte dem Primarius etwas ins Ohr.

„Aber natürlich, Schwester, holen Sie ihn herein. Jetzt will jemand anderer mit Ihnen sprechen. Also befolgen Sie alles, damit Sie uns bald wieder verlassen können."

Viktoria blickte zur Tür, sah zuerst einen Rosenstrauß und dann den Kopf von Daniel. Etwas scheu trat er ans Krankenbett.

„Daniel, dass du gekommen bist, macht mich unsagbar glücklich in diesen schweren Stunden – ich bin so traurig, ich hätte dir so gerne ein Kind geschenkt, aber es sollte nicht sein."

„Du hast doch mich, Liebste, ich werde dir durch meine ganze Liebe darüber hinweghelfen. Du musst den festen Willen haben, ganz schnell wieder gesund zu werden. Es wird alles gut." Er küsste sie lange und zärtlich.

„Was gibt es Neues in Marbella?", lenkte Viktoria nach einer Weile ab.

„Die Leute fragen immer wieder nach dir, du hast so viele Menschen in deinen Bann gezogen, ich könnte fast eifersüchtig werden."

„Na, na, du brauchst dich wirklich nicht herabsetzen, du bist genauso beliebt. Eine gewisse Zeit werde ich schon hier bleiben müssen – wegen der Nachbehandlung. Ich will ja ganz gesund nach Hause zurückkommen. Wann fliegst du zurück?"

„Eigentlich habe ich den Retourflug für heute gebucht. Momentan arbeite ich an einem Auftrag, den ich baldmöglichst zu Ende bringen muss. Man versprach mir dafür ein besonders hohes Honorar. Ein Blick aufs Meer, im Vordergrund eine rassige Spanierin, umgeben von Blumen – so ungefähr stellen sich die maßgebenden Leute das Bild in Großformat vor. Es soll für eine Fremdenverkehrsausstellung dienen."

„Und du hast schon eine rassige Spanierin als Modell?"

Daniel wusste nicht recht, ob in ihrer Frage ein bisschen Eifersucht steckte oder sie ihn nur hänseln wollte. Aber als sie auflachte, antwortete er übermütig:

„Eine, wo denkst du hin, mindestens zehn Frauen umgarnen mich."

„Angeber!"

Eine Schwester unterbrach das Gespräch, sie ersuchte Daniel zu gehen, da Ärztevisite angesagt war. Viktoria wollte keine traurige Stimmung aufkommen lassen und gerne hätte sie mit Daniel länger geplaudert und geblödelt, aber als sie merkte, dass er wankelmütig wurde, ob er nicht doch seinen Hamburger Aufenthalt verlängern sollte, spöttelte sie rasch: „Also ab mit dir zu deinem Harem", und verabschiedetete ihn mit vielen Küssen. Schon in der Tür stehend, winkte Daniel noch einmal Viktoria zu und sie ihm versprach, positiv zu denken.

Die Schwester, die die Abschiedsszene miterlebte, murmelte vor sich hin: „Liebe ist doch was Schönes."

Es dauerte lange, aber irgendwann hatte Viktoria alles gut überstanden. Sie fühlte neue Lebenskraft und war wiederum mit großem Einsatzwillen in ihrem Geschäft tätig.

Es folgten die nächsten Präsentationen der großen Modeschöpfer und Viktoria ließ es sich nicht nehmen, weiterhin in der Fashionszene involviert zu sein, sich über Neuigkeiten zu informieren und zu ordern, denn für sie galt wieder das Prinzip, dass Kleidung einen Teil der Kultur, einen Spiegel der Zeit und einen ästhetischen Genuss darstellte. Und das gab sie an ihre Kundinnen weiter.

Ein jähes Ende

Beim Durchsehen der täglichen Post fiel Daniel ein Brief auf, dessen Schriftzug er sofort erkannte. Er war von Alfons, seinem langjährigen Freund, mit dem er – trotz der Entfernung – noch immer in freundschaftlichem Kontakt stand.

Alfons schrieb, dass seine letzten Rennen überaus erfolgreich verlaufen waren und er nunmehr an der Spitze sei. Zum Auftakt der neuen Rennsaison hatten ihm Sponsoren das neueste „Offshore Boot" zur Verfügung gestellt. Er würde sich freuen, Daniel auf ein kurzes Treffen nach Barcelona einzuladen. Hierbei könnte man eine gemeinsame Trainingsfahrt durchführen.

Daniel berichtete Viktoria darüber und prompt reagierte Viktoria mit den Worten: „Na sicher machst du das, ihr werdet euch bestimmt viel zu erzählen haben. Und ein paar Tage ausspannen schadet dir nicht. Rufe ihn an und avisiere, dass du kommst, und lass ihn grüßen von mir. Das nächste Mal komme ich mit und wir können dann zu dritt mit 1500 PS über das Wasser gleiten. Vorausgesetzt, das Boot hält es aus."

„Hast du nichts dagegen, dass ich reise?"

„Nein, wirklich nicht, ich freue mich für dich, obwohl, wenn ich ehrlich bin, ich mich nicht unbedingt begeistern kann daran zu denken, mit welcher Geschwindigkeit diese Trainingsfahrten veranstaltet werden. Vielleicht belässt du es dabei, das Boot nur zu besichtigen, mir zuliebe."

Statt einer Antwort küsste Daniel Viktoria auf den Mund, als wolle er damit ihre Bedenken wegwischen.

Unwillkürlich schaltete Viktoria am Montagmorgen ihren Radioapparat ein, um die Nachrichten zu hören. Fast am Ende der Sendung geriet sie in Panik. Der Sprecher meldete von einem schweren Bootsunfall an der Küste Barcelonas, bei dem zwei Menschen ums Leben kamen. Das Boot war in voller Fahrt aus bisher unbekannter Ursache explodiert und auseinander gerissen worden. Die Leichen konnten identifiziert werden. Es handelte sich um …

„Nein, nein, bitte nein, bitte lass das nicht möglich sein", schrie Viktoria auf, dann sackte sie zusammen.

So fand sie ihre Angestellte, als sie die Geschäftsschlüssel holen wollte. Eine Welt war für Viktoria zusammengebrochen. Was hatte sie nur getan, dass das Leben mit ihr so ein grausames Spiel trieb?

Glücklich, nur glücklich wollte sie sein. Mit Daniel eine Ehe in Harmonie führen. Mit ihm Erfolge feiern und das Leben genießen. Und nun dieser dritte, wohl schwerste Schicksalsschlag innerhalb kurzer Zeit.

„Wenn es einen Gott gibt, warum hat er das zugelassen?" Anklagend waren Viktorias Worte, aber hatte sie überhaupt ein Recht darauf, diese Frage zu stellen? Warum hatte sie Daniel geraten, nach Barcelona zu fliegen? Hätte sie dieses Unglück verhindern können? Sie quälte sich mit all diesen Fragen, obwohl sie wusste, dass es darauf nur eine Antwort gab: Eine höhere Macht bestimmt alle Geschehnisse eines Lebens.

Daniel fand seine letzte Ruhestätte dort, wo es ihn immer wieder hingezogen hatte: in einem kleinen Städtchen im Hochland von Ronda.

Viktoria wollte nicht in Marbella bleiben, sie musste vergessen, ihr Leben ging weiter. Sie beschloss alles aufzugeben, um nach Hamburg zurückzukehren.

Der Besitzer des Hauses, dem der Tod Daniels sehr zu Herzen gegangen war, kümmerte sich wie ein väterlicher Freund und half ihr, für die Boutique raschest einen Nachfolger zu finden und das Inventar der Wohnung bestens zu veräußern. Er übernahm die Galerie und den Großteil der Bilder von Daniel. So behielt sich Viktoria nur die Gemälde, die sie besonders liebte und schätzte.

Noch einmal nahm sie Abschied von Daniel, als sie an seiner Grabesstätte stand. Sie legte dunkelrote Rosen auf die Erde.

„Schlaf gut, mein Liebster."

Langsamen Schrittes ging sie vom Grab weg.

Viktoria war wieder allein …

Take your chance

Viktoria hatte relativ bald ihre Wohnung in Hamburg verkaufen können. Auf Grund der ausgesprochen guten Lage war es ein Leichtes, einen zufrieden stellenden Erlös zu erzielen. Die wenigen Möbelstücke, die sie während ihrer Zeit in Hamburg lieb gewonnen hatte, waren bei einem Möbelspediteur eingelagert und warteten auf die neue Lieferadresse.

Das zur Verfügung stehende Bargeld deponierte Viktoria bei einer Bank, die Zweigverbindungen in Wien unterhielt. So konnte sie jederzeit raschestmöglich über ihre Finanzen verfügen. Viktoria nahm wehmütig Abschied von dem vertrauten Heim, in dem sie einen kleinen Part ihres Lebens ein glückliches Zuhause gefunden hatte. Innerlich aber hatte sie mit aller Kraft, die sie aufbringen konnte, einen Schlussstrich unter all das Bisherige gezogen.

Nachdem die privaten und finanziellen Angelegenheiten geordnet waren, flog sie nach Wien. Ihre Bekleidungsgegenstände und persönlichen Accessoires für die erste Zeit nahm sie mit, das Restliche sollte nachkommen, sobald ihre fixe Unterkunft in Wien gesichert war.

Viktoria hatte in all den vergangenen Jahren das sehr nette Verhältnis mit Hannelore, ihrer Jugendfreundin, aufrechterhalten. Wann immer die Möglichkeit bestand, gab es ein kurzes Treffen, sie schrieben sich zu den verschiedensten Anlässen und man rief dann und wann ein „Hallo, wie geht's" ins Telefon.

Hannelore arbeitete selbstständig für verschiedenste Firmen, entwarf Kleider und Ensembles, kreierte Stoffdessins, und peu à peu war sie eine erfolgreiche Designerin in Wien geworden. Sie konnte sich über Mangel an Aufträgen nicht beklagen, im Gegenteil, Hannelore hatte sich einen Namen gemacht und ihr Stil war tonangebend.

Nach der Hochzeit bekam sie rasch hintereinander zwei Mädchen. Obwohl sie die Babys abgöttisch liebte und sich jede freie Zeit nahm, mit ihnen beisammen zu sein, behielt sie ihre Karriere weiterhin im Auge, und sie schaffte es tatsächlich, beides miteinander zu kombinieren.

Wie vergänglich sind Gefühle, denn auch bei Hannelore und ihrem Mann Stefan gab es nach den ersten, stürmischen Jahren des Verliebtseins ernste Konfliktsituationen. Stefan war ein Exzentriker par excellence, und nach monatelangen, sinnlosen Kommunikationen und gegenseitiger Entfremdung entschied man, auseinander zu gehen.

Zurück blieb Hannelore mit ihren zwei entzückenden kleinen Töchtern und einem wunderschönen Haus in Döbling, dem eleganten Wohnviertel in Wien. Sie arrangierte mit ihrem Ex-Ehemann die Möglichkeit, seine Töchter jederzeit sehen zu können, da er sie sehr liebte und auch die Mädchen ihrem Papi nahe standen. Dadurch entstand in den Jahren des Nichtmehr-Zusammenlebens auch bei Hannelore und Stefan wieder eine hervorragende, platonische Freundschaft. Stefan hatte zwischenzeitlich den Durchbruch geschafft und avancierte zu einem anerkannten, internationalen Theaterregisseur.

Hannelore war vollkommen zufrieden mit sich und der Umwelt. Sie war eine durch und durch selbstsichere Frau, sonnte sich in ihrem Glanz, liebte Luxus, spielte mit Vorliebe die Kokette und zögerte nicht einen Augenblick, ihr Leben zu genießen – aus Angst, andernfalls zu kurz zu kommen. In diesem Sinne steuerte Hannelore auch ihr Lebensboot entsprechend ihren Ambitionen. Als Hannelore die Nachricht vom tödlichen Unfall von Daniel erfuhr, reagierte sie sehr spontan und beschwor Viktoria, nach Wien zu ziehen, um hier einen neuen Anfang zu machen.

„Ich kann dich in jeder Weise unterstützen. Mein Bekanntenkreis ist sehr groß, meine Beziehungen können auch dir von Nutzen sein und die Chancen, Karriere zu machen, sind hervorragend."

Hannelore wusste, dass Viktoria von der Idee besessen war, eine Modellagentur zu gründen und Modeschauen und Empfänge zu managen und zu arrangieren.

„In Wien fehlt so etwas", redete sie auf Viktoria ein. „Und wie ich dich kenne, bist du prädestiniert für ein derartiges Unternehmen."

Viktoria überlegte lange, ob Wien wirklich für einen neuen Start die ideale Stadt wäre.

Bis auf die wenigen, kurzen Besuche war ihr Wien genauso fremd wie Paris, Rom, London oder Berlin. Natürlich war ihr bewusst, dass man in jeder Stadt, in der man lebt, sich erst an die Menschen und deren Mentalität gewöhnen und lernen muss, sie zu lieben und zu akzeptieren. Schlussendlich wusste sie keine Alternative und sie entschloss sich, nach den Jahren im kühlen Norden und der leichtlebigen, südlichen Atmosphäre, Wien als neue Heimat anzuerkennen.

Für Hannelore war es eine Selbstverständlichkeit, ihre Freundin vom Flughafen abzuholen. Die Maschine kam pünktlich, und da das Gepäck relativ schnell ausgeladen wurde, dauerte es nicht allzu lange, dass sie Viktoria in die Arme schließen konnte.

„Wie freue ich mich, dich endlich bei mir zu haben", war das Erste, was Hannelore sagte. Prüfend sah sie Viktoria an und meinte: „Schmal und blass bist du wohl noch, aber ich und Wien werden dich aufpäppeln. Ein paar Sachertorten und Apfelstrudel und die gute, frische Luft vom Wienerwald helfen, wieder runde und rosige Backen zu erhalten."

Hannelore meinte das so überzeugend, dass Viktoria gerührt ihre Gefährtin aus der Jugendzeit ansah. Es war schön zu wissen, liebe und treue Freunde zu haben. Es tat ihr unendlich gut.

Rasch hatten sie alle Koffer im Auto verstaut, und während der Fahrt nach Hause berichtete Hannelore überschwänglich von den Veränderungen, die in den paar Jahren stattgefunden hatten. „Der U-Bahn-Bau geht sehr zügig voran. Ständig werden Bezirke erweitert und die Stadtväter bemühen sich, Distrikte zu sanieren und zu verschönern. Überall entstehen Fußgängerzonen, neue Fassaden an den Häusern und Schanigärten.

Ja, Wien ist im Begriffe international modern zu werden. Vorbei ist die Zeit der Grandezza-Kaisermetropole und freundlichen Operettenstadt. Der tägliche Ansturm von Touristen aus aller Welt lässt Wien in einem neuen Licht erglänzen."

„Durch deine positiven Schilderungen werde ich noch ein richtiger Wien-Fan", meinte lachend Viktoria.

„Das wirst du auch, meine Liebe. Denn hier kann man sich wohl fühlen wie in keiner anderen Stadt."

Zuhause warteten Birgit und Verena schon ungeduldig, Tante Vic wieder zu sehen.

Das letzte Mal, als Viktoria kurz hier verweilte, waren die Mädchen noch klein, deswegen konnten sie sich auch nur flüchtig an die „große, schöne Dame" und deren liebe, herzliche Art erinnern.

Dementsprechend schüchtern waren sie bei der Begrüßung, aber als Viktoria mit einem herzlichen Lächeln ihre Geschenke auspackte, war der Bann gebrochen und die zwei wollten sich gar nicht von ihr trennen.

Erst am Abend hatten die Freundinnen Zeit, gemütlich beisammenzusitzen und über die Zukunft zu sprechen.

Vorerst sollte Viktoria bei Hannelore wohnen. Sie bestand darauf, denn das Haus war groß genug. Gästezimmer, Bad und eigene Toilette standen zur Verfügung, sodass sich Viktoria frei und ungebunden bewegen konnte.

„Systematisch, step by step, wollen wir vorgehen", schlug Hannelore vor. „Inzwischen habe ich einen befreundeten Makler beauftragt, in deinem Sinne eine Wohnung zu suchen. Deine Wünsche, die du mir telefonisch mitteiltest, habe ich in dieser Form weitergegeben. Er hat auch seine Fühler schon ausgestreckt und Angebote eingeholt. Eine Eigentumswohnung zu bekommen mit Terrasse und Blick über Wien, wie du sie dir vorstellst, wird gar nicht so einfach sein, aber da du Barzahlerin bist, stehen die Chancen eher gut. Gleich morgen sind die ersten Besichtigungen vorgesehen."

Grundsätzlich war Viktoria froh, dass Hannelore so zielstrebig voranging und sich ihrer Probleme annahm. Sie selbst befand sich doch noch in einem etwas labilen Zustand, und da war jede Energie, die von außen kam, notwendig.

Die nächste Zeit verbrachte Viktoria also mit Wohnungssuche. Fast täglich hatte sie die Möglichkeit, in den verschiedensten Bezirken etwas zu besichtigen.

Herr Schubert, der Wohnungsvermittler, gab ihr die Adressen durch und Viktoria war zur verabredeten Stunde anwesend. Es machte ihr Spaß, mit Stadtplan in der Hand viele Strecken per

Bus oder Straßenbahn zu fahren. Somit lernte sie gleichzeitig Wien von einer anderen Seite kennen.

Keines der angebotenen Apartments schien ihren Wünschen gerecht zu werden. Überall gab es etwas auszusetzen, und manchmal war Viktoria schon am Verzweifeln. Vielleicht war sie doch zu wählerisch? Andererseits, wenn sie schon investierte, sollte es etwas Hundertprozentiges sein.

Eines Morgens war sie früher beim Treffpunkt, als sie wollte. Um die Zeit zu überbrücken, setzte Viktoria sich ins Kaffeehaus, welches gleich um die Ecke war. Es war ein typisches Alt-Wiener Lokal, in dem der Ober mit Frack geschäftig herumschwirrte und der Kaffee am Silbertablett mit einem Glas Wasser serviert wurde.

Viktoria liebte diese nostalgische Atmosphäre, in der noch die Gemütlichkeit zum Ausdruck kommt. Trotz der frühen Morgenstunde war der Raum voll mit frühstückenden und zeitunglesenden Gästen.

Viktoria überblickte suchend das Lokal, um einen freien Platz für sich zu erstehen. Kurz entschlossen ging sie auf den Fensterplatz zu und fragte höflich den Herrn, der hinter der Zeitung vertieft war, ob sie sich dazusetzen könnte. Aber das Wort blieb ihr im Mund stecken, als jener aufsah.

„Peter“, stammelte sie.

„Viktoria, nein, das darf nicht wahr sein. Du hier in Wien, und in diesem Café?“

So viele Fragen von beiden wären zu stellen gewesen, aber sie sahen sich nur sprachlos und voller Erstaunen an.

„Komm, setz dich, erzähl, was führt dich hierher, mein Gott, ich kann es nicht glauben. An alles hätte ich gedacht, aber dass ich dich gerade hier treffe. Wie geht es dir?“

Peter sah sie prüfend an.

„Ach Peter, es gibt so vieles zu erzählen, es hat sich unendlich viel ereignet. Aber ich kann nicht alles auf einmal berichten. Ich habe in einer Viertelstunde einen Termin. Ich muss gleich wieder weg.“

„Wie lange bleibst du in Wien, Viktoria. Kann ich dich vor deiner Abreise noch sehen?“

„Ich bleibe für ewig hier, Peter. Mein Leben ist ein anderes geworden. Daniel ist tot, ich bin von Marbella weggezogen und baue mir hier in Wien eine neue Zukunft auf."

Peter war ehrlich betroffen. „Und du hast mir nie geschrieben. Ich wusste nichts mehr von dir in all den Jahren."

„Ich weiß, aber es sollte ja Absicht sein. Ich musste mich von dir lösen. Ich war in all den Jahren ein glücklicher, aber anderer Mensch. Jetzt bin ich im Begriffe, wieder in eine neue Haut zu schlüpfen."

„Viktoria, willst du dich nicht irgendwann mit mir treffen? Wir könnten in Ruhe über alles sprechen."

„Ja, Peter, gerne, irgendwann. Nur im Moment stehe ich etwas unter Druck. Ich bin nämlich auf Wohnungssuche. Aber ich melde mich bald. Hast du noch dieselbe Nummer?"

„Nein, diese wurde geändert. Ich gebe dir meine neue Firmennummer."

Viktoria lächelte. Eine plötzliche Vertrautheit stieg auf, und während Peter die Nummer aufschrieb, beobachtete sie ihn. Er war älter, die Haare waren etwas silbriger und noch schütterer geworden. Aber der interessante Gesichtsausdruck war erhalten.

„Rufe mich an." Peter sah Viktoria bittend in die Augen und hielt ihre Hand länger, als er wollte.

Auch während der kommenden Tage war Viktoria emsig bemüht, sich ihren Wunsch zu erfüllen, sodass sie keinen weiteren Gedanken an Peter investierte.

Aber irgendwann hatte sie ihr Traumdomizil gefunden. Sie war vom ersten Augenblick an verliebt in diese Wohnung. Wie in Trance ging sie von Raum zu Raum und konnte es gar nicht fassen. Genauso war ihre Vorstellung gewesen. Unfassbar!

In Gedanken begann Viktoria sofort mit dem Einrichten. Der Salon, groß und gediegen, sollte ein anspruchsvoller Anblick werden. Wilhelms Bösendorfer Flügel würde in der einen Ecke den Ehrenplatz bekommen. Bei der Gelegenheit nahm sich Viktoria vor, neuerlich Klavierunterricht zu nehmen, damit dieses wertvolle Stück nicht nur zur Zierde dort stünde.

Über das Klavier, gut kombiniert, müssten einige Bilder hängen, ihre Lieblingsbilder von Daniel. Eine elegante Sitzgruppe, ein Glastisch und ein zierlicher Schrank an der Wand, wo sie Verschiedenstes integrieren konnte, sowie eine Essgruppe mit einer kleinen Anrichte würden die Einrichtung komplettieren.

Vom Salon aus öffnete sich durch eine Schiebetür der Weg zur riesigen Terrasse mit einem traumhaften Blick über Wien. Diese sollte als Oase der Entspannung dienen. Fantasievoll, mit Blumen und Grünpflanzen geschmückt, mit Sonnenschirm und hübschen Gartenmöbeln dekoriert. Ein Platz, die ersten Sonnenstrahlen im Frühling aufzufangen, und ein Ort zum Träumen in den warmen Sommernächten.

Das Schlafzimmer war gerade groß genug, um Romantik auszusprühen, dominierend ein riesiges Bett, zum Kuscheln und Wohlfühlen. Und nur keinen Kleiderschrank, schwor sich Viktoria, und sie war dankbar, dass ein winziges Ankleidezimmer nebenan konzipiert war.

Das zweite, kleine Zimmer, gleich vom Vorzimmer aus begehbar, würde ihr Arbeitszimmer werden. Ein intimer Raum, der ihr alleine gehörte. Und als Mittelpunkt der Biedermeiersekretär und einige schöne Bilder aus Wilhelms Nachlass. Jetzt konnte sie endlich diese Wertgegenstände aus Hamburg kommen lassen.

Innerlich beriet sie, die Küche mit dem Bad zu wechseln. Die Küche war nie ein Thema für Viktoria. Sie erinnerte sich an die reizende Wohnung in Marbella, wo Viktoria und Daniel, obwohl die Küche klein war, die besten Spezialitäten des Landes zubereiteten.

Dafür kam ihr Wunsch nach einem großen Badezimmer mit eingebauter Doppelwanne und allen Raffinessen. Eine Sauna mit einer Liege zum Ausruhen war von Viktoria fix eingeplant.

Viktoria beschloss, an ihrer Freude auch andere teilhaben zu lassen. Nachdem die rechtlichen Angelegenheiten geklärt waren und sie ihr Eigentum hatte, würde sie ein kleines Fest arrangieren und Hannelore und deren neuen Freund Markus sowie den Wohnungsvermittler, der sich wirklich bemüht hatte, Viktoria als Klientin zufrieden zu stellen, dazu einladen.

En passant erzählte Viktoria Hannelore, dass sie Peter getroffen hatte. Die Freundin war ja im Bilde von ihrem Verhältnis und kannte Peter, den sie dann und wann in Wien traf.

Hannelore fragte nicht, wie Viktoria zu Mute war, als sie Peter wieder sah. Sie wusste, dass sie hier sehr behutsam mit Fragen vorzugehen hatte, denn Viktoria war noch immer sehr distanziert und uninteressiert an irgendwelchen neuen Beziehungen.

So nebenbei kam Viktoria die Idee, Peter ebenfalls zu dieser kleinen Wohnungseinweihung einzuladen. Also rief sie bei Peter an.

„Hallo“, sagte sie ganz zart ins Telefon, nachdem sich Peter in seinem noch immer etwas herrischen Ton meldete.

„Viktoria, wie schön dich zu hören, endlich rufst du mich an, ich hatte schon fast die Hoffnung aufgegeben.“

„Verzeih, ich weiß, es hat ein wenig gedauert. Aber ich war so beschäftigt, mein neues Zuhause zu finden, dass ich wirklich keinen Gedanken an etwas anderes aufbringen konnte. Ich möchte das jetzt gutmachen und dich fragen, ob du Lust hast, meiner kleinen Einweihungsfeier beizuwohnen. Verstehe bitte, ich improvisiere, denn die Wohnung ist noch vollkommen leer. Ich habe nur Hannelore, ihren Freund und den Makler geladen. Es würde mich sehr freuen, wenn du Zeit hättest.“

„Aber natürlich habe ich Zeit, und ich danke dir, dass du an mich gedacht hast“, erwiderte Peter herzlich.

In der leeren Wohnung, mit Pölstern am nackten Fußboden, saßen sie ein paar Tage später, aßen Brötchen und tranken Sekt, und Viktoria hatte das Gefühl, schon lange nicht mehr so glücklich gewesen zu sein.

Wochen vergingen.

Viktoria blühte auf und war in ihrem Element. Sie plante, organisierte und überwachte. Manchmal war sie schon recht ungeduldig, obwohl sie sich bewusst war, dass eine gewisse Zeit in Anspruch genommen werden musste, bis alles nach ihrem Geschmack und Ideen fertig gestellt war.

Die Lieferzeiten der einzelnen Möbelstücke waren lang und die Professionisten setzten ihre Frist, die Fliesen zu kacheln, Teppichböden zu verlegen und die Wände zu tapezieren. Allmählich wurde Peter ein unerlässlicher Beistand. Mit kleinen Hilfeleistungen bemühte er sich, Viktoria unter die Arme zu greifen. Gelegentlich kam er sogar mittags mit einem kleinen Imbiss, da er wusste, dass sie sich gar nicht die Mühe nahm, für sich etwas zu besorgen. Einmal begegnete Viktoria Peter in der Wiener Innenstadt am Graben. Sie war gerade im Begriffe in ein Geschäft zu gehen, um ihr komplettes Speiseservice, Essbesteck und ein Sortiment von Gläsern auszusuchen.

„Das ist eine Überraschung", rief Viktoria freudig, als Peter ihr über den Weg lief. „Was führt dich hierher?"

„Ich hatte gerade eine Besprechung mit meinem Steuerberater, und nachdem die Unterhaltung sehr erfreulich für mich verlief, leistete ich mir hier vis-a-vis ein Sandwich und ein kleines Bier. Schade, dass ich nicht wusste, dass du hier bist, wir hätten gemeinsam was essen können. Ich sehe, du willst zum Rosenmaier?"

„Ja, möchtest du mitkommen", fragte ihn Viktoria, obwohl sie wusste, dass Peter in der Öffentlichkeit mit ihr eher zurückhaltend war, da er einen großen Bekanntenkreis pflegte und niemandem Anlass geben wollte, über ihn zu tratschen. Daher sollte es nur eine höfliche Frage sein. Umso erstaunter war sie, als er einwilligte. Natürlich bemerkte Viktoria, dass Peter im Geschäft einen nervösen Eindruck machte, in der Gegend herumsah, ob er jemanden kannte, und zwischendurch auf die Uhr blickte.

Schon aus diesem Grund sprach Viktoria so sachlich wie möglich, denn es sollte niemand die Vertrautheit der beiden erkennen.

Es gab so viele herrliche Dessins, dass es Viktoria wirklich schwer fiel, eine Entscheidung zu treffen. Ratlos ging sie von einer ausgestellten Garnitur zur anderen, machte die Augen kurz zu, um sich im Geiste vorstellen zu können, wie dieses oder jenes Speiseservice zu ihrer Essgruppe harmonieren würde.

Schließlich sprach sie zu Peter: „Ja, da ist guter Rat teuer. Welches würdest du wählen?"

Seine Antwort war ruhig, nur sein typisches Schmunzeln im Gesicht war zu erkennen, als er antwortete: „Am liebsten würde ich aus diesen Tellern bei dir zu Hause essen. Vielleicht komme ich mal in diese Gunst!"

Viktoria lachte ihn an und leise erwiderte sie: „Also wenn es nur darum geht, sobald alles fertig ist, wirst du mein erster lieber Gast sein, der aus diesen Tellern mit diesem Besteck essen und aus diesen Gläsern trinken wird. Ehrenwort!“, und sie hielt die Hand hoch wie zum Schwur.

Viktoria entschied sich für Peters Wahl und vereinbarte mit dem Verkäufer den Tag der Zustellung eine Woche später sowie bei Übernahme die Bezahlung zu leisten.

Inzwischen sollte auch die komplette Speisezimmereinrichtung geliefert sein und das Geschirr käme gleich an seinen richtigen Platz.

Die Bestellung kam, doch auf der Rechnung stand vermerkt: „Ware bezahlt.“

Viktoria durchlief ein freudiger Schreck. In Sekundenschnelle fiel ihr Peter ein, und Tränen der Rührung stiegen in ihre Augen. Peter, dachte sie, mein lieber, großzügiger Freund. Ohne viele Worte will er immer wieder helfen und mir Gutes zukommen lassen!

Mittlerweile war Viktoria von Hannelores Haus ausgezogen. So sehr sie bedauerte, Abschied zu nehmen aus dieser liebevollen Umwelt, wo sie von der Freundin und den Kindern wie in eine Familie aufgenommen worden war, sehnte sie sich nach ihrem eigenen kleinen Paradies.

Der Möbeltransport aus Hamburg sowie ihre restliche Garderobe kamen zur richtigen Zeit an, und so war die Wohnung, bis auf wenige Details, die noch fehlten, komplett.

Viktoria zeigte sich sehr zufrieden. Sie hatte nun ihr Ambiente, das ihrem Stil und ihrer Lebenseinstellung ebenbürtig war.

Viktoria entschloss sich, endlich Peter zu einem kleinen Dinner einzuladen. Sie hatte alle Einzelheiten gründlichst vorbereitet. Den ganzen Nachmittag verbrachte Viktoria in der Küche, und das Resultat ergab eine köstliche Zusammenstellung der Nouvelle Cuisine.

Im Anschluss daran nahm sie ein ausgedehntes Bad, denn sie wollte entspannt und gelöst ihrem Gast entgegentreten.

Nachdem sie sich besonders lange mit ihrer Körperpflege beschäftigt hatte, wählte sie ein Dinnerkleid, das ihrem Aussehen ein erfrischendes Flair gab. So wartete Viktoria besonnen auf Peter.

Er erschien pünktlichst mit einem riesigen Strauß gelber Teerosen, und anscheinend war ihm bewusst, dass Viktoria zu diesen herrlichen, langstieligen Blumen noch keine passende Vase hatte, denn vor der Tür stand ein riesiges Paket, hübsch verpackt.

Viktoria schlug die Hände zusammen, als sie nach der Begrüßung den Karton öffnete und dieses moderne und geschmackvolle Geschenk herausnahm.

Die beiden machten einen kleinen Rundgang durch die Wohnung, und Peter war sehr angetan von der distinguierten, vornehmen Einrichtung, die aber gleichzeitig eine wohltuend gemütliche Atmospähre ausströmte.

Es begeisterte ihn Viktorias Traumbad, und zu gerne hätte er spaßig gefragt, ob er hier auch mal saunieren dürfe.

Peter war sich nicht bewusst, ob diese Frage im Moment richtig am Platz war, also ließ er es sein und fragte stattdessen höflich, ob Viktoria weitere Fortschritte im Klavierspielen gemacht hätte.

Viktoria gestand ihre Nachlässigkeit.

„Aber", fügte sie hinzu, „ich habe mir vorgenommen, Klavierunterricht zu nehmen. Willst du nicht mein Klavierlehrer werden?", scherzte Viktoria in Erinnerung, wie Peter, als er in Hamburg auf Besuch weilte, vergebens die richtigen Takte suchte, die er seinerzeit als Kind mühsam erlernen musste.

Nach dem Abendessen hatten beide bei Kerzenlicht und Champagner bequem in den Fauteuils Platz genommen. Leise Musik erklang – eine Auswahl der schönsten Schlager aus den 70er- und 80er-Jahren.

Als die Stimme von Dean Martins Song „I don't know why I love you" zu hören war, bekam Peters Gesicht wieder jenen zärtlich zufriedenen Ausdruck, den Viktoria immer so an ihm liebte.

Seit dem Wiedersehen bemühten sich beide, das Thema „Peters Familie sowie Viktorias Jahre mit Daniel" nicht anzutasten. Ein Tabu, das sie nicht durchbrechen wollten, solange nicht der eine den anderen darum bat.

Peter redete an diesem Abend nicht viel über seinen Zustand zu Hause. Er sagte nur, im Grunde genommen hatte sich nichts geändert. Nach außen hin spielten sie das perfekte Ehepaar, gewährten sich aber gegenseitig einen großen, freien Spielraum.

Peter hatte einige Liebschaften hinter sich, aber es gab nie länger anhaltende Intervalle. In erster Linie reizte ihn der Sex dabei, den er bei Martha vermisste. Beruflich begleitete ihn weiterhin der Erfolg. Er gönnte sich ein großzügiges Leben, war nach wie vor viel auf Reisen, worüber er froh war, da ihn das Leben zu Hause zeitweise zu erdrücken schien.

Er hatte seit einigen Jahren einen Angestellten in seiner Firma, der ihm treu ergeben war und dem er voll vertrauen konnte und ihn daher zu seinem Prokuristen ernannte.

Dieser nahm ihm viele interne Arbeiten ab. So konnte Peter jetzt über wesentlich mehr Freizeit während des Tages verfügen. Dies führte auch dazu, dass er von der Faszination des Golfspielens erfasst wurde. Er entwickelte eine richtige Leidenschaft darin, wurde Mitglied im Wiener Klub, und schon in kürzester Zeit erreichte er ein niedriges Handikap. Oftmals verbrachte er Samstage und Sonntage auf dem Golfplatz, um keine wichtigen Turniere zu versäumen.

Anfangs erschien auch Martha im Klub, nahm teil an den Siegesfeiern und Preisverleihungen, aber nach einer gewissen Zeit ließ sie Peter wieder allein und zog die Bridgeturniere zu Hause mit ihren Freundinnen vor.

Auf weitere Einzelheiten ging Peter nicht ein, er zeigte auch keinerlei Gemütsbewegungen, aber Viktoria kannte ihn zu gut, um zu wissen wie er im Innersten fühlte.

Wie viel anders waren doch ihre Jahre verlaufen!

Nun erzählte Viktoria ihre Story, denn Peter sollte alles erfahren, was sich in den letzten Jahren ereignet hatte. Immer wieder musste sie unterbrechen und Tränen benetzten ihr Gesicht. Zu schmerzhaft waren die Erinnerungen.

Peter hörte ergriffen zu und zum Schluss sagte er nur ganz leise und zärtlich: „Ich möchte dich wieder glücklich sehen, Viktoria. Ich weiß nicht, wie ich dazu mithelfen kann, außer, dass ich dir meine ganze Freundschaft und, wenn du sie annehmen willst, auch meine Liebe offeriere."

Viktoria war dankbar über diese gut gemeinten, lieben Worte von Peter. Trotzdem gab sie ihre Bedenken zum Ausdruck.

„Peter, ich weiß nicht, ob ich schon so weit bin, alles Frühere zu vergessen. Du weißt, was ich meine. Ich fürchte mich davor, dass ich es nicht verkrafte, einfach über Daniel hinwegzudenken."

„Aber irgendwann musst du damit anfangen, Viktoria. Du bist noch jung und kannst dich nicht ewig isolieren. Du brauchst Liebe. Ohne Liebe kann kein Mensch existieren."

Ganz sachte, als ob er Angst hätte, ihr wehzutun, küsste er ihre Haare, ihre Wangen.

Viktoria ließ es gewähren. Wie in Trance gab sie ihm ihren Mund zum Kuss und wie eine Ertrinkende klammerte sie sich an ihn, als er sie mit aller Liebe und Zärtlichkeit in den Armen hielt.

Es wurde ein unvergesslicher Abend und beide waren dankbar, dass das Schicksal sie wieder zusammengeführt hatte.

Im Wandel der Jahre

Herbst war ins Land gezogen.

Viktoria und Hannelore hatten sich eine Weile nicht gesehen. Sie verabredeten einen ausgedehnten Spaziergang in der gefärbten Landschaft des Wienerwalds. Abends saßen sie bei Hannelore gemütlich vor dem Kamin.

„Geld soll man nicht nachlaufen, sondern entgegengehen“, lautete die pragmatische Antwort der Freundin, nachdem Viktoria ihr erzählte, dass die Ausgaben für die Wohnung enorm waren, ihre Geldreserven erschöpft seien und sie als nächsten Riesenschritt an ihren beruflichen Interessen arbeiten müsse.

Dank Herrn Schubert, dem Realitätenvermittler, hatte Viktoria sehr bald, ihrer Vorstellung entsprechend, ein Büro gefunden, das sie auf unbestimmte Zeit in Hauptmiete nahm.

Die Kochnische und der sanitäre Bereich waren ordentlich eingerichtet, Telefon- und Fernschreibanschluss bereits vorhanden, und der Maler hatte alle Wände mit neuer Farbe versehen. Der riesige Vorraum als Entree zu den einzelnen Zimmern glich einem Wintergarten. Viele Grünpflanzen und Blumenarrangements stuften sich terrassenmäßig um die kleine Rattansitzgarnitur.

Das Besprechungszimmer, ihr Büro und das der Sekretärin waren hell und modern ausgestattet und trugen Viktorias typische persönliche Note.

Für die kommende Saison hatte Viktoria die ersten zwölf Mannequins unter Vertrag. Viktoria suchte die besten aus, damit sie gleich am Anfang „on the top“ mit ihrem Unternehmen stand.

Aber wie sollte es jetzt weitergehen?

„Was du nun brauchst, sind gute Beziehungen“, fuhr Hannelore fort. „Bis jetzt hast du dich ja sehr rar gemacht und ich konnte dich nicht in die Wiener Gesellschaft einführen. Aber das soll jetzt anders werden. Höchste Zeit, für deine Agentur Promotion zu machen. In zwei Wochen gebe ich meinen alljährlichen Society-Event, zu dem ich immer prominente Leute der Modewelt einlade. Du wirst hier eine illustre Gästeschar begrüßen. Es sieht nach einer völlig zwanglosen Party aus, und trotzdem werden an diesem Abend Verbindungen geknüpft, geschäftliche Vereinbarungen getroffen. Es wird geplaudert, getratscht, und auf scharmante Wiener Art werden auch Leute ausgerichtet. Das Fest kostet mich jedes Mal ein Vermögen, alleine schon das Büffet, das Beste vom Besten. Aber da lasse ich mir nichts nachsagen.

An diesem Abend, zwischen Champagner und Lachs, werde ich dir die wichtigsten Leute vorstellen. Ich brauche mich ja nicht mehr in den Vordergrund stellen, jetzt musst du brillieren. Es sind alles meine Geschäftspartner.

Die nächsten Modeschauen sollen mit deinen Mannequins vorgeführt werden. Die Hersteller textiler Damenoberbekleidung brauchen Ideen, ihre Erzeugnisse effektvoll den Einkäufern zu präsentieren. Wir haben während dieser Modetage Fachpublikum von überall und es sind gesellschaftliche Höhepunkte zu erwarten. Und wenn du ihnen Supershows anbietest, steht deinem Erfolg nichts mehr im Wege. Die kommende Saison wird ein Sprungbrett deiner Karriere.

Im Übrigen, gestern hatte ich mit maßgebenden Personen des Wiener Modesekretariats eine Besprechung. Als Auftakt für die Fashionweek findet ein Festabend statt, unter dem Thema ‚Wiener Mode im Wandel der Zeit'.

Es soll ein geschlossenes Entwicklungsbild dargestellt sein, mit erklärenden Worten zwischen den Vorführungen, das wie ein Bilderbogen präsentiert wird. Als Schwerpunkt setzen sie ‚Bekleidung und Accessoires als besondere Note des Wiener Geschmacks ab dem 19. Jh. bis zur Jetztzeit'.

Die Inspiration vom Designer, dem Hersteller und allem notwendigen Drumherum wird erwähnt. Es ist ein reizvolles Projekt.

Ich selbst arbeite hier mit und werde die nächsten Trends zu Papier bringen. Ich habe dich ebenfalls erwähnt. Man ist interessiert, dich und deine Anregungen kennen zu lernen, denn die Show muss kurz, präzise, schwungvoll und wirkungsvoll ablaufen. Ein weiterer Schritt nach vorne für dich, wenn du hier dabei bist."

Hannelore war total erregt. Sie wusste, jetzt war die Zeit gekommen, wo sie mit Viktoria rechnen konnte, denn sie war wieder voll Unternehmungslust, Vitalität und bedeutender Widerstandskraft.

Viktoria gönnte sich keine Ruhepause. Es gab so viele Vorbereitungsarbeiten. Mit viel Glück engagierte sie eine hervorragende, junge Assistentin, die sich voll für ihre selbstständige Position einsetzte. Neben den üblichen Sekretariatsarbeiten verfügte sie über Organisationstalent, war einsatzfreudig und dynamisch.

Peter war, sooft es ihm die Zeit erlaubte, mit Viktoria zusammen. Manchmal saßen sie in Viktorias Büro, lunchten gemeinsam eine Kleinigkeit, oder er kam zum Wochenende zwischen Golfspiel, Siegesfeier oder Heimfahrt auf Besuch.

Während eines gemeinsamen Saunaaufenthaltes berichtete Viktoria, dass sie dringend ein Auto brauchen würde. Sie wollte sich nicht in Schulden stürzen und dachte für den Anfang an ein kleines, gebrauchtes.

Peter räusperte sich. Die Hitze in der Saunakammer schien unerträglich.

„Viktoria, das würde ich nicht machen. Kaufe dir gleich ein ordentliches, mit dem du sicher in der Stadt und über Land fahren kannst. Ich habe auch schon daran gedacht und wollte dich eigentlich überraschen. Durch Zufall ist mir ein kleiner Mercedes aufgefallen. Ein Vorführmodell, fast neu und sehr günstig."

„Der kostet zu viel", protestierte Viktoria. „Ich muss jetzt sparen, da ich noch nicht weiß, wie meine Geschäfte anlaufen." Von Daniel hatte sie gelernt, Kosten rechtzeitig zu überblicken.

„Über den Preis mach dir bitte keine Sorgen. Es soll ein Geschenk für dich sein."

„Peter, das kann ich nicht annehmen, das ist zu viel."

„Pst", schnitt er ihr das Wort ab und küsste sie auf das erhitzte Gesicht.

„Ich hatte letzthin Glück mit dem Ein- und Verkauf einiger Aktien. Du weißt, ich habe da mein privates ‚Spielkapital'. Ich habe billig Aktien gekauft und sie rasch, während sie in der

Hausse standen, wieder verkauft. Der Erlös kommt dir zugute. Was soll ich damit anfangen? Ich habe ja alles. Und so ist es gut investiert. Er wird dir gefallen, der kleine, schnittige Mercedes. Ich freue mich, dir etwas geben zu können. Nun aber raus aus der Kammer, sonst ist nichts mehr übrig von mir und meinem besten Stück", wechselte er sofort das Thema.

Für Viktoria gab es keine Widerrede, denn sie wusste, dass Peter nicht gerne viel herumredete, wenn es um Geldangelegenheiten ging.

„Warum tust du das alles für mich?", fragte sie überflüssigerweise.

„Weil ich dich liebe und weil ich möchte, dass es dir an nichts fehlt", war seine ruhige, besonnene Antwort.

Jahre vergingen

Viktoria regierte erfolgreich mit in der Welt der Mode. Sie hatte den passenden Lebensschlüssel gefunden. Die Liebe und Freundschaften vieler um sie herum ließen sie hell erstrahlen.

Voll unerschöpflicher Kreativität sprudelte es ihr immer wieder an Einfällen.

Die ersten Häuser richteten die Wünsche an sie. Viktoria arrangierte Fashionshows mit ihren Mannequins in ganz Österreich. Parallel führte sie eine internationale Agentur für männliche und weibliche Fotomodelle und vertrat eine französische Firma für Dessous als weiteres Standbein.

Hierfür hatte sie einen Mitarbeiter, der seinen Job perfekt machte, denn er verkaufte die Modelle „als glänzenden Stern für Frauen, die verführen wollen oder sich verführen lassen möchten".

Mit Peter führte sie eine harmonische Freundschafts- und Liebesbeziehung. Sie brauchten einander, aber wollten niemanden verletzen und wurden mühelos fertig mit ihrem Problem „Tagesehe".

Viktoria störte es nicht, wenn sie sich tagelang nicht sahen oder wenn Peter oft nur auf einen Sprung zum Nachtmahlessen kam. Ihre Freude war groß, wann immer er auch erschien. Sie griff nicht nach den Sternen und fragte nicht, was sein könnte oder was gewesen war.

Manchmal verreisten sie gemeinsam. Es ließ sich einrichten, dass Viktoria mitflog, wenn Peter eine Besprechung oder Tagung in München, Frankfurt oder London hatte.

Sie vergaßen nie, durch die nächtlichen Straßen der einen oder anderen Stadt zu spazieren, um sich zu erinnern, dass sie vor vielen Jahren schon einmal hier waren und die Umstände dieselben waren.

Am eindrucksvollsten für beide schien Lyon zu sein. Viktoria hatte zweimal im Jahr ihre Kollektionsbesprechung betreffend ihrer Vertretung. Peter kam meist einen Tag später nach, wenn Viktoria ihre geschäftlichen Aktivitäten hinter sich hatte. Er erwartete sie dann bereits sehnsüchtig im Bett des Hotelzimmers, und inspiriert von Frankreich und den Franzosen, die alles mit amuse machen, und dem herrlichen Wein aus dem Rhone-Tal, war die Begrüßung so intensiv, dass sie kaum voneinander lassen konnten. Die herrschaftlichen Räume des ehrwürdigen Grandhotels gaben das ihrige. Sie kamen sich vor wie zwei Königskinder, die endlich zueinander gefunden hatten.

Im „Beaucuse", dem bekanntesten Restaurant Frankreichs, delektierten sie sich an „amuse-gueule" und lustwandelten anschließend froh gestimmt durch „veux Lyon", um Esprit und Romantik einwirken zu lassen.

Ja, Lyon war eine Reise wert, wenn es für die beiden Liebenden auch nur Stunden waren, wo sie alles um sich herum vergessen konnten.

Viktorias Bekannten- und Freundeskreis wurde immer größer, und es war – zusammen mit ihrer beruflichen Tätigkeit – gar nicht so einfach, alles unter einen Hut zu bringen.

Es gab Opern- und Theaterbesuche und da und dort formelle Partys, die sie selbstverständlich ohne Peter besuchte, denn nur wenige Freunde wussten von ihrem Verhältnis zu einem verheirateten Mann.

In der Gesellschaft verkehrte sie gerne mit Oliver, einem der schönsten Männer, den Wien zurzeit vorzeigen konnte. Leider hatte Oliver einen Fehler. Er liebte nur seinesgleichen.

Viktoria wurde dies Gott sei Dank rechtzeitig bewusst, denn sie war im Begriffe, sich ein wenig in diesen jungen, dunkelhaarigen, körperlich perfekt gebauten, scharmanten und trotzdem so sensiblen Mann zu verlieben.

Sie hatte ihn auf einer Geburtstagsparty bei Freunden kennen gelernt und lud ihn großzügigerweise nach dem Fest noch auf einen Kaffee zu sich nachhause ein. Gut gelaunt wollte sie einiges aus Oliver im trauten Tete-a-tete zu zweit „analysieren". Als aber Oliver ehrlich und vertrauensvoll von seinem Leben erzählte und durchblicken ließ, dass er mit einem bekannten Schauspieler liiert sei, schrumpfte bei Viktoria alles, was sie an Energie aufgeblasen hatte, um den Jungen zu erobern, zusammen. Ist vielleicht besser so, tröstete sich Viktoria nach dem ersten Schrecken. Aber beide fanden sehr viel Sympathie füreinander, und es entwickelte sich mit der Zeit eine überaus wertvolle, platonische Freundschaft.

Wann immer sie Lust und Laune hatten, schleppte Viktoria Oliver als „Herzeig-Apoll" zu verschiedensten Veranstaltungen und wurde dadurch von so manchen Damen beneidet.

Andererseits verkehrte Viktoria auch im Haus von Oliver und seinem Freund, lernte einige Herren dieser Kreise kennen, die sie heimlich als die „Verzauberten" betitelte. Da Viktoria sich auch diesbezüglich den Gegebenheiten des Lebens anpasste, war sie stets gern gesehener und akzeptierter Gast bei ihnen, den Homosexuellen.

In den Sommermonaten verweilte Peter mit Familie in seinem Feriendomizil am Attersee. Martha hatte das Haus von ihren Eltern geerbt. Das Ehepaar bemühte sich, während dieser Zeit keine Missstimmung aufkommen zu lassen. Martha war freundlich und aufgeschlossen. Sie entwickelte eine Leidenschaft zum Segeln, das sie von Kind auf schon beherrschte. In ihrem kleinen Boot war sie oftmals stundenlang alleine am See und kam irgendwann frisch und gut gelaunt nachhause.

Peter nahm sich in den Ferien sehr um seinen Sohn an. Er holte auf, was er das ganze Jahr versäumte. So war die Vereinbarung, und diese wiederholte sich Jahr für Jahr.

Dinge, die sich wie eine Perlenkette aneinander reihten und im ewigen Kreislauf des Lebens wiederkehrten.

Viktoria sah sich in den Spiegel.

Was war seit einigen Tagen bloß los mit ihr? Ihr Gesichtsausdruck war ein einziges Fragezeichen. Schon die geringste Anstrengung betrachtete sie als Strapaze. Jedes Wort, das ihr nicht positiv über die Seele lief, bereitete innere Turbulenzen. Viktoria reagierte oftmals aggressiv, ihre Handlungen waren voreilig und unentschlossen.

Müde und abgespannt verfolgte sie den Tagesablauf und wünschte sich Abwechslung. Aber welche Alternative strebte sie an? Sie war so involviert in ihren Beruf. Er gab ihr keine Chance auszubrechen, eine Veränderung herbeizuführen. Aber der

Job bereitete ihr im Grunde genommen Vergnügen, sie konnte sich nicht vorstellen, ihn aufzugeben.

Mit Sorgfalt und Noblesse leitete sie ihr Unternehmen und achtete, den guten Ruf aufrechtzuhalten Bei Partys und künstlerischen Veranstaltungen war sie ein gern gesehener Gast, und so mancher schätzte sich glücklich, zu Viktorias Bekanntenkreis zählen zu können.

Gerne dachte sie an die Jahre zurück, wo sie ihre Erfahrungen am Laufsteg gesammelt hatte. Ständig im Scheinwerferlicht präsentieren, wo jede winzigste Unebenheit umbarmherzig sichtbar wird, betrachtete Viktoria als ständige Herausforderung. Durch jeden kleinen Fehler lernte sie mehr und wurde so zur Meisterin der Perfektion. Und diese Richtlinien gab sie an die Mädchen, die sie managte, weiter.

Viktoria prägte ihnen ein, an nichts anderes zu denken als an Schönheit und Gepflegtsein. Sport und Diät, zusammen mit einem ausgewogenen Seelenleben, helfen den jugendlichen Glanz zu erhalten. Mannequins und Fotomodelle müssen sich an diese Grundregeln halten, denn ohne Disziplin schaffen sie den Erfolg nicht.

Viktoria wusste nur zu gut, wie sensibel und leicht verwundbar diese schönen Geschöpfe sind, und dass es immer wieder zu Entgleisungen kommen kann, nämlich, wenn die eine oder andere hysterisch agiert und mit dem Aufhören, im schlimmeren Fall sogar mit dem Umbringen droht.

Sie konnte sich zu gut in diese Lage hineindenken. Mit viel Einfühlungsvermögen schaffte sie bei derjenigen ein offenes Gespräch, und ihre Fähigkeit war zu guter Letzt, das seelische Gleichgewicht dieses Mädchens wieder herzustellen.

Viktoria war nicht nur eine autoritäre, sondern auch eine humane Chefin, und ihre Mädchen liebten sie, weil man ihr in jeder Weise Vertrauen schenken konnte.

Nun befand sie sich selbst in einer Krise. Sie war müde geworden. Sie sehnte sich nach einer Familie, nach einem Kind, das ihr das Schicksal verwehrt hatte. Geborgenheit und harmonisches Familienleben, Idylle, die sie sich nur erträumen konnte.

Alle Menschen, die ihr etwas bedeuteten, hatten sie verlassen, außer Peter. Aber war Peter wirklich das Absolute, Endgültige für ihr Seelenheil? Für ihr Leben fühlte sie sich selbst verantwortlich. Aber Peter, ihr Freund und Gönner, half ihr trotzdem immer wieder, schwierige Situationen zu meistern.

In ihrer Lethargie baute sie sich eine Traumwelt. Viktoria wollte baldmöglichst ein kleines Anwesen erstehen. Somit hätte sie ein neues Betätigungsfeld und einen Zufluchtsort, zu dem sie, wann immer ihr danach war, fliehen konnte.

Ein kleines Bauernhaus und einen Grund, so groß um sich auch einige Tiere zu halten, sie großzuziehen und sich an ihnen zu erfreuen. Ein Pferd zum Beispiel.

Wie lange war es her, dass sie mit Daniel einträchtig in der wildromantischen, andalusischen Landschaft ritt?

Kleine Bergziegen wollte sie haben. Das erinnerte sie an ihre Jugend. Vielleicht auch Enten, Katzen und einen Hund, der sie überall begleitete. Ja, einen Hund brauchte sie als treuen Gefährten und Beschützer. Mit derben Schuhen und Wollpullover in den kühlen Tagen würde sie dort ihre Wochenenden verbringen.

Ein kleiner Garten müsste angelegt werden mit den buntesten Sommerblumen. Und Gemüse anpflanzen und zusehen, wie es kräftig wuchs. Das wäre eine schöne Aufgabe für sie.

Am geeignetsten schien es, ein altes Haus zu finden und dieses entsprechend nach ihrem Geschmack renovieren zu lassen. Sie wollte selbst Architekt sein und das Haus liebevoll gestalten.

Insgeheim zeichnete Viktoria bereits Pläne. Das Wohnzimmer brauchte einen echten Kachelofen, der ihr während der kalten Jahreszeit Wärme spendete. In ihrer Fantasie sah sie bereits ihre Katzen vor dem Ofen liegen, wartend, bis sie von einem gemütlichen Ausritt, zu dem sie ihr Hund begleitete, in die Stube kam. Danach gab es einen kräftigen Punsch, ein gutes Buch, die absolute Ruhe und Zufriedenheit.

Ihr kleines Reich dürfte auch nicht zu weit weg von Wien sein. Verschollen und doch jederzeit erreichbar. Vielleicht in einem romantischen, kleinen Ort im Waldviertel? Wo Menschen noch Menschen sind, liebenswert und natürlich.

Dort, wo die Leute nicht reden über die Dame aus der Stadt ohne Mann und Kind.

Dort, wo man sie aufnimmt und akzeptiert.

Natürlich brauchte Viktoria einen verlässlichen Menschen, der sich um das Anwesen kümmerte und dem sie vertrauen konnte, da sie ja nicht ständig dort wäre. Wer könnte da infrage kommen? Am geeignetsten schien ein richtiger, natürlicher, starker Naturbursche.

Andererseits, moralisch gesehen, ob das eine gute Idee wäre? Sie kicherte bei dem Gedanken, ein Wochenende lang allein in Gesellschaft eines „Knechts" …

Vielleicht ließe sich jemand aus dem Dorf finden, der täglich die Arbeit verrichtete, oder ein Ehepaar, welches direkt bei ihr wohnen würde, Ordnung hielte, schon wegen der Tiere.

Aber dann würde sie wieder nicht allein sein.

Sie seufzte bei diesen Gedanken, denn es schien, um ihre Pläne zu verwirklichen, dass sich hier einige Schwierigkeiten anbahnten.

Kommt Zeit, kommt Rat, tröstete sich Viktoria selbst, denn es war viel zu schön für sie, sich ihren Träumereien hingeben zu können.

Sie überlegte ernsthaft, einen Makler zu beauftragen, nach etwas Passendem zu suchen. In ihrem Freundeskreis gab es genug Leute, die weiß Gott sich glücklich schätzen würden, ihr unter die Arme greifen zu können.

Viktoria erinnerte sich, dass sie erst vorige Woche im Kosmetiksalon mit einer jungen Dame ins Gespräch gekommen war, deren Mann in Bälde ein eigenes Realitätenbüro eröffnen würde. Sie bekam die Einladung, der Eröffnungsfeier beizuwohnen, und wenn sie diese Karte nicht schon weggeworfen hatte, müsste sie noch auf ihrem Schreibtisch liegen. En passant könnte sie diesem Makler mitteilen, wenn er einen kleinen Bauernhof wüsste, der zum Verkauf bereitstünde, könnte er sich mit ihr ins Einvernehmen setzen.

Aber im Moment wollte sie ja mit niemandem über ihre Träumereien sprechen. Schon gar nicht mit Peter. Er interessierte sich in keiner Weise fürs Landleben. Landleben bedeutete für ihn Kälte und Feuchte, Fakten, die ihm zuwider waren, und manuelle Arbeit war etwas, was er anscheinend noch nie in seinem Leben machen musste. Außerdem gab es in letzter Zeit mit Peter undurchschaubare, kleine Spannungen. Sie war das gar nicht gewohnt, denn Zerwürfnisse oder Reibereien unwichtiger Art dauerten bei den beiden nie lange, und die Versöhnung fand schnellstens im Bett statt.

Am Anfang ihrer Krise ließ Viktoria Peter gegenüber ihren Weltschmerz nicht anmerken. Sie war sich bewusst, dass Männer nur bestens gelaunte Geliebte um sich haben wollen, und so sehr die beiden mit den Jahren immer mehr eins wurden, war sie ja doch nichts anderes als seine Geliebte, seine Zweitfrau.

Aber es passierte immer öfter, dass Viktoria grundlos zu weinen begann. Um ihren Kummer nicht zeigen zu müssen, täuschte sie Schmerzen vor, ging ins Badezimmer und heulte. Die Tränen kollerten ihr übers Gesicht, und sie wusste nicht, warum.

An einem Mittwoch kam Peter wieder mal auf Besuch, sagte aber gleich bei der Begrüßung, dass er nicht lange Zeit hätte. Er umarmte sie zärtlich und murmelte: „Ich brauche dich, mein Liebling."

„Und ich kann nicht, mein Liebling", erwiderte Viktoria gereizt, „denn ich fühle mich schlecht."

Peter sah sie erstaunt an und Viktoria kam vor, dass er sofort eine gekränkte Miene aufsetzte.

„Das Einzige, was ihr Männer im Sinn habt, ist Sex, Sex, Sex", fuhr sie angriffslustig fort. „Sich auslassen und dann wieder gehen", fügte sie leise hinzu, aber Peter dürfte es doch gehört haben.

„Meine Liebe", sagte er leicht schockiert, „ein Amerikaner hatte mir einmal – beim dritten Glas Whisky – den guten Rat gegeben, es ist besser, mit einer Frau ins Bett zu gehen und sie zu lieben, als mit ihr über Probleme zu diskutieren. Aber in der Praxis scheint das nicht immer so zu sein."

„Es gibt sehr unterschiedliche Interpretationen über dieses Thema", erwiderte Viktoria ärgerlicher als sie wollte.

Peter ging zum Schrank, holte sich aus der Bar einen Whisky, nahm noch Eis aus dem Tiefkühlfach und machte es sich auf dem Sofa bequem.

Normalerweise liebte Viktoria diese vertraute Position, aber am heutigen Tag ging ihr auch das auf die Nerven. Er sitzt da wie ein alter Ehemann, dachte sie und sah ihn direkt feindselig an. Sie bemühte sich keineswegs, ein freundliches Gesicht zu machen. Warum sollte sie auch immer Toleranz für andere aufbringen?

Peter drückte auf den Fernsehfernbediener und suchte den Sender, der gerade über die Tages-Highlights berichtete. Zum Schluss wurden die Börsenneuigkeiten bekannt gegeben. Peter verfolgte gespannt die Meldungen.

„Nun, wie stehen die Aktien“, fragte ihn Viktoria etwas freundlicher und einlenkend, denn sie registrierte Peters nervösen Gesichtsausdruck.

„Die rasante Talfahrt der Kurse der letzten Tage scheint gestoppt zu sein, aber die Wiener Börse ist nach wie vor träge und es zeigt sich auch weiter eher eine Seitwärtsbewegung. Meine Aktien stehen leider noch immer auf Baisse. Ich will gar nicht daran denken, was sie wert sind, und hoffe, dass sich diese Wirtschaftskrisen, die auf der ganzen Welt einherfallen, wieder beruhigen. Zurzeit schaut es nicht rosig aus.“

„Hast du Sorgen?“

„Nun, ich habe mit einigem zu kämpfen, aber“, er lächelte etwas müde, „ich komme schon auf gleich. Ich bin am Wege, Ordnung zu machen. Im Übrigen, jetzt, wo die Aktien so schlecht sind, sollte man wieder kaufen, wenn man genügend Geld dazu hat. Du kennst ja das Spiel?“

Es sollte ablenkend klingen.

„Aber“, er blickte auf die Uhr, „ich werde mich wohl für heute verabschieden. Mach's gut, Schätzchen.“

Er küsste sie flüchtig auf die Stirn und ging dann, ohne Viktoria zu sagen, wann er sich wieder melden würde.

Sie verzog das Gesicht und ärgerte sich maßlos über das Wort Schätzchen. Er wusste doch, dass sie dieses Kosewort nicht ausstehen konnte. Warum sagte er es trotzdem?

Zwei Wochen später

Viktoria hatte neue Kontakte aufgenommen mit einer italienischen Firma für Nachtwäsche. Ein Sortiment eleganter Roben für die Nacht mit passenden Morgenmänteln. Luxuriöse Negligees, Traum vieler Frauen, aber auch kokette Babydolls und seidige, feminine Pyjamas, alles hergestellt aus kostbaren Stoffen in effektvollen Dessins und dem Trend entsprechenden Farben. Die Modelle waren exquisit und teuer genug für ihren Kundenkreis des gehobenen Genres und erschienen ihr eine passende Ergänzung der schon vorhandenen Kollektion aus Frankreich.

Das Geschäft zeigte zurzeit einen ungeheuren Boom in diesen kleinen, extravaganten Artikeln und sie versprach sich eine weitere, profitable Umsatzsteigerung.

Viktoria flog nach Mailand, der Modestadt Italiens, und besprach die Konditionen für die Vertretung auf dem österreichischen Markt.

Schon während des Fluges hatte sie ihre fixen Ideen, wie sie zur kommenden Saison eine großartige Präsentation der Modelle stattfinden lassen würde. Unter dem Motto: „Weiblichkeit kann herrlich sein." Sie würde keine Mühen und Kosten scheuen, mit den besten Mannequins in einem gepflegten Ambiente die Show perfekt zu gestalten, um somit die Kauflust noch mehr zu forcieren.

Viktoria war froh, dass man ihr ein Hotel im Zentrum reserviert hatte, gleich bei der Piazza della Republica, denn sie liebte es, Städte und deren Mitmenschen hautnah um sich zu spüren. Zwar hatte sie wieder mal viel zu wenig Zeit, sich an den Kunststätten zu delektieren, aber die Besichtigung des Mailänder Doms, einen Spaziergang in der berühmten Galerie Vittoria Emanuela und einen Besuch der Scala hatte sie zumindest eingeplant.

Bei der Aufführung „La Traviata" dachte sie an ihren Geliebten und Tränen stiegen auf, während die herrliche Liebesarie ihr durch Körper und Seele schmolz. Sie bekam Sehnsucht nach ihm und seiner Liebe.

Von Mailand zurück versuchte Viktoria sofort, Peter telefonisch zu erreichen. Sie hatte kein Glück, auch Peter schien geschäftlich ständig unterwegs zu sein. Die Nummer zum Direktanschluss in sein Büro läutete, ohne dass er abhob. Viktoria resignierte schon wieder. Für sie war primär, dass sie sich gesundheitlich besser fühlte. Ihre Tage waren wieder voll Elan und Tatendrang. Und wenn sie sich abends in ihre romantische Schwärmerei versetzte und in ihrem Bauernhaus wohnte, war sie sowieso weit weg von jeglicher Wirklichkeit und froh, dass sie niemand aus ihrer Traumwelt riss.

Viktoria vergaß nicht, der Einladung zur Eröffnung des Realitätenbüros Meir Folge zu leisten. Als Viktoria eintraf, waren schon viele Gäste anwesend und sie hatte Mühe, die Gattin des Immobilienhändlers zu finden. Endlich entdeckte sie Frau Meir und sie ging zielstrebig auf die Gastgeberin zu.

Die junge Frau zeigte sich sehr erfreut, dass Viktoria Wort gehalten hatte, und stellte ihr sogleich ihren Mann vor. Sehr sympathisch und sicherlich ehrgeizig, stellte Viktoria innerlich fest. Sie hatte eine gute Menschenkenntnis und irrte sich nur im seltensten Fall. Gelegentlich werde ich ihm den Auftrag geben, für mich etwas zu suchen, dachte sie sich. Es folgte Smalltalk mit dem einen oder anderen, und zwischendurch wurde sie mit Sekt und kleinen Leckereien verwöhnt.

Viktoria wollte an diesem Abend nicht allzu lange bleiben. Es gefielen ihr die Leute nicht, von denen sie umgeben war. Die allein stehenden Herren waren besonders bedacht, Viktorias Gunst zu erhaschen. Sie kam sich wie ein Freiwild vor. An diesem Abend hatte sie weder Lust auf einen oberflächlichen Flirt noch auf ein nichts sagendes Gespräch. Sie wollte nur Peter. Also verabschiedete sie sich bald von dem Gastgeber, nicht ohne zu erwähnen, dass sie sich in nächster Zeit eventuell wegen eines Objektes mit ihm beraten würde.

Vielleicht hatte Peter eine Nachricht am Anrufbeantworter hinterlassen? Zu Hause angekommen war sie so ungeduldig, dass sie, ohne sich die Schuhe auszuziehen, sofort zum Anrufbeantworter ging und abhörte. Peter hatte sich tatsächlich gemeldet. Seine Stimme klang belegt. „Hallo Liebes, wie du bemerkt hast, war ich geschäftlich sehr viel unterwegs. Nachdem auch du verreist warst, werde ich dir wohl nicht zu sehr abgegangen sein. Heute wollte ich dich besuchen, leider vergebens. Ich hoffe, du bist morgen zu Hause. Ich werde gegen 17 Uhr bei dir sein. Alles Liebe, Peter."

Peter kam am nächsten Tag etwas später als angekündigt. Er schien gehetzt und sein Gehabe war alles andere als liebevoll. Flüchtig küsste er Viktoria, sah auf die Uhr und meinte bedauernd: „Leider habe ich heute nicht allzu lange Zeit, ich muss noch zu einem Empfang."

Viktoria sagte nur freundlich: „Schade. Weißt du, wie lange wir schon nicht mehr miteinander geschlafen haben?"

„Ich weiß", erwiderte Peter und sah sie ernst an. „Möchtest du ins Bett gehen?"

Viktoria lächelte wie ein junges Mädchen und streichelte ihm den Kopf. Ohne darauf zu reagieren, sagte Peter: „Viktoria, ich werde überhaupt nicht mehr so viel Zeit haben. Ich habe einige Probleme in der Firma und muss effizienter arbeiten."

Viktoria sah ihn überrascht an. Das war ja ganz was Neues. Wie oft hatte sie selbst mit Stress und Hektik zu kämpfen, aber für Peter nahm sie sich immer Zeit.

„Nun ja, Peter, wenn du glaubst, dass du mich nicht mehr sehen kannst, weil du so viel zu tun hast, das muss ich dir überlassen. Für mich ist es eine Aussage, die ich erst verkraften muss. Vielleicht ist auch heute nicht der richtige Augenblick, um dies auszudiskutieren. Denn wie ich merke, bist du schon am Sprung, und es ist besser, du gehst gleich, sonst kommst du noch zu spät."

Peter verabschiedete sich hastig. Es schien, als ob er Angst hätte, mit Viktoria weiterreden zu müssen.

Viktoria glaubte ihm nicht so recht, dass er wirklich Schwierigkeiten mit der Firma hatte. Sicher, er hatte sich nie richtig ausgesprochen. Das Thema Geschäft und Familie war für ihn stets tabu, wenn er bei Viktoria verweilte. Ob das ein Schachzug war, weil sie sich in den letzten Wochen auch etwas distanziert verhielt? Wie können Männer doch komisch sein. In den nächsten Tagen bat sie Peter telefonisch um eine Aussprache.

„Wir können uns ja in einem Café treffen, wenn dir die Wohnung zu wenig neutral erscheint."

Sie wartete schon auf Peters liebevolle Antwort: „Aber warum ein Kaffeehaus, wenn wir das herrlich große Bett haben." Aber wie betroffen war sie, als er tatsächlich auf einem Rendezvous im Kaffeehaus beharrte.

Peter kam knapp nachdem Viktoria sich gesetzt hatte. Er küsste sie kurz und schien abwesend zu sein. Viktoria fand, dass er blass aussah.

„Wie geht es dir", fragte Peter höflich.

„Schlecht", erwiderte Viktoria lachend, „ich leide an Entzugserscheinungen. Siehst du nicht die Pickel im Gesicht?"

„Nein, du bist schön wie immer."

Dann herrschte Stille.

Viktoria wollte nicht länger mit belanglosen Sätzen die Zeit verlieren. Daher eröffnete sie das Gespräch.

„In den Wochen, in denen wir voneinander Abstand genommen haben, konnte ich viel über uns beide nachdenken. Ich weiß, dass ich der Grund dieser Entgleisung war, aber ich fühlte mich schlecht. Und ich war gekränkt, dass du dies nicht einsehen konntest. Ich habe in all den Jahren mit meinen Problemen allein zurechtkommen müssen, aber ich habe dich immer geliebt und gewusst, dass du für mich da bist. Und ich habe dich eigentlich nie gefragt, ob du auch mit allem zufrieden bist. Wir haben nie darüber gesprochen und ich habe dich nie danach gefragt.

Jetzt redest du plötzlich von Schwierigkeiten und ich weiß nicht, wie ich mich verhalten soll. Ich weiß auch nicht, ob ich dir helfen kann, aber ich kann zumindest zuhören und dich fühlen lassen, dass ich für dich da bin, und kann dir sagen, welch ein spezieller Mensch du immer warst und für mich bist.

Es gibt schwierige Zeiten im Leben jedes Menschen, aber du musst dich aussprechen, denn es ist traurig für mich, wach zu liegen und nicht zu wissen, woran ich bin."

Peter hatte Viktoria während des ganzen Gespräches nicht angesehen, sondern hielt den Blick gesenkt. Als er aufblickte, sah Viktoria mit Entsetzen, dass seine Augen feucht waren. Sie griff mit ihren Händen nach seinen, die er um die Kaffeetasse geklammert hatte, als ob er Schutz suche.

„Viktoria, es ist alles so verworren, wie soll ich dir das erklären.“ Sie war auf alles gefasst, nur auf das nicht.

„Ich habe eine junge Frau kennen gelernt. Eigentlich könnte sie meine Tochter sein. Anfangs habe ich mich mit meinen Gefühlen zurückgehalten. Als ich jetzt deine Ablehnung spürte, fiel es mir leichter, mich in den Bann der Liebe reißen zu lassen. Ich dachte, du liebst mich nicht mehr, ich hatte ausgedient. Viktoria, ich habe immer alles akzeptiert, deine kleinen Flirts, ich habe nie gefragt, ob du wirklich allein im Hotelzimmer schläfst. Ich wusste, ich habe kein Recht dazu. Frauen wie du können nicht hundertprozentig treu sein. Du bist eine Persönlichkeit, um dein Charisma beneiden dich viele. Dein Feuer spürt man, du verzauberst die Menschen, auch wenn du ihnen nicht gehörst.“

Nach einer Nachdenkpause holte er weiter aus. „Aber mit dieser jungen Frau ist es etwas anderes. Es ist kein Intermezzo. Sie will mit mir zusammen leben, eine neue Familie gründen. Sie baut mich auf und inspiriert mich, gibt mir Kraft und neue Ideen.

Ich habe auch schon mit Martha gesprochen. Sie lässt mich gehen. Es ist ihr lieber so, als wenn ich jeden Morgen erst nach Hause komme, mich dusche und dann ins Büro fahre, wie ich es jetzt die letzten Wochen durchzog.

Unsere Sprache ist keine Sprache mehr. Mit anderen Worten, ich bin von zu Hause ausgezogen. Viktoria, ich mache mit allem Schluss. Ich verkaufe meine Firmenanteile und beginne ein neues Leben.

Mein einziges Problem wird mein Sohn sein, aber ich werde auch hier eine Lösung finden.“

Viktoria war viel zu entsetzt und traurig, um wirklich den Ernst zu begreifen. Dennoch konnte sie nur noch stammelnd hervorbringen: „Und an mich, an mich denkst du dabei gar nicht. Gibt es denn überhaupt keine Chance mehr für mich?“

„Nein, Viktoria, du brauchst mich nicht mehr und es gibt auch keine Chance mehr“, entgegnete Peter nahezu hart.

„Sag, dass du mich nicht mehr liebst, sag es mir endlich.“

Ihre Stimme wurde lauter, aber es war ihr vollkommen egal.

Peter erwiderte zunächst nichts. „Viktoria, mit uns beiden, das war etwas Einmaliges, so etwas kommt nie mehr wieder. Bitte glaube mir. Auf deine Frage kann und will ich dir keine Antwort geben."

Viktoria war sich bewusst, dass ein Weiterdiskutieren im Moment völlig sinnlos wäre. Sie sah Peter verzweifelt an.

„Nun, dann bleibt mir wohl nichts anderes übrig, als dir alles Gute zu wünschen. Vergiss mich, wenn du es nicht so schon gemacht hast."

Trotzig rief sie den Kellner und zahlte ihren Kaffee.

„Willst du dir nicht einmal mehr den Drink von mir bezahlen lassen", fragte Peter traurig.

„Nein, wozu auch, daran werde ich mich wohl jetzt gewöhnen müssen." Sie stand auf und mit einem „Lebe wohl" ging sie zum Ausgang. Sie wollte nur fort von hier.

Am Weg zu ihrem Auto rannen ihr die Tränen erbarmungslos übers Gesicht. Es spielte ihr keine Rolle, dass die Leute sie mitleidig ansahen.

Nach einer Woche des Schweigens hielt es Viktoria nicht mehr aus. Sie weigerte sich, einsehen zu müssen, dass alles zu Ende war. Trotz und Trauer hatten sich aufgestaut wie eine Mauer. Aber wie konnte sie diese durchbrechen? Peters Geburtstag nahte. Viktoria schickte ihm durch einen Boten in die Firma eine kleine, antike Uhr als Geschenk für sein Büro, mit den wenigen Worten: „Die Uhr als Symbol der Zeit, zu wissen wie spät es ist, dass es zu spät oder nie zu spät ist."

Viktoria wusste, dass der Anruf bei ihr zu Hause tags drauf nur von Peter sein konnte.

„Liebes", begann er, „warum machst du das und schenkst mir diese schöne Uhr?"

„Ich musste dir einfach noch ein letztes Präsent machen", entgegnete sie. „Außerdem habe ich in all den Jahren so viel von dir bekommen, und ich glaube, es war immer einseitig, ich konnte dir gar nichts geben."

„Das ist nicht wahr, Viktoria, bitte stürze dich jetzt nicht in Selbstvorwürfe. Du hast mir genug geschenkt."

„Was zum Beispiel?"

„Du hast mir dich geschenkt, dich und all deine Liebe, die du für mich aufbringen konntest. Und dafür danke ich dir immer wieder."

„Und du willst nicht mit mir ein Glas auf dein Wohl trinken?“, lenkte Viktoria ein.

„Ich kann nicht, ich bin dabei, Ordnung in mein Leben zu bringen. Verzeih mir.“

„Ich verstehe.“ Viktoria war dem Weinen nahe. „Weißt du überhaupt, was du willst?“, fragte sie ihn mit tränenerstickter Stimme.

„Manchmal habe ich das Gefühl, ich weiß es nicht. Ich will weg, weg von allem, ausbrechen aus dieser heilen, verdammten Welt.“

„Bist du wenigstens glücklich?“

„Was bedeutet das Wort glücklich? Gibt es eine echte Definition dafür?“

„Kann ich dir nicht doch irgendwie helfen?“

„Nein, Viktoria, hier muss ich alleine durch, alles mit meinem Gewissen vereinbaren.“

Viktoria legte auf, ohne auf Wiedersehen gesagt zu haben. Sie erwartete auch nicht, dass er nochmals anrief.

Es kamen Tage, wo Viktoria glaubte, alles überwunden zu haben, aber dann verfolgte sie wieder diese furchtbare Einsamkeit, die sich wie kalte Klauen um ihr Herz legte. Wie unter Zwang ging sie zum Telefon und wählte Peters Nummer.

Als er abhob und sie das vertraute „Hallo“ hörte, legte sie wieder auf. Sie wollte nur seine Stimme hören, nicht einmal mit ihm reden. Denn was hätte sie ihn fragen sollen? Gleichzeitig dachte sie, Peter müsste ja wissen, dass es nur sie sein konnte, die anrief. Vielleicht würde er zurückrufen. Aber er tat es nicht, und das Telefon war stumm, als teilnahmsloser Statist in dieser Affäre.

In ihrer Verzweiflung wählte sie die Nummer in Peters Wohnung. Sie lauschte, wie Martha reagierte, wie sie ihr Hallo hineinrief, herrisch, ärgerlich, und dann den Hörer wieder auf den Apparat knallte, damit die Verbindung unterbrochen war.

Wie es wohl ihr ergehen würde – Viktoria lachte hysterisch auf. Zwei Frauen verloren einen Mann. Eine Farce und trotzdem bitterer Ernst.

Liebe per Kontaktanzeige

Viktoria entdeckte eine Eigenschaft, die sie bis jetzt an sich nie akzeptierte. Sie war labil geworden. Es schien, als ob sie auch dies als Lernprozess durchziehen und daraus ihre Erfahrungen sammeln musste.

Tage kamen, wo Viktoria völlig isoliert im Bett lag, ihren Magen mit Schokolade voll stopfte oder ein Glas zu viel trank. Ihr graute vor dem Gesicht, das am nächsten Morgen aus dem Spiegel sah, aber sie tat nichts dafür, ihr inneres Gleichgewicht wieder herzustellen.

Viktoria hatte den wenigen in ihrem Freundeskreis, die von ihrem Verhältnis mit Peter wussten, erzählt, dass es zu Ende war. Aufrichtige, tröstende Hilfe kam allerorts. Jeder wollte sie aufbauen, mit liebevollen Worten oder einer kleinen Geste der körperlichen Zuwendung, jedoch bei ihr prallte alles ab.

Plötzlich tauchten, nach langer Abwesenheit, bekannte Gestalten auf, luden sie zum Tanzen ein, aber sie verzichtete auf das wilde Gehopse in Diskos und Bars. Sie fand, dass sie Derartiges nicht nötig hätte, und verbrachte lieber einsame Wochenenden, böse und verwundet wie ein Tier, das man verletzt und in der Weite der Natur, ohne jegliche Hilfe, ausgesetzt hatte. Solange sie sich nicht selbst die Hoffnung gab, konnte ihr niemand helfen. Das wusste sie.

Sonntagmorgen gehörte von jeher Viktoria alleine.

Sie liebte die breite Liege, in der sie sich räkeln und strecken konnte.

Sie warf einen Blick auf die Uhr, zog die Decke über den Kopf, um nochmals beruhigt einzuschlafen, oder sie ging in die Küche und bereitete voll Freude ihr „petit déjeuner". Auf dem Tablett war ungemein viel Platz. Sie brauchte ihn auch für das fürstliche Frühstück, mit dem sie zum Bett zurückmarschierte. Sie stellte es auf der freien Seite neben ihrer Liegefläche ab, klopfte die Pölster zum Sitzen auf, setzte sich selbst wieder ins

Bett, überblickte die Köstlichkeiten und begann genussvoll zu essen.

Kein Radio, kein TV, kein Gespräch störte sie, währenddem sie alle Zeitungen durchstudierte, die innerhalb einer Woche gesammelt bereit lagen. Wirtschaft, Chronik, Allgemeines, verschiedenste Annoncen studierte sie, und es gab so manches Aufschlussreiche, das Viktoria Sonntag früh an Informationen nachholte.

Sie wusste nicht, warum an jenem Morgen beim Lesen ihr Blick bei der Rubrik „Liebe zu zweit" hängen blieb. Erstmalig, dass Viktoria diese Texte erfasste.

Langsam las sie. Dabei schüttelte sie den Kopf. Wie viele Menschen ein Single-Dasein führten und wie viele Suchende es wohl gab. Unbewusst vertiefte sie sich darin. Amüsant und viel versprechend, mit mehr oder weniger Verschlüsselungen, Bekenntnissen und Wünschen sprangen sie ihr entgegen.

Eine Idee entstand. Sie reizte, quälte, spaßte, verärgerte und verfolgte Viktoria bis Sonntagnachmittag. Dann hatte sie den Entschluss gefasst. Sie würde selbst eine Kontaktanzeige aufgeben.

Vor ihrem Schreibtisch, den Notizblock aufgelegt, nahm sie den Bleistift zur Hand und starrte auf das noch unbeschriebene Blatt Papier. Sie ließ sich mit der Formulierung Zeit. Es sollte eine treffende Bekanntmachung werden, damit sich der Lesende angesprochen fühlte. Über sich selbst fügte sie die Angaben nur ungefähr hinzu, geheimnisvoll und trotzdem mit wenigen Worten klar und deutlich geschrieben. Sie überlegte, ob vielleicht im Satz der Wunsch nach einer festen Beziehung unmissverständlich hervorstechen müsste? Oder sollte sie abwarten, wie sich alles ergab?

Gleich am nächsten Morgen würde sie im Zeitungsverlag die Annonce fürs kommende Wochenende durchgeben. Die Zuschriften sollten an den Verlag geschickt und ihr dann weitergeleitet werden.

Die Sache fing an Spaß zu machen und heiter und gelöst verbrachte Viktoria den Rest des Tages. Sie war gespannt, wie das Schicksal bei der Durchführung der bestimmten Absicht in entscheidender Weise hier mithelfen konnte.

Ihre Seele reagierte sehr positiv auf das in ihr Vorgehende, Heiterkeit strömte aus und nach der Melodie von Fair Lady begann sie vor sich hinzuträllern: „Wart's nur ab, Peter Schneider, warts nur ab …"

Nächsten Samstag kontrollierte Viktoria ihr Inserat, das klein gedruckt und unscheinbar neben den anderen platziert war. Nicht sehr aufregend im Text, aber ihr schien es, dass sie sich von den anderen abhob.

Die darauf folgenden Tage vergingen und Viktoria verbrachte ungeduldig ihre Stunden im Büro. Sie konnte nicht erwarten, abends nach Hause zu kommen und im Postkasten nachzusehen, ob Antwortschreiben dabei waren. Enttäuscht fand sie jedes Mal außer Rechnungen und Werbesendungen nicht das, was sie erwartete. Sie tröstete sich damit, dass Männer eben schreibfaule Gesellen seien, und somit stellte sie ihre Geduld auf eine weitere Probe.

Ab Mitte der Woche hatte das Warten ein Ende.

Briefe bedeckten ihren Couchtisch. Ein beinahe irres Lachen überhäufte Viktoria. Sie nahm alle Briefe in die Hand, schmiss sie in die Höhe, kniete am Teppich um jeden einzelnen wie ein kostbares Juwel einzusammeln. So viele Männer waren zu haben. Sie brauchte nur danach zu greifen, blindlings zwischen ihren Fingern gleiten zu lassen.

Viktoria – sich selbst zur Ordnung rufend – konzentrierte sich nunmehr ernsthaft auf die Erreichung des angestrebten Zieles und öffnete die Kuverts, um beim Durchlesen der Korrespondenz diese auf drei Stöße einzugliedern.

Der erste Stapel besagte einen vulgären, mit Rechtschreibfehlern strotzenden Inhalt aus. Männer, die sich frei als Masochisten bekannten, fragten, welche sexuellen Vorlieben gewünscht seien. Viktoria graute vor solchen Anlagen und angewidert erkannte sie, dass ein großer Prozentsatz der Briefe diese oder ähnliche Wortlaute beinhalteten.

Aus dem zweiten Stoß analysierte Viktoria, dass die Antworten von Männern kamen, die eine Frau als Zeitvertreib suchten, ein Ausbrechen aus der Ehe versuchten, ein romantisches Abenteuer erwarteten, Eskapaden erhofften und ihre Tagesfreizeit verschönern wollten. Die Retourantwort erbaten sie unter einem geheimen Postfach, Diskretion war Voraussetzung. Traurig konstatierte sie, dass sie diese Art von Freundschaft und Liebe selbst jahrelang genossen hatte.

Im dritten und kleinsten Teil von Briefen erkannte Viktoria, dass aufrichtige Beziehungen gewünscht waren. Die Frage nach gemeinsamem Glück wurde gestellt, Singleverdrossene ersehnten hübsche, schlanke Partnerinnen, Männer mit Familiensinn stellten sich vor und Partnerschaften bei gegenseitigem Verstehen boten sich an. Ihre Euphorie wendete sich um 180 Grad und seufzend startete sie mit der Bearbeitung ihrer „Interessenten".

Für Viktoria begann eine über das übliche, notwendige Maß an Aufwand hinausgehende Zeit. Zwischen ihren geschäftlichen Verpflichtungen arrangierte sie die Rendezvous.

Die erste Verabredung fand im Café „Belle Epoque" statt. Der Auserwählte stellte sich im Brief als Jurist und Beamter des Rechnungshofes vor. Permanent nüchtern beschrieb er sich als gut aussehender, dunkler, stattlicher Mann, schuldlos geschieden.

Viktoria wiederum beschrieb sich selbst sehr genau, was ein Erkennen auf alle Fälle ermöglichte.

Die wenigen Gäste, die am Spätvormittag das Lokal besuchten, ließen den Raum leicht übersehen.

In weiterer Entfernung, trotzdem gut sichtbar, saß ein Typ mit Halbglatze, dunkler Hornbrille und schwarzem Bart. Er stopfte voll Genuss Bissen für Bissen der Gustav-Klimt-Torte in sich hinein. Zwischendurch sah er mit forschem Blick auf, um sich zu vergewissern, ob jemand eingetreten war. Dabei blickte er auf Viktoria. Sie lächelte ihm zu. Er lächelte zurück, befasste sich aber sofort wieder mit dem Weiteressen der Torte.

Es war eine Viertelstunde über die vereinbarte Zeit. Viktoria fixierte diesen dunklen, halbglatzigen Menschen, der eine Ähnlichkeit mit „Landrou, dem Frauenmörder von Paris" vorstellte, und beobachtete, wie er nach dem Essen bei geschlossenem Mund mit der Zunge seine „Tortenreste" an den Zähnen befreite. Plötzlich rief er die Serviererin und erteilte ihr einen Auftrag. Das hübsche, junge Mädchen, gekleidet im Stil der Jahrhundertwende, kam auf Viktoria zu und erklärte, der Herr vis-a-vis ließe fragen, ob sie auf jemanden warte.

Verständnislos blickte Viktoria dieses adrette Persönchen an. Die musste ihre Verwirrung missverstanden haben, denn die Serviererin wiederholte nunmehr ihre Frage auf Englisch.

Viktoria reagierte in gewissen Situationen relativ schnell, so auch diesmal. In Sekundenschnelle erkannte sie die Lage und wusste, dass der tortenessende Beamte keine Chance bei ihr haben würde. Freundlich erwiderte sie auf Spanisch, laut und deutlich: „Ja, ich warte auf Sie, damit Sie mir die Rechnung bringen." Sie erhoffte damit, ihr Inkognito auszudrücken. Spanisch verstand das Fräulein nicht, das merkte Viktoria an deren ratlosem Gesicht. Sie wiederholte daher das Gesagte auf Englisch.

Viktoria atmete auf, als sie aus dem Café war und schnellen Schrittes zur Garage ging, so, als ob ein tortenessender Mann, schwarzbärtig und halbglatzig, mit stechendem Blick, sie verfolgte.

Ein Nächster, schuldlos Geschiedener, sehnte sich nach einer scharmanten, intelligenten Dame mit Herz. Viktoria rief ihn an.

Seine Stimme erklang in einem angenehmen Timbre und gleich am Apparat, ohne vorherige Einleitungssätze, klagte er sein Leid. Es war nicht ihre Absicht, eine telefonische Seelsorgerin zu spielen, und man arrangierte ein Treffen beim Heurigen.

Groß und breitschultrig war er nicht zu übersehen. Er winkte schon von weitem, bestellte anschließend Wein, nicht fragend, ob sie Rot- oder Weißwein bevorzugte, und schoss – im wahrsten Sinne des Wortes – darauf los. Innerhalb einer Stunde kannte sie seine komplette Lebensgeschichte. Der Redefluss war nicht zu bremsen, und obwohl Viktoria sich bemühte, den Zusammenhang mitzubekommen, fand sie hauptsächlich leere Worte heraus, und sie bemerkte, dass dieser von den Frauen enttäuschte, späte Jüngling ein Glas nach dem anderen in sich goss. Die einzige Unterbrechung, die er sich leistete, war darin, wenn er leicht schwankend auf die Toilette rannte.

Nach dem x-ten Mal am Weg dorthin sah Viktoria ihm nach und wusste, dass er auch nicht den Mann darstellte, der ihr Stimmungsbarometer auf den Siedepunkt brachte.

In dem Moment, wo er den nächsten Liter bestellte, verabschiedete sich Viktoria höflich und bestimmt, mit dem Bemerken, dass sie nun aber nach Hause müsse, ihre kranke Mutter warte auf sie. Er bedauerte den raschen Aufbruch und bat um ein weiteres Treffen. Jetzt, wo sie so viel von ihm wisse, müsste es ja ein Leichtes für sie sein, ihn glücklich zu machen, vielleicht eine Zusammenkunft in ihrer Wohnung?

„Das bestimmt nicht", meinte Viktoria, „denn meine Mutter ist allergisch auf Männer, Sie müssen verstehen."

„Ich melde mich wieder einmal", gab sie ihm entschuldigend zu verstehen und ging, ohne eine Antwort abzuwarten, rasch weg. Abgehakt, sagte ihre innere Stimme.

Viktoria verzweifelte langsam. So viele Männer liefen frei herum und keiner konnte ihren Vorstellungen gerecht werden. War sie selbst so ein eigenartiger Mensch geworden und schuld an dem täglichen Scheitern einer Beziehung?

Mit den sonderbarsten Exemplaren von Junggesellen, Witwern und Geschiedenen vereinbarte sie die verschiedensten Treffpunkte. Dann saß man sich vis-a-vis, gab mehr oder weniger kluge Sätze von sich und versuchte dem Gegenüber klar zu machen, dass man wusste, um was es ging.

Ihre Kontaktpersonen bemühten sich auf liebevollste Art, sich selbst im besten Licht zu präsentieren, und zeigten Entzücken, eine so fantastische Frau, wie Viktoria sie darstellte, kennen gelernt zu haben, mit der sie sich bedingungslos eine gemeinsame Zukunft wünschten. Darunter gab es aber auch Männer, die mit stolz geschwelltem Oberkörper und eingezogenem Bauch den Macho offerierten, das Blaue vom Himmel erzählten und nach der ersten Stunde glaubten, nur sie kämen als Zukünftiger in Betracht. Am liebsten wären sie sofort ins Bett gestiegen, damit sich Viktoria ebenso von ihrer Superpotenz überzeugen konnte.

Andere wiederum schienen verunsichert und wurden sofort mutlos, sobald Viktoria Näheres über sich und ihre Karriere bekannt gab. So sehr sie eine Bindung wünschte, merkte sie, dass jedes neue Zusammentreffen als Pleite endete und einen schalen Nachgeschmack hinterließ. Sie kam sich wie auf dem Präsentierteller serviert vor.

Einige Male telefonierte sie bereits mit Gerd. Er stellte sich als Junggeselle vor mit gutem beruflichem Einkommen und seine Aussprache war gepflegt und höflich. Schon aus reiner Neugierde hätte Viktoria gerne ein persönliches Gespräch gewagt, aber die beiden kamen aus Zeitgründen nicht zusammen und verschoben es immer wieder. Sie mochte seine herzliche Art, wie er fröhlich drauflosplauderte, und wenn es dabei auch nur um nebensächliche Themen ging.

Irgendwann funktionierte das Rendezvous, und sie saßen in einem gepflegten Restaurant zum Nachtmahl. Viktoria fand Vertrauen zu dem gut aussehenden Mann und schüttete ihm bald ihr Herz aus. Ruhig und gelassen hörte er ihr zu, dann erklärte er: „Ich bin halt auch schon ein selbstsüchtiger Junggeselle geworden, dem es Spaß macht, sein eigenes Leben zu führen, der sich dann und wann von der Faszination des Verliebtseins überführen lässt, manchmal zu Depressionen neigt und glaubt, eine neue Beziehung anzuknüpfen, so wie jetzt zum Beispiel, aber im Großen und Ganzen dazu neigt, sich auf die bequemere Seite des Lebens zu stellen. Und wenn du, liebe Viktoria, nicht wirklich den Mann des Lebens eroberst, der dir aber wirklich nur zufällig über den Weg laufen kann, ist es für dich besser, du bleibst allein und lebst dein Leben wie bisher, mit allen Freiheiten und Skrupellosigkeiten. Denn im Endeffekt bist du damit besser dran."

Beide waren von Speise und Trank in gut gelaunter Stimmung, und als Gerd die Rechnung beglichen hatte, sagte er ganz scharmant: „Ich würde vorschlagen, Prinzessin, wir gehen jetzt zu mir auf einen Kaffee und anschließend lieben wir uns, oder wir lieben uns gleich und lassen den Kaffee fürs nächste Mal. Ich brauche dich, Prinzessin, ich habe schon lange keine Frau verwöhnt."

Wortlos nickte sie und dachte insgeheim, und ich keinen Mann.

Wie selbstverständlich entkleidete sich Viktoria, ging unter die Dusche um dann, von Gerd geführt, ins Schlafzimmer zu treten. Durch ihre Gereiztheit spürte sie die Wirkung des Alkohols und eine gewisse Hemmungslosigkeit überkam sie. Endlich würde sie wieder einmal geliebt werden, und so wollte sie sich voll ihrer Leidenschaft hingeben.

Auch Gerd zeigte bereits seine Erregtheit. Aus dem Nachtkästchen holte er eine Schachtel mit Kondomen heraus, nahm einen davon um ihn über seinen Penis zu stülpen, aber da schrumpfte schon der „Bursche“ verschreckt in sich zusammen. „Verdammt“, presste Gerd hervor, „er wird sich nie daran gewöhnen können, dass dieser Schutz unumgänglich ist, entschuldige.“ Gerd sagte das so treuherzig, dass Viktoria beinahe ein Schmunzeln überkam, schlussendlich aber fiel es ihr nicht schwer, eine gute Liebhaberin zu sein und beim zweiten Versuch klappte es mit ihrer Hilfe. Gerds „kleiner Bruder“ hatte sein Hütchen angepasst bekommen und schlüpfte freudig erregt in Viktorias Scheide.

Es wurde eine angenehme Liebesnacht. Beide Partner sehnten sich nach körperlicher Liebe und gaben sich diese nach besten Möglichkeiten, trotzdem sie einander noch fremd waren.

Ganz zeitig am Morgen, als Gerd noch auf der Seite lag und fest schlief, stieg Viktoria aus dem Bett, zog sich an und legte einen großen Zettel neben seine Liegefläche mit den Worten:

Du warst super, vielleicht sehen wir uns wieder einmal. In der Zwischenzeit denke ich an deine Worte und werde auch danach leben.

Alles Liebe,
Viktoria

In ihrem schönen Heim eingetroffen, schaltete sie sofort die Sauna auf Hochtouren ein. Sie wollte so schnell als möglich hinein, um sich von sämtlichen Schlackenstoffen zu befreien, sich rein zu schwitzen, und dann durch einen kalten Wasserguss erfrischt und neu durchblutet einen neuen Weg einschlagen.

Sie ging auf die Terrasse, sah, wie sich die Stadt in ihrer jungfräulichen Morgenröte zart entfaltete und wie am Horizont die Sonne immer mehr und mehr emporstieg, bis sie wie ein glühender, großer, roter Ball am Himmel erstrahlte.

Ganz ruhig stand sie da und sprach halblaut vor sich hin: Ich lerne, mich wieder selbst zu lieben und mich in dieser Person, die ich bin, wohlzufühlen. Ich schmeiße die Last von mir, die mich selbst unmöglich macht, und bin mir bewusst, welch ein wunderbarer und besonderer Mensch ich bin. Ich konzentriere und lebe für mich alleine, solange ich es für notwendig halte.

Andreas und Viktoria

Am späten Vormittag setzte Viktoria sich in das Auto und fuhr los, von einer Stadt in die andere. Es zeichnete sich ab, ein strahlender Sommertag zu werden.

Während der Fahrt zog die reizvolle Landschaft wie ein Film an ihr vorbei. Sie genoss es – die Stille im Auto, nur begleitet von dem leichten, summenden Ton des laufenden Motors.

Bewusst fuhr sie nicht zu schnell, sie hatte Zeit, das Ziel war nicht so fern. Später stellte Viktoria das Radio an. Wunschkonzert – „Sie wählen, wir spielen" –, die nettesten Songs aus früheren Tagen. Manchmal summte sie dazu, bewegte ihren Oberkörper im Takt mit. Heutzutage spielt das gar keine Rolle mehr, was man während des Fahrens treibt. Man denke nur an die vielen Menschen mit ihren Autotelefonen, die das Mikrofon vorne am Armaturenbrett befestigt haben. Laut sprechend, gestikulierend, lachend oder mit wilden Gebärden kann man sie beobachten. In nächster Entfernung erblickte sie zwei Polizisten, einer vorne mit der Laserpistole, der zweite knapp, halb schräg, hinter ihm. Pat und Patachon, der Hintere etwas größer als der Vordere, dafür durfte aber der Vordere die Laserpistole halten.

Aufmüpfig fuhr sie mit dem Wagen vorbei, in der Norm der Stundengeschwindigkeitsbegrenzung. Mensch, hast wieder mal Schwein gehabt, dachte Viktoria und konnte sich ein boshaftes Auflachen nicht verkneifen.

Ihr rechter Fuß im hochhackigen Stöckelschuh fing durch die starre Haltung am Gaspedal zu schmerzen an. Schnell zog sie den linken Schuh aus, dann kurz vom Pedal runter und streifte auch den rechten ab und schob ihn etwas nach rückwärts. Fahrtechnisch vollkommen falsch, aber was spielte es für eine Rolle, sie hatte sich und das Auto unter Kontrolle.

Die einzige Sorge war, welch schmutzige Fußsohlen sie wohl haben würde, bis sie am Ziel angelangt war, und die tausenden Bakterien, die sich angesammelt hatten am Pedal und die nun auf ihren Füßen anhaften könnten. Viktoria fiel ein, dass sie noch tanken wollte. Bei der nächsten Raststätte bog sie ein und fuhr direkt zur Tankstelle. Innerlich war sie froh, eine mit Bedienung vorzufinden, damit war das leidige Thema entschnallen, Schuhe anziehen, aussteigen und selbst herumhantieren, aus dem Weg geschafft.

Höflich bat sie den Mann, ihren Tank voll zu füllen. Somit wusste sie, dass auch für die Heimfahrt gesorgt war. Anschließend fuhr sie Richtung Ausfahrt Autobahn.

Vorne am Straßenrand sah Viktoria jemanden stehen, mit der rechten Hand leicht winkend. Sie verlangsamte das Tempo, als ob sie stehen bleiben wollte. Tat es dann doch nicht. Schade, dachte sie im zaghaften Vorüberfahren, wäre ein netter Plausch gewesen, vielleicht ein Flirt, so nur von einem Ort zum anderen.

Groß und schlank sah er aus, was sie in der Schnelligkeit konstatieren konnte. Sein Alter? Schwer zu schätzen. In Sekundeneile überlegte Viktoria: „Sollte sie, oder sollte sie nicht."

„Das darfst du nicht, wenn du einen Unfall hast, diese Schereien, oder wenn er womöglich versucht dich auszurauben oder zu vergewaltigen", schalt die eine Stimme in ihr. „Blödsinn", sagte die andere, „was sollte denn dieses nette Bürschchen vorhaben, als mitfahren zu wollen." Was man nicht alles in weiteren Hundertstelsekunden entscheiden kann.

Diesmal urteilte nicht die Vernunft, diesmal hatte ihre Schwester, die Leichtsinnigkeit, das Spiel gewonnen. Knapp bevor Viktoria wieder auf die Autobahn einfuhr, blieb sie stehen, hupte, und durch den Rückspiegel beobachtete sie, wie der junge Mann sich etwas unschlüssig umdrehte, nicht recht wusste, was zu tun sei, und dann sein neben sich stehendes Baggy aufhob und nach vorne sprintete.

Sie kurbelte die linke Fensterscheibe herunter, und mit strahlendem Lächeln empfing sie ihn: „Hallo, wohin des Weges?"

Er schien wie ein verwegener Junge, mit dunkelblonden, leichtgelockten, längeren Haaren, unglaublich blauen Augen, sein muskulöser Oberkörper in einem knappen Poloshirt. Sie konnte sich vorstellen, dass auch der Rest seines Körpers, der in Blue Jeans steckte, gut gebaut war.

Das Du-Wort fiel ihr überhaupt nicht schwer, denn im selben Moment sprach sie weiter: „Komm, ich nehme dich ein Stück mit!"

Leichtfüßig jumpte er ins Auto, schmiss sein Baggy wie selbstverständlich auf den Rücksitz (Gott sei Dank ohne ihren Hut, der daneben lag, zu beschädigen), schnallte sich an, sah Viktoria mit einem aufmunternden, anerkennenden Lächeln an und sagte: „Super, ich bin bereit!"

Sie blieb bei der ruhigen Fahrweise, so, als wolle sie ihr kostbares Gut länger genießen, fragte dann aber doch: „Sag mal, wo soll ich dich eigentlich absetzen?"

„Wo du willst, ich bin mit allem zufrieden", entgegnete er mit tiefer, zufriedener Stimme.

„Mhm", machte Viktoria. Sie wurde nicht klug aus ihm.

„Übrigens, mein Name ist Andreas. Und wie heißt du, schöne Lady?"

„Viktoria."

„Welch ein wunderbarer Name, passt gut zu dir", anwortete Andreas.

„Von wo kommst du?", fragte Viktoria weiter, in der Hoffnung, die Frage nicht zu streng gestellt zu haben. Sie kam sich plötzlich viel zu vornehm und bourgeois vor. Das weiße Sommerkostüm war tailliert geschnitten und passte hervorragend, aber es war elegant – obwohl die bunten Schuhe, die sie sich, als Andreas ins Auto stieg, rasch wieder angezogen hatte, ebenso wie die bunte Kette (eine Kreation aus fernöstlichen Holzblumen) sowie der weiße, großkrempige Hut – umrandet mit einem bunten Blumenkranz – gut aufeinander abgestimmt waren. Der Duft ihres Parfums hatte sich nun voll entwickelt und rundete extravagant das Outfit ab.

„Ja, von wo komme ich", überlegte Andreas. „Ich bin Österreicher, lebte aber in den letzten Jahren in den Staaten. Ich bin nun schon wieder eine Weile hier in Österreich. Mein Vater ist leider vor drei Wochen zu Hause in Salzburg gestorben. Es ist ein großer Verlust für mich. Ich muss mir jetzt über verschiedene Dinge klar werden, darum trampe ich quer durch Österreich, ohne Ziel, steige ein, steige aus, komme und gehe. Die Herzlichkeit der Menschen hier ist gerade Balsam für mein wundes Herz."

„Das tut mir Leid mit deinem Vater", sagte Viktoria, wandte aber ihren Blick von Andreas Gesicht, um das nun ein trauriger Zug lag, gleich wieder ab.

Viktoria wollte so gerne weiter auf dieses Thema eingehen, aber sie wusste nicht recht, was sie fragen sollte. Es herrschte Funkstille zwischen den beiden. Sie kam sich antiquiert vor und war verärgert, dass das Gespräch in der Sackgasse gelandet war. Also fuhr Viktoria zum nächsten Parkplatz, hielt dort an, drehte sich Andreas zu und sah ihm voll in die Augen, während sie sprach:

„Ich fahre jetzt nach Graz, habe dort eine Besprechung, und anschließend nach Wien zurück. Es wäre nett zu wissen, wo ich dich absetzen soll."

„Überhaupt nicht, Lady. Ich warte, bis du deine Konferenz beendet hast, spaziere in der Stadt herum, wo ich ja schon lange nicht war und bestimmt vieles verändert vorfinden werde. Wenn es dir recht ist, treffen wir uns zu einem Zeitpunkt, den du vorschlägst, und ich fahre mit dir nach Wien."

Was sind Männer doch komisch, konstatierte Viktoria, aber gleichzeitig freute sie sich, dass sie dieses Prachtexemplar noch einige Zeit bei sich hatte. Sie wurde plötzlich sehr beschwingt, obwohl sie bedauerte, dass sie so damenhaft angezogen war. Neben Andreas würde sie viel besser in Jeans passen. Lachend und jugendlich wollte sie sich ihm präsentieren.

Zielsicher fuhr Viktoria zu ihrem Besprechungsort. Sie hatte in einem der neuesten Innenstadthotels mit dem Manager, betreffend der kommenden Modeschau, die dort stattfinden sollte und zu der ihre Mannequins engagiert wurden, noch letzte Vereinbarungen zu treffen.

Da sie aus Erfahrung wusste, dass es mit den Parkplätzen sehr schwierig war, fuhr Viktoria sofort in die Hotelgarage. Eingeparkt und den Motor abgestellt, machte Viktoria noch letzte Handgriffe an sich, zog die Lippen nach, puderte sich die Nase und setzte ihren Hut auf. Sie wusste, dass sie – bevor sie zur Besprechung ging – sicher noch den Raum – only for ladys – betrat, denn ein großer Spiegel tat ihrem kritischen Auge immer besser. Andreas war inzwischen ausgestiegen. Sie fand es unwahrscheinlich taktvoll, dass er ihr dabei nicht zusah.

Sein Baggy hatte er im Auto gelassen, was Viktoria lächelnd zur Kenntnis nahm, damit war sie sicher, dass er tatsächlich mit ihr weiter wollte.

„Es wäre nett, wenn wir uns in dem Café vor dem Hotel in ca. drei Stunden treffen, einverstanden?“, fragte Viktoria Andreas, der ihr nur kurz antwortete: „Einverstanden, ich warte auf dich, und wenn es die halbe Nacht sein soll.“

Er drückte ihr einen scheuen Kuss auf die Wange und mit einem kurzen „see you“ ging er federnden Schrittes Richtung Ausgang. Viktoria sah ihm nach. Was für ein Abenteuer würde da wohl auf sie zukommen?

Während der nächsten Stunden hatte sie über endlose kleine Details zu diskutieren, trotzdem fühlte sie sich so aufgekratzt und guter Dinge, wie dies schon lange nicht bei ihr der Fall gewesen war.

Andreas wartete nicht im Café, als sie eintrat. Etwas nervös setzte sie sich hin, bestellte – entgegen ihrer Gewohnheit – einen Gin Tonic und wartete. Innerlich schalt sie sich über ihre Torheit, dass sie auf so etwas überhaupt eingegangen war. Gerade in dem Moment, wo sie hastig den Rest des Getränkes hinunterstürzte, kam Andreas bei der Tür rein.

„Hallo, entschuldige, ich habe mich etwas verspätet“, sagte er so treuherzig, dass Viktoria nicht böse sein konnte.

„O. k., macht nichts, auf die Minute genau kommt es nicht an.“

„Thanks“, entgegnete Andreas, „komm, lass uns jetzt gehen.“ Er ging voraus zum Kellner, bezahlte Viktorias Getränk und nahm sie – wie selbstverständlich – an der Hand, um mit ihr in die Garage zu gehen.

Mit strahlendem Blick zu Andreas eröffnete sie ihm, als sie beide vor dem Auto standen: „Sir, darf ich bitten, Ihre untertänigste Chauffeuse steht zu Ihren Diensten und wird Sie sicher an Ihr nächstes Ziel bringen.“

Die Fahrt bis Wien ging schnell vorbei. Viktoria erzählte aus ihrem Leben, gerade so viel, dass sich Andreas ein Bild von ihr machen konnte. Auf Einzelheiten ging sie bewusst nicht ein. Sie wollte sich nicht zu sehr diesem doch noch fremden Mann offenbaren. Gleichzeitig wartete sie so sehr, dass er ein bisschen was von sich erzählen würde, aber er sagte nur verschmitzt, als sie mit ihren Schilderungen fertig war: „Was mich betrifft, ich bin ein Luftikus, der irgendwann wissen sollte, welchen Weg er einschlagen muss."

In Wien angekommen, war es Abend geworden, und Viktoria stellte sich die peinliche Frage, was sie wohl mit Andreas machen sollte. Ihn einfach irgendwo abzusetzen, erschien ihr nicht sehr taktvoll.

„Andreas, was nun? Wo willst du hin, hast du Freunde hier?"

Er schüttelte den Kopf. „Ich kenne nur eine alte Dame, bei der ich während meiner Studentenzeit wohnte. Aber ich habe mich nicht angemeldet bei ihr, außerdem bin ich gar nicht so sicher, ob sie sich meiner erinnert."

Langsam wurde Viktoria ungeduldig. Eigentlich hatte sie vor, einen genussvollen Abend vor dem Fernsehschirm zu verbringen, deshalb sollte sie Andreas raschest zum nächsten Hotel bringen. Aber sie hatte Angst, dass dies ein Nimmerwiedersehen bedeuten könnte. Und gerade das wollte sie wieder nicht. Sie sprach zu Andreas:

„Da ich so schnell nicht weiß, in welches Hotel ich dich bringen könnte, mache ich dir einen Vorschlag. Du kommst kurz zu mir, wir essen eine Kleinigkeit und schauen im Telefonbuch nach, welche Pension für dich geeignet erscheint."

„Ja, wenn dir das nicht zu viele Umstände bereitet, das finde ich ganz toll, du bist wirklich ein Darling."

Andreas war sehr angetan von Viktorias Wohnung und zog sich sofort beim Eingang seine Schuhe aus, mit dem Bemerken: „Ich weiß, dass die Österreicher es nicht gerne sehen, wenn man mit den Schuhen in ihren Wohnungen herumtrampelt." Er schmunzelte und wollte Viktoria einen Kuss auf die Wange geben. Aber diesmal wich sie ihm aus.

„Mach es dir gemütlich, ich gehe mich duschen, und wenn du willst, kannst du anschließend auch das Bad benützen."

„Nichts lieber als das", antwortete Andreas.

Viktoria war froh, sich endlich ihrer Kleidung entledigt zu haben. Jeans und T-Shirt genügten. Kurz darauf stand sie in der Küche und fabrizierte einen Hühnersalat. Glücklicherweise hatte sie am Vorabend das fertig gekochte Hühnerbrüstel nicht ge-

gessen. Sie transchierte und schnitt es in kleine Stücke, gab etwas Schinken, Käse, hartes Ei, Majonäse, Nüsse, Ananasstücke und zart geschnittene Paprikaschoten dazu. Den Zwiebel ließ sie vorsorglich weg, dafür mengte sie Curry und pikante Würze bei. Aus dem Eisschrank holte sie ihre letzte Flasche Chardonnay heraus und deckte den Tisch im Wohnzimmer.

Andreas kam mit neuem Hemd und frisch duftend aus dem Bad.

„Ah, da fühlt man sich gleich besser“, meinte er. Er setzte sich erwartungsvoll zum Tisch.

Viktoria machte es irren Spaß, ihren Fremden zu bewirten. Sie aßen getoastetes Brötchen dazu, tranken Wein, plauderten und lachten, spielten leise Musik und vergaßen ganz, dass sie eigentlich ein Hotel suchen wollten. Irgendwann sagte Viktoria, gut gelaunt und etwas müde geworden: „Andreas, ich würde vorschlagen, du bleibst heute Nacht mein Gast. Ich möchte nicht mehr ein Hotel für dich suchen. Du kannst es dir hier im Wohnzimmer bequem machen, wenn du willst.“ Andreas lächelte.

„Ich freue mich, dass du dies sagst. Ich hätte nicht gewagt, dir diesen Vorschlag zu machen.“ Wie Geschwister sahen sich die beiden an und lachten.

„Komm, du großer Bub, nimm einen Polster und die Decke und leg dich hin. Es ist schon spät geworden.“

„Ja, mein Mädchen, mache ich.“

Viktoria verschwand in ihr Zimmer. Glücklich schlief sie ein.

Am nächsten Morgen war Viktoria überrascht, Andreas bereits in der Küche anzutreffen. Er war gerade dabei, Kaffee zu kochen. Nachdem bei Viktoria große Ordnung herrschte, dürfte es für ihn keine Schwierigkeiten bereitet haben, sämtliche Zutaten zu finden.

Nur mit seinem Boxershirt bekleidet sah Andreas noch stattlicher aus. Er schien geduscht und rasiert zu sein, und nach seinem frischen Atem zu schließen waren auch die Zähne geputzt.

„Guten Morgen, Viktoria“, sagte er herzlich, „hast du gut geschlafen?“

„Himmlisch“, entgegnete Viktoria.

„Weißt du, dass ich heute Nacht von dir träumte, ich werde dich nur noch meine Traumfrau nennen.“ Im selben Atemzug meinte er: „Ich wollte mich einfach ein wenig nützlich machen, als Dankbarkeit für deine gestrige liebe Gastfreundschaft."

Es schien Viktoria nicht mehr richtig, Andreas als jungen Burschen zu bezeichnen. So richtig hingesehen und die Art, wie er sich verhielt, war die eines Mannes.

„Komm, Frühstück ist fertig." Er deutete auf den gedeckten Tisch. „Bon appétit", und er setzte sich selbst mit ungeheurer Lässigkeit hin.

Nach dem Frühstück half Andreas Viktoria, das Geschirr in die Küche zu bringen, und sagte dann zu ihr: „Ich werde mich jetzt verabschieden. Ich danke dir nochmals für alles. Es war so schön, dich kennen zu lernen. Ich melde mich, sobald ich weiß, wo ich wohne, einverstanden?"

Viktoria fragte sich, warum er sich so schnell entschloss zu gehen. Sie sah ihn etwas traurig an, konnte aber trotzdem ein herzliches „Adieu, alles Gute und lass bald von dir hören" hervorbringen. Sie drückte ihm schnell einen Kuss links und rechts auf die Wange und geleitete ihn zur Tür.

Warum habe ich ihn einfach so gehen lassen, fragte sich Viktoria, und im nächsten Augenblick heulte sie los. Gerade zur richtigen Zeit wurde sie durch einen Telefonanruf von ihrem Weltschmerz unterbrochen und damit auch an ihren Alltag erinnert.

Abends war sie zeitlich zu Hause, kuschelte sich auf dem Sofa in einen Berg von Kissen, blätterte in der Zeitung, ohne zu verstehen, was sie eigentlich las. Ihre Gedanken waren ganz woanders. Schon bald klingelte das Telefon. Andreas war am Apparat.

Ohne viel Umschweife fragte er, ob sie nicht Lust hätte, mit ihm essen zu gehen. So einfach durch die innere Stadt bummeln, um dann irgendwo im Bermuda-Dreieck, das ja ein beliebter Treff für junge Leute sein sollte, zu sitzen und zu essen.

Viktoria jubelte innerlich und ließ dies auch an ihrer Antwort Andreas spüren.

„Ach Andreas, du weißt ja gar nicht, wie ich mich freue, dass du dich meldest. Ich dachte, dich schon verloren zu haben – ehrlich."

„Ich hole dich ab, Darling. Ich bin gleich bei dir. Ich stehe nämlich schon um die Ecke von deinem Haus, vis-a-vis in der

Telefonzelle." Sie hörte sein dunkles Lachen, das ihr so an ihm gefiel.

Mit einem Strauß Vergissmeinnicht in der Hand stand er vor ihr, sah ihr ernst in die Augen.

„Viktoria, ich habe heute den ganzen Tag Sehnsucht nach dir gehabt, glaube mir. Dein Lachen, die Art, wie du dich bewegst, dein Scharm. Ich musste dich schnell wieder sehen."

Er küsste sie sanft auf den Mund, ließ aber sofort wieder von ihr und meinte in seiner erfrischenden Art: „Aber lass uns jetzt fortgehen. Heute ist ein besonderer Tag für mich, und ich freue mich so, dass du neben mir bist."

Sie verschwand schnell, um sich ihre schicke, gemusterte Baumwollhose mit einem entsprechenden, kecken T-Shirt anzuziehen, nahm dazu passende, halbhohe Pumps, eine kleine Umhängtasche, um das Notwendigste hineinzupacken.

„Voilà, Monsieur, ich bin bereit."

„Wir fahren natürlich mit der U-Bahn in die City, das erspart uns das lästige Parkplatzsuchen", schlug Andreas vor und Viktoria war vollkommen damit einverstanden.

Bei der Oper stiegen sie aus und schlenderten entlang der Kärntner Straße, die in ihrem ganzen, weltstädtischen Schein erstrahlte. In den Schanigärten saßen Menschen, Jung und Alt. Gedämpftes Sprechen und Lachen hörte man von allen Seiten, an jeder Ecke spielte ein Straßenmusikant auf und Gaukler aller Nationen zeigten ihre Kunststücke.

Am Graben angekommen, nahmen sie im Stehen einen Drink im Sektpavillon. Es herrschte dort reger Betrieb. Dieses Lokal – mit Blick zum Stephansdom – lag zurzeit im Trend und erfreute sich allgemeiner Beliebtheit. Wer immer es sein sollte, ob Anwalt, Bankbeamter oder Sekretärin, man ließ sich mit Vergnügen dazu überreden, en passant ein oder mehrere erfrischende „Kreislaufstützen" zu sich zu nehmen, bevor man den Heimweg antrat.

Sie spazierten im Anschluss daran quer durch die kleinen, versteckten Gassen, die noch einen Hauch der guten alten Zeit aussprühten. Inmitten der Szene im Bermuda-Dreieck fanden sie ein passendes Restaurant und setzten sich gemütlich in eine Ecke.

„Ich habe heute einen Kurzbesuch bei meiner ehemaligen Wirtin gemacht. Die alte Dame ist noch recht rüstig und fröhlich und freute sich sehr, mich nach so langer Zeit wieder zu sehen. Sie ließ es sich nicht nehmen, ein gutes Essen für mich herzurichten, und es war rührend zu beobachten, wie sie sich bemühte, mir alles recht zu machen. Sie erinnerte mich an meine Studentenzeit und welch ein Schlingel ich war. Ihr war es nicht entgangen, dass ich fast jeden Abend irgendein neues Mädchen still und heimlich in mein Zimmer schleppte. Oft war sie sehr verwundert über mich und konnte nicht verstehen, dass ich so gar nicht sesshaft werden konnte."

Andreas erzählte Viktoria auch, dass er eine kleine, nette Pension in der City gefunden hatte.

„Ich spazierte den ganzen Nachmittag herum, auf der Suche nach meiner guten alten Studentenzeit." Da Andreas nicht sagte, ob er sie gefunden hatte, wollte Viktoria ihn auch nicht danach fragen.

„Dazwischen habe ich an dich gedacht, Viktoria", gab Andreas ehrlich zu. „Ich versuchte, dich nachmittags zu Hause anzurufen, ich wollte dir am Telefonbeantworter eine Nachricht hinterlassen, leider hattest du ihn nicht eingeschaltet. In deinem Büro war deine Assistentin, die mir ausrichtete, du seist unterwegs und kommst auch nicht mehr zurück. So musste ich warten, bis du am Abend zu Hause warst, denn ich wollte dich schon früher sehen, wenn du Zeit gehabt hättest. Es hätte mir Freude gemacht dich zu verwöhnen und auf eine Sachertorte zu gehen." Viktoria lächelte und war ehrlich gerührt über Andreas' offenherzige Worte.

Der Abend hatte schon eine fortgeschrittene Zeit angenommen und Viktoria war müde geworden. Der nächste Tag brachte langwierige Besprechungen bezüglich einer großen Herbstmodenschau, die im Hotel Marriott stattfinden sollte. Einige große Kleiderhäuser zeigten Kreationen namhafter Modeschöpfer, und Viktoria würde ihre Mannequins damit auf den Laufsteg schicken. Viktoria wollte frisch aussehen und machte dies Andreas verständlich. „Für heute sollten wir Schluss machen. Es war ein so schöner Abend mit dir. Bitte habe Einsicht, dass ich nach Hause fahren möchte."

Andreas hätte sie gerne begleitet, damit sie nicht mit dem Taxi allein fahren musste. Aber Viktoria winkte ab.

„Heute nicht, ich bin schnell zu Hause. Ich lade dich morgen zum Abendessen ein, möchtest du?"

„Mit dem größten Vergnügen, aber warum willst du dir das antun und kochen? Wir könnten doch essen gehen."

„Wir könnten schon, aber es macht einfach Spaß und ich freue mich darauf. Sagen wir 18 Uhr? Wenn wir in Stimmung sind, gehen wir anschließend auf einen Drink irgendwohin."

Viktoria war pünktlich mit allen Vorbereitungsarbeiten fertig geworden, sodass sie Zeit hatte, sich in Ruhe ihrer Schönheit zu widmen.

Nach der Dusche nahm sie die Bodylotion. Sie beugte sich nach vor und begann liebevoll mit beiden Händen, von den Zehen beginnend, aufwärts sie einzumassieren. Ihre Haut war glatt und gepflegt. Sauna, wöchentlicher Masseur, ihre regelmäßigen Besuche in ihrem Kosmetikinstitut, wo auch die lästigen Härchen an verschiedensten Körperteilen weggezaubert wurden, waren der Grund für ihr jugendliches Aussehen. Sie gab einige Tropfen Parfum an bestimmte Stellen, wo das Aroma besonders anhielt. Viktoria liebte diesen lang anhaltenden, sinnlich-romantischen Duft und seine fast mystische Ausstrahlung.

Sie wählte ein weißes, bodenlanges Sommerkleid, das trotz seines schlichten Schnitts weich und fließend wirkte. Es hatte ein großes Rückendekolletee und brachte dadurch ihren makellosen Rücken perfekt zur Geltung.

Andreas erschien auf die Minute genau. Er hatte einen riesigen Strauß langstieliger, lachsfarbener Rosen für Viktoria mitgebracht. Viktoria war ganz außer sich, denn sie wusste, dass diese ihren Preis hatten.

„Sie passen so gut zu deinem Wohnraum", bemerkte Andreas, „darum habe ich diese Farbe gewählt." Erstaunt war sie auch, ihn vollkommen neu eingekleidet zu sehen. Keine Jeans und kein T-Shirt, sondern helle Sporthose tadellosen Schnitts, ein knapp sitzendes, hellblaues Polohemd und Schuhe „made in Italy".

„Alles mit Credit-card", grinste er, als Viktoria ihn anerkennend ansah. Sein hervorragendes Aussehen und seine Männlichkeit kamen damit noch mehr zum Ausdruck!

„Wau, bist du schön", stieß Viktoria lächelnd aus.

„Ja und du erst, meine Traumfrau", erwiderte Andreas, und Arm in Arm gingen sie, nachdem Viktoria die Blumen versorgt und sie auf den gläsernen Couchtisch gestellt hatte, auf die Terrasse.

Da der Abend lau war, hatte Viktoria den Tisch auf der Terrasse sehr liebevoll mit einer hübschen Tischdecke – in sommerlichen Blumenmotiven – und den dazu passenden Servietten dekoriert. Das Speisegedeck und die eleganten Gläser standen geordnet am Tisch. Sie achtete auf die kleinsten Details, die zusammen eine Symbiose ergaben und ihren guten Geschmack erkennen ließen.

Viktorias Idee war, Wiener Tafelspitz mit den entsprechenden Zutaten zu wählen. Vorher gab es die berühmte Rindsuppe mit Leberknödel. Eine typische Wiener Spezialität. Es war ein gelungenes Dinner und Andreas war voll des Lobes über Viktorias Kochkunst.

Als sich die beiden nach dem Essen behaglich ins Wohnzimmer zurückgezogen und bequem auf der Sitzgruppe Platz genommen hatten, begann Andreas zu erzählen: „Mein Vater war ein konservativer Professor für Latein und Mathematik an der Salzburger Universität.

An einem Sommertag lernte er inmitten der Getreidegasse seine Frau Tina, also meine Mutter, kennen, die damals, ein junges Mädchen, kaum aus dem College, auf einer Europa-Tour war. Sie stammte aus Kalifornien. Ihre Großeltern, Deutsche, hatten in Nappa Valley vor langer Zeit Land gekauft und mit Wein bepflanzt.

Meiner Mutter machte es Spaß, mit den wenigen deutschen Worten, die sie durch ihre Großeltern erlernt hatte, meinem Vater zu gefallen, der wiederum sein klassisch erlerntes Englisch voll ausnützte. Sie war sehr angetan von der höflichen, ruhigen Art meines Vaters, und er wiederum von dem lockeren Benehmen dieses College-Girls. Der Altersunterschied spielte anscheinend keine Rolle, denn die Beziehung zwischen beiden vertiefte sich mehr. Sie waren ein richtiges Liebespaar geworden. Vor der Abreise Tinas gaben sie einander das Versprechen, nicht nur zu schreiben, sondern sich bald wieder zu treffen. Das Wiedersehen sollte auch nicht allzu lange auf sich warten lassen. In den darauf folgenden Weihnachtsferien flog mein Vater nach Kalifornien – und als verlobter Mann kam er nach Hause. Meine Mutter brachte er gleich mit. Es gab eine große Hochzeit in Salzburg. Einige Verwandte meiner Mutter ließen es sich nicht nehmen, ebenfalls aus den Staaten anzureisen und dem freudigen Ereignis beizuwohnen.

Die Ehe verlief sehr harmonisch. Als ich auf die Welt kam, war ich natürlich meiner Eltern ganzer Stolz. Während der Sommerferien verreisten wir jedes Jahr zu Mutters Verwandten nach Kalifornien. So wurde Amerikanisch meine zweite Sprache. Obwohl meiner Mutter Salzburg sehr gut gefiel und sie sich an den Bergen und Seen erfreute, hatte sie doch immer wieder Heimweh nach dem Land der unbegrenzten Möglichkeiten.

16 Jahre war sie meinem Vater eine vollendete Ehefrau. Mit ihm konnte man nie streiten. In seiner autoritären, ruhigen Art wusste er für alle Probleme eine Lösung und Tina wurde so nach und nach eine sich dem Land anpassende Salzburgerin. Nichts deutete darauf hin, dass dieses harmonische Familienleben einen Abbruch erleben könnte.

Doch es war ein Trugbild, und ich werde den Tag nicht vergessen, der unserem Leben eine wie ein Blitz aus heiterem Himmel kommende Änderung brachte.

Meine Mutter hatte wieder einmal Sehnsucht nach ihrer Heimat und blieb vier Wochen weg. Als sie aus San Francisco zurückkam, war sie ganz verändert und sichtlich nervös. Es gab eine lange Aussprache zwischen ihr und meinem Vater. Ich ahnte nichts Gutes, und das sollte sich bald bestätigen.

Tina hatte einen alten Jugendfreund getroffen und es war zu Intimitäten gekommen. Er hatte auf demselben College studiert und ist gebürtiger Italiener. Nach seinem Studium fasste er in der Gastronomie Fuß, bekam bald einen leitenden Posten und heute besitzt er fünf Restaurants erster Klasse.

Vier Wochen Zusammensein genügten, dass sich die beiden tief ineinander verliebten und Tina meinen Vater und mich verlassen wollte.

Ich war wütend und enttäuscht, dass meine Mutter allen Ernstes einen Schlussstrich unter unser bisher so schönes Familienleben ziehen wollte. Aber ihr Entschluss war unabänderlich. Als ich mit meinem Vater darüber sprach, tröstete er mich mit den Worten: „Es ist halt im Leben leider manchmal so, dass nicht immer alles hält." Aber ich merkte ihm an, dass es in seinem Inneren anders aussah. Ob er an sein Alter dachte? Die noch kraftstrotzende Jugend meiner Mutter? Warum kämpfte er nicht um sie – fühlte er sich plötzlich so unterlegen? Was war der Grund, dass er Tina freigab? Fragen, die mich quälten und auf die ich keine richtige Antwort bekam.

Die Trennung meiner Eltern endete mit dem Entschluss: Sie wollten Freunde bleiben. Ich sollte in Österreich mein Studium beenden und so oft wie möglich meine Mutter in San Francisco besuchen.

Als mein Vater in Pension ging, erwarb er sehr günstig außerhalb der Stadt ein großes Grundstück mit angrenzendem Wald und einer Hanglage und ließ dort ein Haus errichten. Den Besitz überschrieb er sogleich an mich. Wir züchteten einige Schafe, bauten ein Biotop und führten eine richtige Männerwirtschaft. Auch für mich begann der Ernst des Lebens. Ich stürzte mich im wahrsten Sinne des Wortes ins Studium. Mein Ziel war, Tierarzt zu werden.

In den Ferien kam ich immer der Einladung meiner Mutter nach und verweilte in Kalifornien. Sie hatte inzwischen ihren Italiener Antonio geheiratet. Ein freundlicher, lustiger Mann in ihrem Alter. Ganz das Gegenteil von meinem Vater. Er war stets zu Späßen aufgelegt und behandelte mich vom ersten Augenblick an als seinen jungen Freund, sodass ich sofort Vertrauen zu ihm hatte. Über meine Mutter staunte ich, wie sie sich zu einer perfekten Managerin emporgearbeitet hatte. Sie stellte eine Persönlichkeit dar und strahlte einen ungewöhnlichen Scharm aus. Ich wurde mir darüber klar, dass ihr das in Salzburg an der Seite meines Vaters gefehlt hatte.

Mein Stiefvater war wirklich ein feiner Kamerad. Er brachte mir das Segeln und das Wasserschifahren bei, nahm mich zum Hochseefischen mit und brachte viel Zeit für mich auf. So war ich richtiggehend hin- und hergerissen zwischen der pulsierenden Großstadt, dem Ozean und der Stadt Salzburg mit all ihren Schönheiten und Reizen, die mich immer wieder liebevoll aufnahm, wenn ich vom Urlaub heimkehrte. Mein Tierarztstudium schaffte ich spielend, worüber ich selbst überrascht war, da ich doch von mir selbst wusste, dass ich mich manchmal gerne dem Bruder Leichtsinn anvertraute.

Nach dem Militärdienst wurde ich bei einem Tierarzt Assistent und konnte mich so in der Veterinärmedizin vervollkommnen.

Was die holde Weiblichkeit betraf – ich hatte einige Freundinnen, aber es war nie etwas Dauerhaftes, denn ich war sehr flatterhaft und kritisch. Mir genügte ein kleiner Fehler, den ein Mädchen machte, und schon war es für mich erledigt.

Irgendwann packte mich das Reisefieber. Ich wollte die weite Welt kennen lernen, hatte den Drang in mir, vieles zu erleben. Ich sagte meinem Vater Lebewohl, und nur schweren Herzens ließ er mich ziehen, ohne es sich anmerken zu lassen, dass sein Gesundheitszustand nicht mehr der beste war.

Ich ging nach Spanien und Italien und arbeitete als Barkeeper und Animator in verschiedensten Ferienklubs. Dies machte mir großen Spaß. Dank meiner Sprachkenntnisse kam ich überall gut an und ich war bald als Sunnyboy bekannt. Dann schloss ich mich einer Clique an, die durch Indien trampte. Als ich aber feststellte, dass diese Männer drogensüchtig wurden, setzte ich mich von ihnen ab, denn dies war nicht mein Ziel.

In Singapore war ich Bodyguard einer reichen Witwe mittleren Alters. Sie war Engländerin. Ihr verstorbener Mann, ein Plantagenbesitzer mit unermesslichem Reichtum, hinterließ ihr so viel Geld, dass sie dies wahrscheinlich zeitlebens nicht ausgeben wird können.

Bei jener Frau lernte ich alles kennen, was die Welt an Exzentrischem und Lebenswertem zu bieten hat. Ein Jahr lang hielt ich es bei ihr aus. Ich wurde total verwöhnt und auch verdorben. Ich war nicht nur ihr Leibwächter, sondern auch ihr Playboy. Sie verwöhnte und beschenkte mich reichlich – und als Gegenleistung verlangte sie Sex, Freundschaft und das Gefühl, mich alleine zu besitzen.

Sie war stolz auf mich und dass ihre Freundinnen sie um mich beneideten. Das führte aber so weit, dass sich diese mir ebenfalls anzubieten begannen. Es kam zu schrecklichen Eifersuchtsszenen. Ich wollte Schluss machen, aber meine Gönnerin ließ nicht locker. Immer wieder steckte sie mir Geld zu und bettelte um meine Gunst und Sex.

Ich wollte diese Exzesse nicht mehr ertragen und verschwand bei Nacht und Nebel. Was das Finanzielle betraf, konnte ich mir leisten, einen neuen Weg zu gehen. Später hatte ich einmal in einer Zeitung ein Bild von ihr gesehen, wo sie anlässlich einer Wohltätigkeitsveranstaltung in Bangkok mit einem jungen Thailänder abgebildet war. Ich gönnte ihr diesen neuen Lover – ich jedenfalls wollte mit ihr keine Verbindung mehr eingehen, so sehr das Leben an ihrer Seite seinen Spaß machte. Sie hatte mich vieles gelehrt und ich war um einiges erfahrener geworden, denn sie kannte alle Raffinessen, die es nur geben konnte, in ihrem Benehmen als Dame, Hure und Herrin zugleich. In der Gesellschaft gaben wir ein Prachtpaar ab und trotzdem, irgendwann ekelte mich alles an, und meinen Entschluss, abzuhauen, habe ich nicht bereut.

Auf meinem Flug von Hongkong nach Miami belegte ein Mister Taylor den Platz neben mir, den Fensterplatz nahm dessen Tochter Marylin ein. Ein traumhaft schönes Mädchen. Sein Gesicht hatte eine Aura, dass ich mich gar nicht satt sehen konnte. Gerne hätte ich mehr mit Marylin geplaudert, aber ihr Vater unterhielt sich so angeregt mit mir, dass ich bald in kurzen Umrissen die Familiengeschichte kannte. Seine Frau, eine Französin, war vor einigen Jahren bei einem Autounfall ums Leben gekommen, und nun sei Marylin sein Ein und Alles. Und dass er einen gut gehenden Juwelenhandel betreibe. Ich hätte aufjauchzen können, als er mich zu einem Besuch einlud. Nichts lieber als das, denn so konnte ich Marylin wieder sehen. Sie war nach meiner Affäre mit dieser vulgären Witwe für mich der Inbegriff an Zartheit und Jugend.

Dem ersten Besuch im Hause Taylor folgten bald mehrere und ich wurde ein gerne gesehener Gast. Ich konnte es gar nicht erwarten, dass ich wieder eingeladen wurde, nur um Marylin zu sehen, und auch sie schien an mir Gefallen gefunden zu haben. Obwohl ich an Jahren wesentlich älter war, benahm ich mich oft wie ein ungestümer Lausbub. Wir scherzten und lachten und küssten uns. Es waren schon lange keine Freundesküsse mehr, sie wurden immer leidenschaftlicher, bis eines Abends der Bann gebrochen war. Wir ließen die Welt versinken, wir waren nur noch eins und gaben unseren Gefühlen freien Lauf. Ein Traum, wie ich ihn mir erwünscht hatte, wurde zur Wirklichkeit. Ich hatte ihr Herz erobert. Lieblich lächelnd war sie an meiner Seite eingeschlafen, wie schön für mich zu wissen, dass sie durch mich erfahren konnte, wie herrlich Liebe sein kann.

Obwohl ich als Manager in einem Superhotel, dessen Besitzer wiederum ein Freund von Marylins Vater war, große Beliebtheit erlangte, und als Hobby interessierten Gästen auch das Wasserschifahren lehrte, kamen mir immer öfter Zweifel, ob dies das wahre Lebensziel war. Schließlich war ich Tierarzt und in der Tierpsychologie hatte ich seinerzeit schon reichlich Erfahrung gesammelt.

Ich brachte in Erfahrung, dass in San Francisco eine gut gehende Praxis zu übernehmen sei und nahm Verbindung mit dem Arzt auf, der sich zur Ruhe setzen wollte. Wir vereinbarten ein Zusammentreffen, welches bald zu Stande kam. Etwas nervös war ich, als ich dem Arzt gegenüberstand, schließlich ging es für mich um sehr viel. Je länger wir miteinander plauderten, umso entspannter und zuversichtlicher wurde ich. Die Ruhe strömte von ihm aus, obwohl er klar zu erkennen gab, dass seine Praxis einen hervorragenden Ruf hatte und er diese nur jemandem übergeben würde, der sie in seinem Sinne weiterführen könnte.

Wie sagte er doch damals? ‚Junger Freund, sind Sie wirklich sicher, dass Sie eine solche Praxis übernehmen wollen? Es sind nicht nur gewöhnliche Fälle zu behandeln, Sie werden oft von Damen aus höchsten Kreisen, die mit ihren Lieblingen kommen, mit den ungewöhnlichsten Fragen und Besorgnissen konfrontiert werden. Sie müssen ein Psychologe sein von besonderer Art. Und es kann vorkommen, dass Sie daran zweifeln, wem Sie eigentlich helfen sollen – dem Tier oder seinem Frauchen. Ich hatte im Laufe der Jahrzehnte meine Erfahrungen gemacht und den richtigen Weg eingeschlagen. So war mir auch Erfolg beschieden.‘ Dass ihn die Damen verehrten, darüber hatte ich keine Zweifel, bei einem Mann von solch blendender Erscheinung.

Und ich mutete mir diese Aufgabe zu.

Nach einer langen Besprechung, in der alle Details behandelt wurden, waren wir uns handelseins. Auch über die finanziellen Bedingungen war ich angenehm überrascht. Ich wusste, dass meine Mutter, die ich von meiner Anwesenheit und meinem Vorhaben verständigt hatte, mithelfen würde.

Das Wiedersehen mit meiner Mutter war sehr herzlich, aber ihrem Gesichtsausdruck entnahm ich sogleich, dass eine kleine Predigt wegen meiner Weltenbummelei nicht ausbleiben werde. Folgedessen verschwieg ich wohlweislich bei den Erzählungen meine amourösen Abenteuer und rundete die Geschichten sehr neutral ab. Unterstützung fand ich bei Antonio, der vollstes Verständnis dafür hatte, dass ich die Welt kennen lernen wollte.

Als das Thema betreffend der Praxisübernahme zum Gespräch kam, waren Tina und ihr Mann bereit, die Kosten hierfür zu bestreiten. Sie setzten großes Vertrauen in mich und meine zukünftige Karriere, die ich damit anstrebte. Für diese Unterstützung war ich sehr dankbar, es ersparte mir, einen Kredit aufzunehmen. Bezüglich einer Rückzahlung meinte Antonio in seiner lockeren Art: ‚Darüber sprechen wir, wenn du die erste Million Dollar verdient hast, okay?'

Zufrieden über den Verlauf der Geschehnisse kehrte ich nach Miami zurück. Mein erster Weg führte zu Marylin. Zuerst sollte sie über meine Zukunftspläne erfahren und dann wollte ich in allen Ehren um ihre Hand anhalten.

Zu meiner großen Enttäuschung empfing sie mich äußerst kühl, und während ich freudestrahlend zu erzählen begann, schnitt sie mir das Wort ab und teilte mir in einem hysterischen Ausbruch mit, dass sie schwanger sei. Ich küsste sie und hätte aufjubeln können, doch welch hässliche Szene folgte! Sie hielt mir vor, dass ich ihr Leben, ihre Pläne als Fotomodell zu arbeiten, ruiniert hätte. Das Kind würde sie auf keinen Fall austragen.

Ich war entsetzt. Nein, das war nicht mehr Marylin, mit der ich so glücklich gewesen war, in der ich das reizvollste Mädchen der Welt gesehen hatte. Wie wurde ich getäuscht von ihr, vielleicht nur aus einer Laune heraus wurde sie zu meiner Geliebten.

Ihr Vater wusste Bescheid. Als loyaler Mann, der aber auf Etikette achtete, bestand er auf einer Heirat. Es bedurfte einer langen Aussprache mit Marylin, sie zur Vernunft zu bringen.

Es kam zur Trauung, an der auch meine Mutter teilnahm. Sie verstand es blendend, mit Marylin und ihrem Vater Zukunftspläne zu besprechen. Und sie war es auch, die Marylin die Übersiedlung nach San Francisco so geschmackvoll wie nur möglich machte. Mir fiel ein Stein vom Herzen, Marylin sollte als meine angetraute Frau, weg von ihrer bisherigen Umgebung und den väterlichen Bevormundungen, nur noch meine Frau und Mutter des zu erwartenden Kindes sein.

Anfangs ging alles recht gut. Marylin gewöhnte sich an die für sie vollkommen neue Welt. Es schien, sie war stolz, dass ich mir als Tierpsychologe bald einen Namen gemacht hatte, dass ich viel meinem Vorgänger zu verdanken hatte, wusste sie ja nicht. Wie ein väterlicher Freund bekam ich so manchen guten Ratschlag von ihm. Eines Tages verabschiedete er sich mit den Worten: ‚Nun, lieber junger Freund, liegt es an Ihnen, ob Sie ein mir würdiger Nachfolger werden.' Bald darauf begab er sich auf eine Weltreise, von der er nicht mehr zurückkehrte.

Je näher der Tag der Niederkunft heranrückte, umso nervöser wurde Marylin. Sie fürchtete, durch die Geburt ihre frühere Figur nicht wiederzuerlangen und, eitel wie sie war, auch an Schönheit zu verlieren. Es bedurfte meiner ganzen Redekunst, sie in diesen Stunden in bessere Stimmung zu bringen und sie aufzumuntern.

Die Geburt verlief ohne Komplikationen – es war ein Mädchen. Wir gaben ihm den Namen Pasquale. Nun schien die Welt wieder in Ordnung zu sein, durch nichts sollte unser Leben eine Trübung erfahren.

Mit der Zeit war ich zum richtigen Modearzt geworden. Die Damen aus bester Gesellschaft konnten nicht oft genug mit ihren Lieblingen in die Ordination kommen. Sie wollten oft mehr als die Behandlung ihrer Tiere. Es war genau so, wie mir mein Vorgänger eingeprägt hatte. Sie wollten selbst beraten werden, was oftmals bis in den intimen Bereich ging. Manchmal fragte ich mich, bin ich nun ein Tierarzt oder ein Seelenberater für unbefriedigte Frauen? Lag es an meiner guten Erscheinung oder an dem österreichischen Scharm, dass manche richtig verrückt nach mir waren. Wenn es zu arg wurde, verstand ich es aber, sie auf liebenswürdige, aber bestimmte Weise abzulenken.

Das Schönste war bei diesem eigenartigen Unternehmen – mein Bankkonto wuchs von Monat zu Monat.

Leider verschlechterte sich mein Eheleben. Marylin hatte ihre frühere Figur wiedererlangt, an Schönheit nichts verloren, im Gegenteil, durch ihr nunmehr etwas fraulicheres Aussehen wirkte sie noch interessanter. Und das wusste sie. Marylin nahm alte Verbindungen auf, denn nur Mutter zu sein erschien ihr zu wenig, dazu fühlte sie sich zu schön und begehrenswert.

Um sie abzulenken, verreisten wir, ich arrangierte Partys, um sie im strahlenden Mittelpunkt glänzen zu lassen, kaufte ihr die teuersten Kleider dafür und liebte sie so oft wie möglich. Denn es schien das Einzige zu sein, sie vorübergehend zufrieden zu stellen. Jedoch schon bald verspürte ich ihre Kühle, sie wandte sich immer öfter von mir ab. Zuerst versuchte sie es mit Ausflüchten, aber eines Abends schleuderte sie mir ins Gesicht, dass sie das Leben mit mir satt habe und auf einer Trennung bestünde.

Tags darauf verließ sie mich und Pasquale und flog nach Miami zurück. Ich rief ihren Vater an, wollte eine vernünftige Aussprache, aber alle Bemühungen waren umsonst. Sie verlangte die Scheidung und ging so weit, dass sie – zu Gunsten ihrer Freiheit – auf Pasquale verzichten würde.

Diese Vorkommnisse versetzten mich in ein seelisches Tief. Ich betrank mich täglich, vernachlässigte meinen Beruf und schloss die Praxis. Ich war wieder dort angelangt, wo ich schon einmal war. Pasquale brachte ich zu meiner Mutter. Sie war entsetzt, als sie mich sah. Die durchzechten Nächte hatten ihre Spuren hinterlassen. In meinem Schmerz ließ ich mich mit fragwürdigen Frauen ein, wurde ihnen gegenüber jedoch so aggressiv, dass ich sie zu hassen begann. Bald sah ich in jeder nur noch ein geiles, verkommenes Geschöpf und konnte sie nicht mehr ertragen.

Wie schwer ich es einem Mutterherz gemacht hatte, kam mir wohl erst viel später zur Besinnung. Sie war so stolz auf mich, als sie meinen Aufstieg erlebte, und auch Antonio konnte mich nicht genug loben. Nun diese Enttäuschung, dass ich alles aufgeben wollte. Aber zu tief saß die Wunde, die man mir zugefügt hatte.

Lange Zeit sagte meine Mutter nichts, hörte mich nur an, was ich in meiner Verzweiflung herausbrüllte und sie anflehte: ‚Sprich doch etwas, Mutter, ich warte sehnsüchtig darauf, gib mir einen Rat, was soll ich tun?' ‚Kehre nach Europa zurück, fahre zu deinem Vater, fange dort noch einmal neu an. Pasquale soll einstweilen bei mir bleiben, es wird ihr an nichts fehlen. Ich werde ein verlässliches Kindermädchen engagieren. Die Zeit heilt Wunden. Nach der Scheidung werden wir weitersehen', war ihre ruhige Antwort.

Und so bin ich wieder bei meinem Vater gelandet. Noch rechtzeitig, denn es ging ihm mit dem Herzen nicht gut. Anfangs ließ er sich nichts anmerken, aber als der Arzt täglich kommen musste, wusste ich, wie es um ihn stand. Kurz vor seinem Tod hatten wir ein ernstes Gespräch. Die letzten Worte flüsterte er nur noch. ‚Andreas, hier ist deine Heimat, deine Scholle, hier bist du geboren. Haus und Grund gehören dir, mache etwas daraus. Man braucht in dieser Gegend einen guten Tierarzt. Jetzt kannst du dich beweisen. Mach das Beste, mein großer Bub.'

Er lächelte mich noch einmal schmerzlich an, presste meine Hand an sein Herz, das immer langsamer schlug und plötzlich ganz aussetzte …

Vor drei Wochen hatten wir das Begräbnis. Viele Menschen kamen, um meinem Vater das letzte Geleit zu geben und zu bekunden, wie beliebt er war.

Die Tage nachher irrte ich in Österreich umher und versuchte, meine wirren Gedanken zu ordnen. Dies schien anfangs unmöglich. Aber dann traf ich dich. Jetzt merke ich, dass ich ruhiger werde, das Vertrauen zu einer Frau wieder finden kann. Und die düstere Vergangenheit rückt immer weiter in die Ferne. Glaube bitte nicht, dass es ein momentaner Gefühlsausbruch ist, wenn ich dir gestehe, dass ich dich liebe. Sage nicht, dass wir uns noch gar nicht so richtig kennen, dass die Zeit zu kurz gewesen sei, um dies zu behaupten. Ich liebe dich wirklich und begehre dich aus ganzem Herzen."

Viktoria war im Moment richtig konfus, fragte sich gleichzeitig, ob dies nicht nur ein Vorwand sein könnte, auszuprobieren, wie es bei ihr wirken würde, und ob der seelische Knacks verschwunden sei. Aber sofort wischte sie die bösen Gedanken weg. Nein, so könnte sie sich in einem Menschen nicht irren. Es lag Ehrlichkeit im Gesicht und sie spürte es, dass Andreas in sie verliebt war. Sie musste ihm vertrauen. Aber ihm jetzt sagen, was auch sie für ihn empfand? Wie sollte es enden? Bis zur Abreise von Andreas waren nur noch wenige Tage. Dann fasste sie sich.

„Andreas, du hast mir so viel über dein Leben erzählt, offen und ehrlich. Ich verstehe dich zu gut, denn auch ich habe eine schwere Enttäuschung hinter mir, über die ich Gott sei Dank seit kurzem hinweg bin. Ich gestehe dir, ich empfinde sehr, sehr viel für dich, trotzdem fürchte ich den Schmerz, der entstehen muss, wenn wir ‚Auf Wiedersehen' sagen. Ich weiß nicht, ob ich das verkraften kann."

Andreas nickte verständnisvoll, und traurig antwortete er: „Ich werde mich jetzt von dir verabschieden, es ist spät geworden."

Er griff mit einer Hand in Viktorias Haare und beugte sich über sie, küsste sie zart auf den Mund. In Sekundenschnelle wusste Viktoria, dass sie Andreas so nicht gehen lassen konnte, sie erwiderte den Kuss leidenschaftlich und ihre Augen bekamen einen feuchten Glanz, als sie sagte: „Bleib bei mir heute, Andreas, ich fühle mich einsam. Ich möchte dich in meiner Nähe wissen."

Und wie zwei große Kinder schliefen sie bald darauf, eng umschlungen, ein.

Die Tage vor Andreas' Abreise waren gezählt, Viktoria erschien alles wie ein Traum. Sie sagte sämtliche Termine ab, die ihr nicht wichtig erschienen, nur um mit Andreas beisammen sein zu können. Sie ging nicht einmal zum Telefon. Den Telefonbeantworter ließ sie zwar laufen, hörte ihn aber nicht ab.

Viktoria zeigte Andreas Wien von seiner schönsten Seite und stellte dabei fest, dass auch ihr noch vieles unerkannt geblieben war, was die Donaustadt an Reizvollem zu bieten hatte. Sie joggten durch die Praterhauptallee, küssten sich im Aufzug des Donauturms und genossen, oben angekommen, den herrlichen Blick auf die Wienerstadt. Nach der Nachmittagsjause im Café des beliebten Ausflugsturms spazierten sie stundenlang durch den Donaupark und waren von der Blumenpracht der Gartenanlagen hingerissen. Es kam vor, dass sie abends, bei einem guten Glas Wein und Schrammelmusik, beschwingt in einem Heurigenlokal in Grinzing oder Neustift saßen, oder die Liebenden verbrachten Stunden zu Hause auf der Terrasse und amüsierten sich beim Pokerspiel. Wenn Andreas verspielte, gab es für Viktoria harte Dollars, war es umgekehrt, musste Viktoria mit entsprechend vielen Küssen bezahlen. Anders wollte Andreas die Regeln nicht gelten lassen.

Mit Vorliebe spazierte Andreas schon zeitig am Morgen durch den Wiener Naschmarkt, begeisterte sich an der Atmosphäre und kaufte frisches Obst und Gemüse für beide ein. Und sie liebten sich, sooft sie wollten. Andreas war ein verständnisvoller, aufmerksamer und hervorragender Liebhaber. Überhaupt, sie waren so aufeinander eingestellt, als wären sie schon jahrelang beisammen. Immer wieder gab es etwas zu erzählen. Beide waren gute Zuhörer und warteten geduldig ab, bis der eine geendet hatte, damit auch der andere seine Geschichte vortragen konnte.

Am Vorabend der Abreise war die Stimmung der beiden erwartungsgemäß sehr gedrückt, obwohl sie das zu überspielen versuchten. Aus dem Radio klang leise Musik, einschmeichelnde Melodien, die aber gerade das Gegenteil bewirkten. Melancholisch hängte jeder seinen Gedanken nach. Was wird die Zukunft bringen? Erfreuliches, Unangenehmes? Sollte alles nur ein Traum gewesen sein – ein kurzer, schöner, der sich wieder in ein Nichts auflöst?

Viktoria war so vertieft, dass sie richtiggehend erschrocken war, als Andreas' Stimme erklang. Er wirkte unsicher, suchte nach Worten, aber dann hatte er sich gefasst.

„Viktoria, willst du meine Frau werden? Ich möchte dich allen Ernstes fragen, ob du dir zumuten kannst, mich zu heiraten. Ich will mein weiteres Leben mit dir und nur mit dir verbringen, denn du bist für mich der Inbegriff von Frau, Kamerad und Partner. Ich glaube felsenfest daran, dass wir es schaffen, alle Klippen zu überwinden, den Stürmen zu jeder Zeit zu trotzen und ein Leben aufzubauen, das Glück und Zufriedenheit bringen soll."

Er küsste ihre beiden Hände und holte aus seinem Sakko ein kleines Kästchen hervor, dem er einen bezaubernden, schmalen Ring entnahm. Etwas unbeholfen steckte er ihn auf Viktorias Ringfinger, musste feststellen, dass er ein bisschen zu groß war, und meinte entschuldigend: „Verzeih, aber ich hatte nie Gelegenheit, Maß zu nehmen, sodass ich ihn aufs Geratewohl kaufte. Der Juwelier wird jedoch gerne bereit sein, ihn deinem Finger anzupassen."

Viktoria war außer sich vor Freude und begann zu weinen – es waren Tränen des Glücks. Als sie sich gefasst hatte, nahm sie Andreas' Kopf mit beiden Händen und drückte seinen Mund auf den ihren.

„Darling, natürlich mute ich mir zu, dich zu heiraten, wir werden es schaffen, und ich gebe dir jetzt schon mein Ehrenwort, dass ich mein Leben lang dein liebevoller Partner und Kamerad sein werde, in schönen und schlechten Zeiten. Und wenn Pasquale dir zugesprochen wird, werde ich ihr eine gute Mutter sein." Beide waren so aufgeregt, dass sie beinahe auf das Abendessen vergessen hätten, welches von Viktoria mit so viel Liebe zubereitet worden war.

„Nun aber rasch den Tisch gedeckt", meinte sie, und keiner dachte mehr an den morgigen Reisetag. Es gab so vieles zu besprechen, vor allem Andreas' Wortschwall war nun nicht zu bremsen.

„Also, morgen fahre ich nach Salzburg. Ich muss alles in die Wege leiten, dass ich auf schnellstem Wege meine Tierarztpraxis in dem mir von meinem Vater geschenkten Haus eröffnen kann. Ein ehemaliger Studienfreund, der ein gewissenhafter und guter Rechtsanwalt geworden ist, wird mich tatkräftig unterstützen. Ich hatte vorgestern mit ihm telefoniert und ihm mitgeteilt, dass ich vorerst in die Staaten muss, wegen der Scheidung und des Hausverkaufes, in dem ich meine Ordination hatte. Ich konnte ihm keinen Zeitpunkt nennen, wie lange mein Aufenthalt in San Francsico notwendig sein würde. Mit einigen Wochen müsste ich schon rechnen. Er meinte, das spiele keine Rolle, ich könnte mich auf ihn verlassen." Viktoria unterbrach Andreas kein einziges Mal, ihr gefiel es, mit welcher Begeisterung er die Zukunft plante, und sie wurde sich immer sicherer, wie ernst es ihm war.

„Die Praxis soll mit allen modernen technischen Geräten ausgestattet werden. Auf der Hinterfläche des Grundstückes, das flach und gartenseitig liegt, werde ich ein zweites Haus errichten, welches genügend Räumlichkeiten zum Wohnen haben soll. Und viele Blumen werden das Auge erfreuen."

Nun aber wollte doch auch Viktoria zu Wort kommen.

„Andreas, mir wird schon ganz schwindelig von deinen großen Plänen. Das ist zu viel auf einmal, ich beginne mich vor so viel Illusion zu fürchten."

„Nein, Viktoria, das brauchst du nicht, das wird alles Realität. Glaube mir, ich habe jetzt Zeit genug gehabt, über alles nachzudenken und mein Leben zu ordnen."

„Ein Tiergehege wäre auch sehr nett", wich Viktoria vollkommen vom Thema ab.

„Auch an das hatte ich gedacht und an noch viel mehr, mein Liebling, sei ohne Sorge." Er küsste sie herzlich auf den Mund und wischte damit Viktorias restliche Bedenken weg. Sie war glücklich und wollte nur ungern daran denken, was aus ihrer Agentur werden sollte. Sie stellte sich ein Leben mit Andreas herrlich vor. Sie könnte ihm in der Praxis helfen. Ja, und dann würde sie auch ein Töchterlein besitzen, wenn alles gut geht.

Am darauf folgenden Tag fuhr, wie geplant, Andreas nach Salzburg. Der Abschied von beiden war kurz. So wollten sie es. Nur keine Sentimentalitäten aufkommen lassen. Stark bleiben und sich gegenseitig vertrauen, machten sie sich zur Devise.

Die Besprechungen mit seinem Salzburger Rechtsanwalt verliefen, wie Andreas erwartet hatte. Er setzte volles Vertrauen in seinen ehemaligen Studienkollegen und wusste, dass dieser in seinem Sinne alles regeln werde. Am Abend saßen sie gemütlich in einer Weinstube beisammen und plauderten aus längst vergangenen Zeiten.

Bevor Andreas von München aus nach San Francisco flog, führte er ein ausführliches Telefonat mit Viktoria. Aufmunternde und liebevolle Worte waren es und die Zusicherung, dass er so bald wie möglich aus den Staaten berichten werde.

Herbst war ins Land gezogen. Die Blätter der Bäume hatten sich verfärbt. Bei einzelnen Rosen waren noch einmal Knospen angesetzt, ob sie jedoch genügend Wärme bekamen um blühen zu können, war fraglich. Dafür waren die Dahlien in vollster Blütenpracht. Vor sich hersinnierend saß Viktoria auf einer Bank im Burggarten und erfreute sich an den warmen Sonnenstrahlen, die nun doch die Wolken durchbrachen.

Nach der Abreise von Andreas hatte sie sich voll Intensität in die Arbeit gestürzt. Einiges war aufzuholen und das war gut so, damit litt sie nicht so sehr unter der Trennung. Sie war viel unterwegs mit ihren Arrangements von Modeschauen.

Andreas war kein großer Schreiber, dafür rief er umso öfter an. Aber sie hatte ja schon mit einer schönen Postkarte eine Freude, und wenn nur „I miss you, Love Andreas" darauf stand.

Sie war sicher, der lang ersehnte Brief, der über ihr weiteres Los entscheidet, würde nicht mehr allzu lange auf sich warten lassen. Und dann lag er im Postkasten. Viktoria war so aufgeregt, dass sie ihn am liebsten schon im Lift gelesen hätte, und schimpfte sich selbst grausam, dass sie es nicht tat. Nein, in aller Ruhe wollte sie ihn studieren. Erst als sie sich frisch gemacht und umgezogen hatte, legte sie sich auf ihrem Sofa gemütlich hin, und bedächtig öffnete sie das Kuvert.

Ihr Herz pochte. Zweifel stiegen auf … Womöglich stünde im Brief etwas, das ihr Glück wieder zerstören könnte, nicht auszudenken … Endlich begann sie zu lesen.

Liebste Viktoria!

Ja, die letzten Wochen waren sehr turbulent. Aber ich habe es geschafft. Ich bin geschieden, das Kind wurde mir zugesprochen. Mit Marylin habe ich mich auf gütigem Weg geeinigt. Sie hat eingesehen, dass Pasquale bei mir eine sichere Zukunft hat, auch was die Erziehung betrifft, gestand sie mir zu, wäre es besser so.

Marylin wird sich diesbezüglich gar nicht einmischen, es scheint, sie will mit uns keinen weiteren Kontakt behalten. Ich fand anfangs ihre Absicht richtig grausam. Wie kann eine Mutter nur so handeln? Hatte sie wirklich nur ihre Karriere im Kopf? Voll Hass kam ich ihr entgegen, jetzt tut sie mir fast Leid, weil ich sicher bin, dass sie im reiferen Alter einmal alles bereuen wird. Oder auch nicht. Ich will nicht mehr über sie weitere Worte verlieren, das Thema ist für mich erledigt.

Meine Mutter bemüht sich sehr um Pasquale. Nur habe ich das Gefühl, dass sie meine Tochter zu viel verwöhnt – wie es halt alle Großmütter machen. Mit dem Kindermädchen hat sie einen guten Griff getan: Verlässlich und verständnisvoll. Die Geschehnisse um sie hat Pasquale gar nicht mitbekommen. Dazu ist sie wohl noch zu klein. Abgesehen davon, ist sie von so lieben Menschen umgeben, die ihr Bestes für sie tun.

Das Haus und die Ordination in San Francisco habe ich bestmöglich verkauft. Nun wohne ich in dem schönen Privatbesitz bei meiner Mutter und Antonio in Sausalito und befasse mich viel mit meinem Töchterchen. Was mir fehlt, das bist du.

Ich bitte dich daher, so rasch wie möglich deine Koffer zu packen und zu mir zu kommen. Ich vermisse dich so sehr. Jetzt bin ich ein freier Mann und wir können unsere Träume verwirklichen, unser neues Leben beginnen. Bevor wir zu dritt nach Europa zurückkehren, würde ich dir noch das Land hier zeigen, das mir viel gegeben, aber auch viele Enttäuschungen gebracht hat.

Ich freue mich schon so auf ein Wiedersehen, und komme bald, denn meine Sehnsucht nach dir kennt keine Grenzen mehr.

In Liebe
dein Andreas

Die Maschine der Pan American hatte eine Höhe von 10 500 Meter erreicht, als der Flugkapitän über das Mikrofon die Passagiere begrüßte und ihnen mitteilte, dass ein ruhiger Flug zu erwarten sei. Nonstop ginge es direkt nach Los Angeles.

Viktoria hatte sich bequem zurückgelehnt und war in Gedanken versunken. Am Flughafen würde sie Andreas erwarten. Per Auto wollten sie nach Las Vegas, dort einige Tage bleiben. Sie sollte das schillernde Leben in den Spielcasinos und die faszinierende Atmosphäre kennen lernen, die wilde Schönheit des Grand Canions erleben und dann quer durch Kalifornien in den

Norden nach San Francisco fahren. Andreas' Familie erwartete sie bereits ungeduldig und voll Freude. Wie würde die kleine Pasquale sie in ihrem Herzen aufnehmen? Würden sie gleich zueinander finden? Ein klein wenig Bangigkeit umschlich ihr Herz bei diesen Gedanken.

Viktoria schloss die Augen. Das Glas Sekt, das ihr die Stewardess serviert hatte, war nur halb geleert. Sie ließ ihr Leben Revue passieren – vielleicht in derselben Geschwindigkeit wie der des Flugzeuges.

Sie hatte so vieles erlebt, die Schmerzgrenze bis oben wie die höchsten Freuden. Ihr Leben war stets begleitet von der Liebe. Die Liebe ließ sie hell erstrahlen, sie hatte so viel Liebe erhalten und so viel Liebe gegeben, weil sie dadurch wiederum die Geborgenheit fand. Und sie sehnte sich so danach – seit ihrer Kindheit.

Wird sie bei Andreas dieses Beschütztsein finden, wird sie es schaffen, mit ihm ein Leben zu führen, anders als das bisherige? Wird Andreas ein echter Weggefährte sein, der mit ihr durch dick und dünn geht, auch wenn Tage kommen, die wolkenverhangen sind?

Plötzlich lachte Viktoria laut auf, trank den Sekt aus und redete vor sich hin: „Natürlich schaffen wir es!"

Den Mann neben ihr riss es aus seinem Nickerchen, verwirrt fragte er: „Excuse me?" Doch Viktoria gab ihm keine Antwort, sondern zeigte ihm nur ein fröhliches Lächeln.

Als die Stewardess vorbeikam, bestellte sie noch ein Glas Sekt, das sie in einem Zug ausleerte. Dann schloss Viktoria zufrieden ihre Augen, um sich für den Rest des Fluges ganz dem Traumland anzuvertrauen.

„Cheers, Viktoria, it's time to change your life!", murmelte sie noch halblaut vor sich hin. Ach ja, die Welt kann doch so schön sein …